作者简介

　　北村，当代著名作家、诗人。主要作品包括："者说"系列小说，《施洗的河》《玛卓的爱情》《伤逝》《周渔的喊叫》《我和上帝有个约》等。其中《周渔的喊叫》改编成电影《周渔的火车》。另创作影视作品多部。

施洗的河:北村 爱情规则:叶兆言 墙:张志扬 A为何恐惧:陈家琪

《施洗的河》首发于《花城》杂志 1993 年第 3 期

花城出版社版（1993 年）

花城出版社版（1996 年）

上海文艺出版社版（2005 年）

橄榄文化事业基金会版（2006 年）

《花城》首发　　纪念珍藏版

施洗的河

北村　著

SPM

南方出版传媒

花城出版社

中国·广州

图书在版编目（ＣＩＰ）数据

施洗的河 / 北村著. -- 广州 ： 花城出版社，
2016.11
　（《花城》首发）
　ISBN 978-7-5360-8110-9

　Ⅰ．①施… Ⅱ．①北… Ⅲ．①长篇小说－中国－当代
Ⅳ．①I247.5

中国版本图书馆CIP数据核字(2016)第254424号

出　版　人：詹秀敏
策划编辑：林宋瑜
责任编辑：揭莉琳　林　菁
技术编辑：薛伟民　凌春梅
装帧设计：刘红刚

书　　名	施洗的河 SHIXI DE HE
出版发行	花城出版社 （广州市环市东路水荫路 11 号）
经　　销	全国新华书店
印　　刷	恒美印务（广州）有限公司 （广州南沙经济技术开发区环市大道南路 334 号）
开　　本	880 毫米×1230 毫米　32 开
印　　张	11.375　6 插页
字　　数	190,000 字
版　　次	2016 年 11 月第 1 版　2016 年 11 月第 1 次印刷
定　　价	45.00 元

如发现印装质量问题，请直接与印刷厂联系调换。
购书热线：020－37604658　37602954
花城出版社网站：http://www.fcph.com.cn

天国近了，你们应当悔改！

——马太福音四章十七节

目
录

Contents

私　生

　　农历七月十五，天空青得像打出的伤口，阴晦的树梢上盘旋着一些最后的乌鸦，它们逗留不去的原因是为了寻觅被疏忽的霍童的腐尸。

　　安贞堡的富家少爷刘浪出了那扇包铁大门，向村外走去。这种时候霍童人一般是不出屋的，鬼节——七月十五的整整一天，他们都悄无声息地躲在屋里，闭门思过。八岁的刘浪穿过霍童的麻石长街，看到了到处飘飞的经幡和纸钱，它们是整个霍童山区悬挂着的面具。街上冷冷清清没有一个人，但插着浓重的香火，从神龛到井台、墙缝到路口，以及各种长着地衣和苔藓容易使人跌倒的路段，这些避邪的香火激起沉重的烟在霍童上空飘荡，远远看去仿佛一次劫后余生的火灾。临出门的时候，母亲陈氏告诉儿子：今天不要出门，听话的孩子今天都在家里。刘浪问为什么？陈氏用忧虑的目光清洗着儿子的脸，说：七月十五，街上走着各种各样的鬼，只是人们看不到他们罢了。

父亲今天要回家的消息，成了刘浪走出安贞堡的理由。虽然陈氏深知这个儿子孤僻的脾性，但她不知道刘浪为什么偏偏要在这天出门。一般来说，刘浪是一个沉默寡言的孩子，这使得他在霍童那帮捏泥团扎猛子偶尔也玩玩小鸡巴的孩儿群中离群索居。他们讨厌八岁的刘浪那一顶茸毛似的红头发，苍白的脸色和懦弱的惶恐神情。他似乎从不与人争执，包括他的母亲。所以，当陈氏不准他外出时，刘浪说：

父亲要回来了。

陈氏无可奈何地看着儿子穿过铁门，走进霍童浓重的香火之中。八岁的刘浪来到阒寂无人的大街上的时候，预期归来的父亲刘成业仿佛已经出现在村口，他骑着高头大马，黄黄的灰土路已被纷乱的马蹄弄得烟尘滚滚。

如果认为刘浪要到村口迎接父亲的归来，那就大错特错了。由于这个八岁的孩子少言寡语，我们无法弄清楚他对父亲的态度，他似乎对任何人都一样的亲近和疏远。但我们可以从他清秀而苍白的脸、美丽而无力的胳膊，尤其是大而空洞的眼睛里看出：这是一个懦弱的人，在霍童孩子的眼中，刘浪仿佛一件一尘不染、针脚细密而且闪闪发亮的空心马褂，孤零零地飘荡在他的童年里。起先，他们都被他冷漠的神情吓住了，然而渐渐发现这种神情毫无威胁时，胆大的孩子就去摸他鲜红的嘴唇，他们一惊一乍地说：瞧，他多像个女人。有一天，一只牛虻追着刘浪满场跑，他凄厉的惊叫引来了一阵哄笑，这戏剧性的场面是刘浪备受欺凌的童年的开始。

　　奇怪的是，就是这个连对牛虻都感到害怕的孩子，现在独自一个人走在七月十五的路上。

　　几乎快到村口了，刘浪还没有看见鬼的出现。如果有的话，他已经骑着马从村口坟场的路上走过来了。

　　刘浪一出门，陈氏就感到后悔了，虽然她知道人是很难看见鬼的，但事情临到这个八岁的儿子身上，她就没有把握。因为在刘浪身上发生过一些很奇怪的事：比如他有时能知道一些常人难以预料的事。有一天陈氏在晾衣服时，刘浪空洞的眼睛突然锐利起来，他注视着村西傍晚的炊烟说：她死了。

陈氏奇怪地问：谁死了？一个时辰后，刘阿婆的外甥送来丧帖，这个八十二岁的老人在屋顶晾寿衣时莫名其妙地跌在石马上，当场摔死。儿子的异常使陈氏惶恐起来，她请来医生为他把脉。可是医生一无所获，他对陈氏说：这孩子很正常，只是不爱说话罢了，君子讷于言而敏于行，将来定是大贵之人。陈氏忧心忡忡地说：这乱世，有何大贵可讲。

七月十五早晨，陈氏在神龛上添香的时候，刘浪再度出现异状。他盯住佛像看了很久，突然对母亲说：他要回家了。陈氏愣了一下，不过她很快就知道儿子说的是谁了（刘浪总是把父亲叫作"他"），陈氏说：别瞎讲，七月十五，你父亲是不会回来的。

晌午的时候，信到了。这封来自樟坂的信是从"回春堂"发出的，刘成业潦草而丑陋地涂了几笔：今天我要回家，做一件大事。信末还用毛笔画了个大✕。他的恶习至今未改。

刘浪对母亲说：父亲要回来了，我到村口去。儿子用柔弱的手扳开了大门，走出了安贞堡。陈氏被一种不祥的预感所笼罩，她觉得好像要出什么事，她甚至想象儿子走上麻石大道的时候，会见到一些别人见不到的东西。但无论如何，她是想错了，她八岁的儿子是不会死的，如果他的命不硬，去年的七月十五他早就一命呜呼了。

事情的起由是很突然的：那一天刘成业在霍童休闲，这个性情捉摸不定的知名人物总是挑一些奇怪的日子从繁华的樟坂回到冷清的霍童，然后重返樟坂。他经常一整天待在安贞堡的天井里看着圆圆的天发愣，谁也不知道他在想什么。刘成业几乎很少跟妻子和儿子说话，家丁就更不敢近前，刘成业这种坏脾气是闻名霍童的。人们弄不懂这个让人讨厌的家伙凭什么本事在下游樟坂发大财的，那里有他经营得很好的水产和药材生意。

约莫掌灯的时分，一个家丁仓皇地闯进安贞堡，他惊恐地呜呜叫着，看样子出了什么大事。被掌了三个嘴巴后，家丁才把话说清楚：刘浪从狐山的崖上摔下去了，脑壳裂了一道。

刘浪被抬进来的时候已经奄奄一息。陈氏的号啕激起了刘成业的厌恶。在一大堆人的簇拥下，刘浪突然大哭起来，腥甜的血水使他打了一个喷嚏。刘成业慢吞吞地走过去，儿子的哭声立刻止在半空。刘浪惊恐地发现，父亲的表情里有一股沉默的力量，他一看谁，就会让对方感到自己充满了错误。

刘成业用手在儿子头上抹了一把，涂在刘浪的脸上，他暴怒的神情就像顷刻间从水里浮现出来一样：哭？还哭？哭个屄!

他在儿子头上擂了一拳,伤口由一指长变成了两指长,带着铁锈腥味的血喷溅出来,刘成业啐了一口。陈氏惊呆了,下人们在院里乱成一团。而刘浪居然不哭了,他被父亲这个威猛果敢的动作吸引住了。

小王八蛋!裂这么个小口子还嚎,老子开膛了也不吭一声,你长大了还有屌用?

刘浪没有听清后半句话,他昏过去了。

三天后,刘浪的脑袋肿成一个大南瓜,他的眼睛是暂时看不见了,耳朵只能所见一些蚊蝇抖翅的声音,但他知道刘成业还在安贞堡,他甚至能听见污浊的血液在刘成业血管中窜来窜去的声音。陈氏忧心忡忡地对刘成业说:这孩子看上去要废了,他变痴了。刘成业一边很响地解裤带,一边说:怕啥?这废物像没长屌似的,死了拉倒,我还长了屌,怕操不出第二个?

刘成业和陈氏在雕花木床上胡乱了一整夜,刘浪远在西厢房,却清晰地听到了来自口腔和木床榫头的奇怪声音。他们一折腾,刘浪的脑袋就疼得天昏地暗。

刘浪想:他们干吗弄得我这么痛呢?

这个晚上的作为直接生产了刘浪的弟弟,他在日后被取名"刘荡"。

　　清晨，刘成业乘八抬大暖轿离开了霍童。在下游的樟坂城，有发达的渔货和药材大生意等待着他。临走的时候，刘成业看也没看儿子一眼，他讨厌刘浪是有目共睹的。在刘成业看来，他是一把芥末、一只虫和一块土坷垃。他没有想到一年之后，他会为这个让他讨厌的儿子重返霍童。当然，刘成业更无法预料，日后把樟扳城搅得天翻地覆的人竟然会是这个尿也不上壁的小子。

　　七月十五，霍童的鬼节，当刘成业的马车接近霍童时，他的儿子刘浪也走出了安贞堡。不知内情的人以为这个八岁的儿子是去迎接父亲。

　　从安贞堡到村口（坟场），刘浪要经过一片菜地，刘成业和佃农的女儿陈阿娇（陈氏）在这里有了初交的经历。这片八年前他们滚过的菜地现在很茂盛，疯长的荠菜和黄花菜亮得晃眼，照亮了刘浪的童年。

　　大约是八月的一天，游手好闲的刘成业在菜地里解决腹中之急的时候，遇上了佃农的女儿。这个年轻的女人当时正在菜地里扬勺浇粪，随风而来的粪臭几乎要把刘成业打晕了。当他提着裤子站起来时，看见陈阿娇在耀眼的菜地里挺着腰肢，头巾在风中飘动，突出的臀部积蓄着某种让刘成业感到陌生的力量。刘成业看上她完全是出于她的美貌和少言寡语的本性。他揍了自己一耳光，骂道：过去怎么就没有注意这个人呢？

我们相信当时刘成业的确有一股奇怪的委屈涌上心头；他沉默地扑上去，几下就把陈阿娇弄倒在地。陈阿娇低低的惊叫在菜地回荡。当她看清是刘家少爷时，几乎无力反抗，陈阿娇早就听闻刘成业对付女人时特有的果敢，但她绝没有想到他会沉默地扑上来，几乎把她撞倒在地。少爷！少爷！她低低地叫着。但从这种叫唤里听不出她对刘成业的作为有什么不同的意见。

刘成业把陈阿娇的抿裆裤拉到膝盖——他是一个十分务实的人，不愿为某种目的付出稍微过头的代价——陈阿娇尖叫一声，新鲜的荠菜被他们糟蹋得一塌糊涂，屁股上沾满了泥土和没有沤烂的肥料，粪桶掼翻在地激起冲天的臭气。刘成业一面动作一面不停地打喷嚏，他不满地问陈阿娇：你担的什么粪？这么臭！就在这臭不可闻的气息里，陈阿娇被彻底征服了，她咬了他一口：你这人什么都干得出来！刘成业狗一样的耳朵听出了她说话时包含着的某种微妙的兴奋和幽怨，就说：别在我面前充人，我娶你还不行吗？

他拉上裤子站起来，望着一望无际的天空，突然仿佛有些酸楚地说出一句很难听的话：在这臭气熏天的地方，能操出个儿子，也是个臭蛋！

如果说刘浪的曾祖父刘云松还算个知书达礼的一方富甲的话，刘成业和父亲刘继堂就是十足的山村野夫了。他们并不是不识字，只是看上去不像读书人。刘继堂第一次看见陈阿娇时就说：我儿子能弄上这么个大美人，值了。可是他的老婆刘张氏却大为不满，她非但对陈阿娇的佃农身份耿耿于怀，更对她在臭菜地里弄大了肚子深恶痛绝。她说：这个种生下来，要断了刘家的风水命脉，打掉！

刘成业对打胎实在是无所谓的，他要的是快活，陈阿娇为此却吃尽了苦头。她尝遍了刘张氏不知从哪里弄来的叫不出名字、吃了让人作呕的草药，甚至还吞了一把墙角的盐硝，吐了一盆血，孩子还是没有打下来。刘成业整天除了玩麻将赌钱就是折磨陈阿娇，每天夜里只要他不上牌桌，就要在放稻草的房子折腾到三更，他很惊奇地对陈阿娇说：这小子命真硬呵！我怎么操他也不出来。

怀到八月的身孕，刘张氏给陈阿娇身上吊了一百斤的石头，让她使劲，可是一无所获。一个月之后，刘张氏完全失望了，甚至有些恐慌，她对刘继堂说：看上去是恶鬼投胎了。

刘继堂啜了一口酒，冷笑一声：你现在这儿子还不是恶鬼投胎？刘张氏长叹一声：归了这贱人要做我媳妇！

就在阿娇父亲冻死的前一夜，安贞堡举行了成亲大宴，陈阿娇变成了刘陈氏，简称陈氏，本来要叫刘氏，不知怎么就叫陈氏。

洞房那一夜，刘成业显得烦躁不安，他心神不宁地走来走去，惊恐地瞟着老婆的大肚子，说：这小子要出世，和我拼命呢！

陈氏说：这么折腾，生下来不是个癫子就是牛马胎。

这一夜，刘成业是在一种奇怪的不安之中度过的，他碰也没碰陈氏一下，心事重重的样子。到了半夜，伴随一声尖叫，陈氏的阵痛铺天盖地而来。

第二天，刘成业还没有等儿子降生就溜出了霍童，陈氏阵痛的凄厉尖叫使他胆战心惊，他对父亲说：我要去樟坂，做点小生意。刘继堂断定儿子在扯大谎说胡话，不过他比儿子更糊涂，他扔给儿了一千大洋，说：滚滚滚！

没想到不出两年，刘成业就在樟坂发了大财。不过他的父亲看不见了，就在刘成业走后的第一年春天，刘继堂这个烟霞癖吞了两个大烟泡之后，在一管莫名其妙突然爆裂的烟枪旁边一命呜呼了。

刘浪出生时，嘴唇上长着胡须。三个月后，这些稀疏的毛褪尽了。

伴随着缓慢的叙述，我们八岁的主人公已经从安贞堡走到了村口。当他孤单地站在坟场的衰草中的时候，并没有发现父亲的踪影。他感到有些冷。一个迟归的樵夫看见了他，起先他以为这是一只鬼，龟缩在坟堆后面不敢出来，后来他才认出这是安贞堡的大公子。

少爷，你在这儿干吗？

我找我的父亲，你看见他了吗？刘浪问道。

樵夫这才满心轻松地钻出来，指着通往安贞堡的起风的路说：他们打马从这里过啦！你们走岔了。

刘浪回到安贞堡时，看见父亲端坐在红木太师椅上。他的旁边坐着一个陌生人，他甚至比父亲更年轻，长得很瘦，犹如竹竿挑着的衣服。这个清瘦文雅、穿长衫的人一出现在刘浪的视线里，就让他想起了纸鸢。刘浪走进门槛，父亲就说：跪下。

刘浪马上仆倒在镂花地砖上。

父亲和瘦子刺耳的笑声突然响起是令人猝不及防的，刘浪不知道发生了什么事。他看见母亲抱着刘荡吃惊地注视着这一切。刘成业从大椅上跳起来，甩着粗壮的指头，对瘦子说：看到了吧，膝头这么软，还有什么鸟用？去年我擂了他一拳，开了血窍没开心窍，这哪像我的儿子？娘的，我早知道菜地里弄不出好鸟，这不——女人投了个男胎，分明是个二尾子。

瘦子微笑着说：令郎少年老成。

刘成业无精打采地躺在太师椅上，说：你看着办吧。

陈氏把刘荡抱给女佣，开始焚香。她可怜的神情里秘而不宣的惊恐使刘浪隐隐感到：一件针对他的事情正在发生。在安贞堡的一片死寂之中，浓重的香味刺激着刘浪的鼻腔，痒得难受。他发现瘦子一声不吭，只盯着他看，刘浪被这种独特的眼神吸引住了，他觉得呼吸急促起来，然后开始大口大口地喘气。刘浪奇异地看见，那人的眸子里藏着两只鸟，在扑动着翅膀。然后，他又在鸟的眼睛里看到了另外两只鸟，在扑动着翅膀，然后……他头晕了。

等他清醒过来的时候，瘦子已经画好了一张符，这张符的样子他已经记不起来了。瘦子笑吟吟地说：真是个诚实的孩子，我叫董云，令尊的管家。瘦子把纸符烧了，撒在一碗水里：你把它喝下去。

刘浪喝这碗水时，不停地咳嗽，他感到嗓子眼里烧得慌，这股烧灼感几乎使他叫出声来。董云做完这一切后，对刘成业说了一句重复的话：令郎少年老成。

当天夜里，刘成业被一阵轻微的声响惊醒，他开灯，看见八岁的儿子站在床边，手里握着他那把退漆的左轮枪。刘浪扣动了扳机，但这是一把空枪。

刘成业很响地笑起来，高兴地掌了儿子两个嘴巴，有种了！知道放你爹的黑枪！他下了刘浪的枪，诡秘地说：我看你眼神不对了，儿子。

次日，刘成业和董云走上出村的大道。在他们的身后，满街的冥纸和烧残的香火闻风而动。鬼节过后，霍童又开始热闹起来。

父亲回来了

二十年之后，在樟坂国立医学院读书的刘浪回到了霍童，与他同一天到达的有他的父亲刘成业，但这对父子不同路。刘成业这一举动开始了他孤居霍童直到老死的黯淡生涯。

那些浓得像雾一样拨不开的童年往事，在刘浪有限的记忆中既清晰又模糊，霍童乡特有的人妖混杂的氛围使长成以后的刘浪在提起它时犹豫不决。这并不是说刘浪有意说谎，因为一个八岁孩子的记忆是不可靠的。说刘浪记住的是一些真实的细节，毋宁说是这个故乡的性质。

让我们透过他的眼睛，看看这个故乡的形状：霍童乡早年曾经是一个很大的城，它凭藉淘金业、陶瓷烧制和丝织业获得的显赫名声至今还在闽西山区飘荡。那时候刘浪的曾祖父不但担任这个城的行政长官，而且还是族长。可是一场罕见的洪水卷走了霍童城短暂的繁荣和幸福，倾家荡产的手工业主迁居樟坂后，霍童在刘浪的祖父刘继堂手上，有如他渐渐发臭的名声和日益衰朽的身体一样失去了魅力，成为一个凋敝的废墟，唯有一座安贞堡和刘继堂黑得发亮的烟枪暂时记住了昔日的繁荣。

若干年后，刘浪对好友唐松回忆说：我记得住祖父的烟枪，深夜的时候，枪筒里会发出老人的声音，我想，它是在跟烟灯说话。

活见鬼！唐松以医生的本能反驳道，他对这个同窗在智性上的退化感到匪夷所思。

你不相信？刘浪鄙夷地看着唐松，你以为你知道这世间发生的一切？告诉你，在安贞堡，任何事情都有可能发生。

我记得安贞堡是一个用螺纹青砖砌成的四围大宅，让人叫不出年纪的树木掩盖了这座旧宅的原始面貌：它的外墙上有枪眼，地下有水牢，二楼有绣花房。曲折的回廊围绕着上百个房间。你可以在初一数出 100 个房间，十五就变成了 99 个；若在三十，房间也许就变成了 101 间，谁也数不清安贞堡有多少个房间。我曾经见过一个企图弄清楚房间数目的术士因为求知欲而倒了大霉，他在数到 99 间时被圆圆围绕的回廊弄得晕头转向，莫名其妙地呻吟道：我头很晕。说完就直挺挺地从三楼摔到天井里，脑浆溅到旁边的栀子树上。在某个特殊的时刻，安贞堡的水牢里能听到人的喘气声，有时绣花房莫名的轻歌悄唱会引来一些湿漉漉的木头在回廊上滚动，可是你看不到木头，只能看见它们滚动时留下的水渍。

唐松听了说：哦。

霍童的衰微导致了这个地方人口的急剧减少，这些人丁的稀疏并不是因为日本人发动的那场战争，因为日本人从来没有踏上这块地方。霍童人丁的减少完全是自然的，就像安贞堡发生的情形一样。到了日本人的炮声消殒之时，偌大的安贞堡已经稀稀落落了，茂盛的青草长满了废弃的锅台，粗大的牛蹄印在封尘中仍能见出痕迹，纪念着一个人畜兴旺的时代。

而樟坂城却在此时迅速地繁荣起来。这种繁荣带走了两个重要人物，一个是刘成业，一个是刘浪。刘成业从贩运鱼虾开始，逐渐垄断了下游樟坂的水产生意。这个昔日的流氓对他懦弱的儿子猥亵地夸口道：男人总要赢，不怕跌倒，因为有三条腿。可是20年后，正当他的生意日上中天之时，刘成业突然告老还乡，时年不足五十岁。

他回到霍童时，医科优等生刘浪也在同一天到达。他不知道自己毕业后应该做一名医生还是一名商人，这种迟疑导致了他这一次的回乡经历。

又过了二十年，刘浪再度沿深水河上溯回乡时，心中冒出一个古怪的感觉：他觉得整座樟坂城是按照安贞堡的结构建造的。

刘成业的突然归来引起了霍童人的注意。

刘成业是很少回乡的，从樟坂传来的风流韵事证实了他属于下游的本性。陈氏早已习惯了孤灯残烛的生活，她对丈夫在下游的事不闻不问，她那佃农女儿的固执秉性使她能守着这座老宅已经很满足了。每到丈夫回乡，路口的喧嚣和吆喝似乎在向霍童人宣告：刘成业刘老板又回来了。在马蹄踏起的烟尘中，刘成业威风凛凛地高踞在马鞍上，手里扬着马鞭嘴里骂着粗话，和马的响鼻混在一起，非但不像个商人，倒像个匪首和寨主。起初，霍童人还有兴趣到村口看马队，并用称羡的目光清点马队的人数和马车上扎着红绸的货物。后来人们渐渐失去了兴趣，但这并没有影响刘成业的情绪，他趾高气扬的模样似乎并不仅仅是在炫耀，而近乎是一种习惯了。

刘成业不会注意到那一伙追逐马尾巴的孩儿中有他的儿子刘浪。

父子归来的这一天，天上挂满了红红的鱼鳞云，仿佛要下雨，安贞堡滞重的空气在摩擦着每一个窥破秘密的人，使人脱不开身。刘成业一反常态地回到安贞堡，两手空空，马背上只有一个红漆盒。他看见儿子也回来后只是愣了一下，就径自回卧房，门紧紧地关上了。

陈氏惊恐不安地问儿子：你父亲出了什么事？

刘浪把脸埋在洗尘的水里，声音显得混浊不清：我怎么知道，我很少见到他，我也很忙，有许多书要读，嗤——他把鼻孔里的水擤出去，脸上挂着古怪的笑容。

这是父子归来的第一天，然后这一天就黑了。

刘浪在这一夜遭遇了二十年来的第一次严重失眠。他在二更天的时候到安贞堡的后花园散步，心事纷乱。他觉得一个红色的东西在他的胸膛里冲突，八岁的时候刘浪已经见识过它了，现在它渐渐地往喉咙里爬，往手心里爬，走到父亲独住的卧房门口时，它已经变成一把湿漉漉的汗水泊在他手里了。

刘成业龇着牙躺在雕花大床上睡觉，刘浪鬼使神差地走进房间，他有一种很强烈的欲望想近距离观察一下自己的父亲。刘成业睡得很香，鼻息微弱到近乎没有，接近某种边缘。刘浪发现这个年仅四十八岁的男人实际上是如此苍老：橘子皮一样的脸上布满了过大的毛孔，牙齿发黑（它曾经咀嚼过无数的肉和女人的奶头），鼻孔里长满了肮脏的黑毛（这里是发出对下等人鄙夷的通道），皱纹已经不可抑制地从额头侵入眼角，两条法令线概括着一张说尽脏话的嘴，而颈上不断打褶的皮预示着这个男人已不可抑制地滑向衰老。

刘浪突然恶心得几乎有点难过起来——这个丑陋的男人居然是我父亲。刘浪身上残留着这个人留下的伤痕，现在它在隐隐作痛。他弄不明白这个毫无长处的男人怎么会成为霍童和樟坂的英雄呢？

刘浪的手握住了衣架上的左轮枪，它比想象的要重。他凭借月光端详了一下柚木把柄的纹理，举起了它。刘浪短促的想象中，刘成业在霍童通往樟坂的大道上仓皇地奔跑，脚上烟尘滚滚，绸布上衣在风中飘动的样子非常可笑，刘浪甚至看见了父亲裤裆里滴落的尿水。

这时灯亮了，一切都和二十年前一样。刘成业从床上坐起来，看着他。刘浪的手指卡在扳机里，怎么也拔不出来，那把左轮枪就像螃蟹一样咬住他的手，吊在那里。

我夹住了。刘浪难堪地说，这是把空枪。

刘成业轻松地拿下了儿子的枪。他似乎很平静，眼角带着嗜睡的痕迹。他很耐心地把枪拆了，对刘浪说：它不过是一堆废铁，但它能打死人，你要活，你就得弄响它。刘成业又把枪装上，他娴熟的技艺令刘浪目瞪口呆。

刘成业用枪对着儿子，说：谁说这是空枪？

枪声在卧房里被压缩得很沉闷，刘浪痛苦地捂住耳朵，他的右耳垂没有了。刘浪呻吟了一声：我没摸过枪，不熟。

刘成业笑了一声：扯谎，你八岁时就玩过它，现在咱俩平了，你可以去下游了。

陈氏破门而入的时候，刘成业对她说：小子玩枪走火了，拿些烟丝来。

刘浪隐忍地说：不，我要烧酒和棉花。

刘浪重返樟坂是在一年以后。在此之前，他总是无聊地靠在后花园的刺树上打发时光，等待着耳垂上的伤口渐渐结痂。刘成业和他有时会在花园里不期而遇，这种相遇是尴尬的。每一次遇到刘成业，刘浪就感到耳垂上的伤口又裂开了，他甚至可以听见轻微的破裂声。借着这段暴风雨之前的短暂的宁静，刘浪可以回忆一些他和这个男人奇特的关系。

他现在更清晰地记起刘成业在他身上所花的工夫，用浸了水的柳条鞭子抽打他，追得他满场跑，可是鞭子像打在棉絮上，听不到个响儿。刘成业那一记老拳开了他的血窍，却没有改变刘浪的性格，他奇异地发现，刘浪跟自己是两路人，他能忍受疼痛、凌辱而毫不反抗，苍白的脸上永远挂着软弱和平淡的表情。刘成业对陈氏说：怪了，这哪像我的儿子，连哭都不会了，八成你是偷了人吧？我说菜地里怎能种上果呢？

刘浪第一次知道了，自己的出生似乎与菜地有某种关系。他开始怀疑自己的出处了。

八月十五中秋，一个郎中兼术士被请到了安贞堡，他是应陈氏之约来的。这个郎中和刘浪处了一个时辰之后，把陈氏悄悄地叫到厢房，诡秘地对她说：令郎大智，形于拙罢了，心好，没有恶念。

这么说，他见到的都是好事啰？

郎中点点头：不过，他和父亲是命里相克的。

陈氏这才回忆起这对父子天壤之别的性格。她记得刘浪曾经一个人悄悄地躲在后花园吞吃栀子花，当时她就感到很奇怪，她对刘成业竟然会生下这么一个儿子感到匪夷所思。

陈氏开始对刘浪恩宠有加，但这在刘浪看来是非常难受的事。陈氏有时会偷偷塞给他一块大洋，这使刘浪更怀疑自己的出处。有一次，他正在内厅偷偷地喝一碗母亲为他做的海蚌汤，刚喝了两口，就看见弟弟刘荡站在门口，不哭也不闹，只是看着他，这种锐利而平静的目光让他感到极其难受，他撂下碗，来到天井旁边，刘荡也悄悄地跟在他后面，而且勾过脸来看他，刘浪再也受不了了，一阵恶心侵入喉咙，对着天井哇哇大吐起来。

刘荡那年才六岁。他也是一个沉默寡言的孩子，但不像刘浪那样女儿气，只是不多话罢了。刘浪和刘荡的奇特关系，一直持续到刘浪学完医科回来。刘浪感到弟弟的平静和谦和中有一种对他彻底的蔑视。

直到十几岁，刘浪只有握住母亲的乳房才能睡着，这已经成了老习惯了。为了这个原因，陈氏只好给刘荡请了奶妈。她一直为菜地的事对大儿子保持着奇怪的内疚，她有一个天真的想法：如果不是因为那片臭气熏天的菜地，也许刘浪就会生出个男儿样，会变得凶猛而有主见。她时常看见乖巧的刘浪像个小厮一样忙前忙后地做事而感到悲凉，这个属菜地的儿子不会觉得这一切是掉价的。

刘浪记得最后一次和母亲同床共枕发生在十三岁上的一个夏天，那天他正在教弟弟描红。当他费尽口舌教完弟弟后，刘荡脸上并没有喜悦的神情，他用一种对于小孩难以想象的成熟口吻淡淡地对他的描红老师说：你去睡觉吧，再迟就找不到奶头了。

刘浪往母亲房里走时，耻辱就像一双手，从内堂到卧室的路上一件一件地脱下他的衣服，使他赤身裸体，脐下还长着微微的茸毛，最后，他就这样站在母亲房里。

来呀，来呀！上来吧。

他看见母亲已经躺在床上，撩开衣襟，一对大奶子正对他颤动，高翘的乳头仿佛洋溢着一种高傲、宽容和讥诮。

刘浪嗬嗬地哭起来了，陈氏奇怪地看着儿子，她弄不明白儿子为什么这么伤心。刘浪支棱着头，垂着双手，大声地"嗬嗬"起来，眼泪像水一样溅出来。陈氏叹了一口气，说：儿呵，你怎么长成这个样子。

这样看去，刘浪多少有点像个白痴。

看来，刘成业恨铁不成钢所用的强暴方法对刘浪都没有奏效，八岁时董云管家来画的符也无济于事。这直接促使了董云的第二次霍童之行。

这一次是陈氏捎信让他来的,他悄悄到达霍童时没有引起人的注意。

董云在吃了三个荷包蛋之后,对陈氏说:老板在樟坂一切都好,只是有心痛。陈氏没吱声,董云就说:把令郎带过来吧。

这时刘浪正在花园勤快地浇水,他喜欢这些花,偶尔还吃吃它们,他的口腔里时常回荡着一种来自花蕾的奇特清香。弟弟刘荡看着他这位傻大哥忙前忙后,就说:别忙乎了,有下人呢,快去吃药吧。

刘浪一进内堂看见董云,头就晕了。虽说已有些年头,但刘浪还是记得他苍白的脸和深陷的眼窝。

董云说:令郎看来是病入膏肓了,我在村口就看见了黑色的药渣,它们堆得小山似的,人们告诉我,这是刘家大少爷吃剩的药渣,这些药渣一直堆到安贞堡的门口,我估摸这是风吹过去的,我看见有人把它烧了沤肥。

陈氏听了伤心地掉起眼泪来。

夫人不要伤心。董云宽慰她说:暗病不是病,说不准哪天就好了。

这一次的诊治方法和上一次不同。董云吩咐刘家的下人弄来一个瓦钵,然后把从村口捡来的药渣放进去,点火焚烧,一股十分难闻的气味立刻在内堂游荡。董云问，公子，你闻到了什么？刘浪说：没有闻到什么。董云说你再仔细闻闻。刘浪说：我闻到了栀子花的气味。董云并不懈怠，指着瓦钵说：你的病好了，你再也不用吃这些药了。刘浪将信将疑地点点头。

奇迹出现在第二天早上。那一夜董云留宿安贞堡，不过他这一夜整宿没睡，绕着安贞堡敲了三更的锣，偶尔还吹吹哨子，陈氏知道这个高人在作法了。

四更天以后，刘浪感到寂静席卷而来。在阒寂之中，他开始感到害怕。因为他似乎听到有人在叫他。起初他以为是母亲在叫他，可是他打开房门没见一个人影，月光涂遍了他的全身。后来这声音又变成了弟弟的，从蚊帐顶上、门栓上和楼梯口挤出来，刘浪已经魂不附体了。这些模仿成各种人的声音呼唤着他的名字，当他似乎听到父亲的叫声从箱包一侧飘出来时，失禁的尿水已经溅满了裤裆。

刘浪闻到了喉头呼出来的腥气。

一早，刘浪和弟弟刘荡来到深水河边，他问弟弟：你昨天夜里叫我来着？刘荡说没有。刘浪说你撒谎，你明明叫我来着。刘荡说：我没有，是你自己遇上鬼了。刘荡的话第一次激怒了他，刘浪的好脾性被涤荡得干干净净，他咬着牙齿，恶狠狠地盯了弟弟一眼，走过独木桥，径自到对岸耍去了。过独木桥时他心里冒上来一个荒唐念头，一定是刘荡，他想害我。

刘荡第一次感到了孤单，他从未见过哥哥发脾气，所以觉得很新鲜，甚至觉得这个沉默寡言的哥哥有些可爱起来。刘荡揣着这些简单的念头，走上了深水上的独木桥，这种和好的表示进行到一半就中止了，因为刘浪也上了独木桥。两人越走越近时，难题出现了：不推掉一个，谁也过不去。

你让开。刘浪说。刘荡不懈地站在那里：我想过去玩。刘浪又说：我要回家，你让开。这时他听到了弟弟口中几乎模仿他的回答：

你让开。

兄弟俩几乎看到了来自对方眸子里突发的凶光。这丝凶光的出现正如风起于云，树起于山石一样正常。他们的脸色越来越难看了。

事实的结果和理由都变得非常简单：由于刘浪比刘荡大八岁，或者说他的力气比刘荡多八斤左右，刘荡就滚到河里去了。刘荡在水中徒劳挣扎的所有情景在这个令人窒息的上午出现了。刘浪看着河里的刘荡，突然笑了起来，但不十分响亮。回家的时候，他朝河里啐了一口。

刘浪迎着风往家走时，恐惧才慢慢出现，他觉得自己像一张破纸一样随风飘荡，不过这种恐惧转瞬即逝：这事除了刘荡，谁知道呢，他已经死了。

事情常常是出人意料的，当他踏进安贞堡大门时，就看见了刘荡。这个乳臭未干的人正水淋淋地站在天井边，忍受着母亲的咒骂，这次死里逃生被理解成一次玩水。刘浪心惊胆战地经过弟弟身边的时候，刘荡冷漠地看着他，一边拧着湿漉漉的衣服，刘浪听到了刘荡手里发出的拧断一个人骨头的咔嚓咔嚓的声音。

董云是黄昏时离开霍童的，临走时他对陈氏说：令郎无恙，请夫人宽心。刘浪看着他瘦削的身影像纸鸢一样没入官道的黄尘之中。

直到日后刘浪在樟坂发迹时，他还会时常听到各种各样的声音在呼唤他。起先他有些害怕，后来就渐渐淡漠了，他甚至觉得这是一件好事：亲人就在他的身边。

鬼

刘成业回霍童后，就永远和樟坂告别了。刘浪医科大学毕业后也几乎在家赋闲一年，这使他有机会来观察刘成业走向衰老时性格蜕变的一幕。所谓蜕变，就是像蛇蜕皮一样的变化，老皮一蜕下新皮就长上来，看上去像换了一个人。在偌大的安贞堡内，刘浪经常坐在一对石马上晒太阳，用手指抚摸着被父亲打残的右耳，想着一些主要问题，这一年的思考有助于他日后在樟坂的显赫作为。常常在日上一竿之时，父子俩会在院内的草坪上相遇，变化是显而易见的：起初是儿子躲避父亲的目光，后来是父亲躲避儿子的目光。

不知从什么时候开始，自动退休的刘成业改变了脾性，越来越倾向谦和，最后到了低眉顺眼的地步。开初同桌进餐时刘成业还有些趾高气扬，把肉汤喝得哗哗响，吃剩的骨头从他嘴里吐出来，飞进别人碗里；后来就规矩多了，甚至很羞涩，陈氏以为他病了。她说：你是不是身上不舒服？

不是。刘成业说，我好得很。

陈氏对丈夫的话半信半疑。对于一个妻子而言，丈夫个性的突然改变是令她很难受的，她似乎更习惯于刘成业粗鲁的言行举止，陈氏断定：在樟坂这个可疑的地方，他害上了心病。

刘成业一日说不上几句话，躲进房间一待就是半天。他把那个带回的红漆盒藏来藏去，一会儿放在床顶上，一会儿又放进马桶底下，总是不放心。这点事儿把刘成业弄得疲惫不堪，最后，他居然想到把漆盒吊在屎窖的石板底下，这一切都被陈氏看在眼里。她对刘浪说：你爹不对头了，得给他请个郎中来。

刘荡接过话头，有什么不对头，还不照样吃喝拉撒。

刘浪第一次发现刘荡也对父亲没什么意思。

不过，陈氏还是为丈夫请来个郎中。当这个郎中来到安贞堡后，却找不到刘成业了。陈氏脸都白了，驱赶家丁和两个儿子四处寻找，刘浪和刘荡对寻找父亲没有兴趣，他们躲在后花园的石桥下聊天，探讨医理和刘荡是否考医学院的问题。直到一阵吆喝，家丁在一棵板栗树上找到了刘成业，谁也不知道他爬到这棵掉光了树叶的板栗树上干吗。他从树上下来后，说：谁来了？我不想见生人。

郎中把完脉后，皱着眉，说：没有什么病。

陈氏不放心地说：总有什么病吧？

郎中干咳一声，写下了一帖处方：川芎三钱，田七一两，蝉蜕两只，枣仁七钱。

开完处方，郎中谢绝了陈氏递上的大洋，低头匆匆走了。他的神情使陈氏不安起来，这种不安几乎持续到她死的那一天。

吃下郎中开的药，刘成业并不见得有什么好转，反而愈演愈烈，坦率地说，他已经完全变了一个人。比如他对刘浪十分讨好，刘浪想擦嘴他就递上毛巾，像一个很体贴的女人。有一次他小心翼翼地从刘浪发梢上取下一小块石灰时，刘浪终于受不了了，他大声地说：你不要这样好不好！

刘成业不知所措地站在那里。

刘浪感到难受极了，刘成业温柔似水的目光清洗他全身时，他就起鸡皮疙瘩。他对弟弟说：我看他有毛病。

刘荡说：是有毛病。

刘浪说：八成是老了。

不。刘荡纠正道，我看他出事了。

出事？刘浪惊异地问，出了什么事？我怎么不知道？你知道吗？

我不知道。刘荡说，但他肯定出了事。

刘荡之所以猜到父亲出了事，是在他听到刘成业不停地念叨一句话之后。这句话起初只有刘荡听见了，他是一个很细心的人。后来大家都听见了，刘成业念叨的话只有四个字：

他要来了。

到底谁要来了？人们以为刘成业疯了。整个安贞堡为此乱过一阵子，以至于有些亲戚建议把刘成业送回樟坂去，美其名曰治疗，实际上是怕这个乖戾的老头中邪，坏了刘家风水。出于对丈夫天然的关怀和佃农女儿的本性，陈氏坚决拒绝这一荒唐的建议。后来人们发现刘成业除了念叨这句莫名其妙的话之外，其余一切都正常。既然如此，就没有妨害，只当痴人说梦罢了。

不放心的却是陈氏。一天傍晚，她把两个儿子叫到身边，神情庄重地说：你们爹身体不好，往后你们要多照看着点，很多事情很难说，人一老，脑袋就糊涂。

刘浪说：他不老，还不满五十。

母亲说，别这么说，你也有这一天。

刘浪说，我不会有这一天，你信不信？

刘荡打断哥哥的话，对陈氏说：你到底要我们干什么？

把他那支枪找出来。陈氏说。

儿子们愣了，他们似乎把父亲曾经带回一支手枪的事忘了。刘浪板着一张发青的脸，说：我不去，我平生最讨厌的事就是找东西。

我去。刘荡接过话茬。

事实证明刘荡过于积极的举动是徒劳的。他利用父亲不在的间隙翻箱倒柜，连老鼠洞也没放过，结果一无所获。他对哥哥说：我从来没见过这么精明的老头，他大概把枪吞了，他这个人吞得下这东西的。

刘浪笑了一声：我会比他藏得更好。

当然。弟弟注视着刘浪，你敢推我下河，我没这个本事。

事情还没算完。一日在吃饭的时候，刘成业突发奇想，他把一块噎着的饭团弄进喉咙后，说：我要备寿木了。

从狐山运来的柚木板材扛进安贞堡后，这里就热闹了。柚木是一种质地坚硬、很难切削的上等木料，寿材师傅用板斧在大宅内乒乒乓乓折腾了一个月，搅得四邻不宁。刘荡正在温书考学，气得脸色发青，他问刘浪：他这么早准备棺材到底安的是什么心？要抛家弃子么？

刘浪说：你懂个屁，这是霍童的老习惯了。

刘荡这才感到父亲真正老了。

最兴奋的莫过于刘成业了，他把所有的时间花在监工上，在棺材师傅周围转来转去，似乎比他还忙。他觉得斧头接触柚木的声音十分动听，使他产生了对故地樟坂的某种联想。刘成业在一旁过于繁琐的指指点点终于弄烦了棺木师傅：我还没见过这样的主顾，你说要怎么办？

刘成业接过斧头，盲目地在木坯上刨了几下，犹豫地把斧头递还棺木师傅：还是你来吧，不过，还差一斧头。

这"还差一斧头"把棺木师傅折磨得奄奄一息，他不知道究竟在哪里还差一斧头。直到他收拾家伙走人，刘成业抚摸着光滑绝顶的棺材时，嘴里仍然是那一句：还差一斧头……

棺木造好后就停在后花园里，而且一直要停到刘成业仙逝的一天。花园里长期停着这样一个东西是令人很难受的，非但如此，刘成业还要弄来一堆木炭、砖头和草纸放进去，这是用来入殓的东西，然后他坐在棺材边对陈氏缝制的白麻寿衣抱怨，查看针脚是否细密。他把寿衣穿在身上，左看右看，咕哝着：不合身嘛，我这么粗的人，瞧瞧！刘浪有一天半夜到后花园散步，居然看见刘成业穿着寿衣坐在棺材边自己跟自己说话：太小了，太小了……亏了刘浪是学医的，要不得吓个马趴。

兄弟俩对刘成业的积怨爆发在一次午餐饭桌上。刘成业竟然穿着寿衣来吃饭，刘荡看着看着就吐了出来。他在作呕的时候眼睛还恶狠狠地注视着父亲。刘浪也觉得一阵恶心，这时刘成业一反常态地恼怒了：你们干什么？你们也会死的，以后你们会知道，活着没啥意思，我知道我死了，你们不会管我，你们就喜欢我让狗给扒了。

他居然流出了眼泪。

刘荡吐完后，低声说，你放心，狗不喜欢你这身肉。

刘浪听了笑起来。他不知道凭什么刘荡似乎对刘成业有这么大的仇恨，因为刘成业一直是讨厌刘浪、喜欢刘荡的，从下游回乡总给小儿子捎上一两样东西。想到这里他笑得连饭都喷出来了。

午饭过后，刘浪特地到后花园走了一趟。他走近棺材时，无意间被它吸引住了（这成了日后他在樟坂开棺材店的契机），刘浪发现这口棺材做工精良，无与伦比，发亮的红漆下柚木漂亮的纹路和肌理隐隐约约地浮现出来，他闻到了一种木材清淡的芬芳和上等油漆发出的腥甜气息。当时他就发了一个奇想：这种好东西怎么能让一个死人去睡呢？

他躺进了棺材，感到舒服极了。棺材很合身，刘浪这才想起他是刘成业生的，这个事实大概不会错了。棺材妥帖的安全感像麦芒一样扎进他的内心，他突然明白了一个道理：死似乎比生更重要。

医科优等生从棺材里爬出来的时候，发现父亲站在花园的拱门里看他，这使他极其尴尬。不过刘成业一点也不生气，似乎还对儿子垂青他的居处感到高兴，他问：怎么样？怎么样？

这能卖个大价钱。刘浪说。

刘成业忧愁地说：就是差一斧头。

这句话被刘浪做进当晚的梦里：他梦见自己拎着一把锃

亮的板斧追赶着失魂落魄的刘成业，耳边呼呼生风。刘成业背着棺材凄厉地呼叫，像一条疲狼。追到通往樟坂的官道上，刘成业指着出村的路说：要去樟坂，你就劈了我吧。刘浪挥起板斧斫下去，父亲一声不吭地翻倒在地，却露出一张陈氏的脸，眼眶里爬满了蛆。

刘浪惊醒之后，全身汗水淋淋。他不知道自己怎么会做这种乱七八糟的梦，他突然感到非常难过：在这一年的赋闲时光中，刘浪心里塞满了古怪的念头，这些念头尖利又锈蚀，诱人又恶浊，驱之不散。刘浪莫名其妙地流下了眼泪，他几乎看到自己流着眼泪走在通往樟坂的大道上，与匆匆归来、疲惫不堪的父亲失之交臂。奇怪的是，他看见父亲的眼眶里也淌着泪水。

快走吧，快离开霍童吧。刘浪对自己喊道。他看见红色的东西从胸膛流出来，淌在地砖上。

刘浪离开霍童的前一个月，父亲病倒了。

入秋的霍童山区充满了凋敝的景象，期待丰收的田里只有腐沤的水稻土。靠在樟坂做小生意养生的霍童人对这一切泰然处之，只有被雨水侵蚀的布幌子支持着仅剩的酒肆和茶楼，让消闲的茶客在这里谈论来自樟坂的奇闻逸事。在这有限的谈资中刘成业已显得无足轻重了。

某一天的黄昏，刘成业吃力地搬来木梯，心事飘渺地来到安贞堡最高的顶楼，他望着苍凉的暮色在马蹄形的山坳里聚集，心里升起一股奇怪难言的情绪。他固执地认为，祠堂边上那块菜地是他人生的第一站，因为那里诞生了他的儿子刘浪，而正是这个原因，他才被迫离开霍童的。想到这里，刘成业干枯的眼眶突然滚出一颗黑色的眼泪。

陈氏见丈夫高踞在楼顶，以为他要跳楼，她神经质地惊呼起来，驱赶两个儿子上去把他弄下来。刘家兄弟心不在焉地爬上顶楼时，看见刘成业正撩开裤裆捉虱子。他莫名其妙地对两个儿子嘟囔了一句：我说差一斧头嘛，你们就是不相信。刘浪问他：差哪一斧头呢？刘成业就用诡秘的目光看着儿子，说：别这样瞧着我，想杀了我吗？刘荡对哥哥说：你还听不出玄机吗？刘浪听不明白：什么玄机？刘荡就把嘴凑到他残缺的耳根上：他要你给他一斧头。

说完，刘荡笑吟吟地走了。那寒气从刘浪的脚底漫上来，他不但觉得刘成业这个老家伙令人费解，更觉得刘荡不可捉摸，这个唇上茸毛还没长齐的年轻人有时会蹦出一两句耸人听闻的话来。

刘浪把目光从猥琐的刘成业身上离开，投向更远的别处，霍童破落的瓦房和荒废的阡陌使他涌起一股辛酸的情绪。他实际上无法接受刘成业由一个粗暴的英雄堕落为病人的悲凉的事实，因为这使他无法弄清人这一辈子到底在为着什么，如果等候他的晚景就是刘成业现在的境地，他宁愿一斧子把自己劈了。可是他又如何担保不走到这一步呢？刘浪站在安贞堡的瓦顶上，第一次尝到了提前来临的绝望。在他声名显赫的父亲用心捉虱子的难熬时光里，刘浪觉得他正被吸附到另一个渊面黑暗的地方，那里有无数脱了形的灵魂在挣扎和呼号，而自己走到这一步是无可避免了，当人无法阻止身体向某种渊薮滑行时，真正的绝望产生了。二十年来时常从刘浪胸口飘出来的红色火焰现在变成了黑色的东西。

刘成业终于病倒了，在他越来越微弱的咒骂里把病因归结到不让他上顶楼登高望远。郎中查不出他有什么病，病却在持续加重，人慢慢地消瘦和走形，像一只弓一样绷在床上。他在卧榻里念叨着一句让人听来不胜厌烦的话：他要来了……最初听上去这句话还像句警语，使人不可掉以轻心，但同样一句话说得太多就不值钱了，成了十足的陈词滥调。陈氏说：这可怎么得了，这可怎么得了！郎中都不用请了，不明摆着等死吗？她哭了，而且哭得很伤心，这个女人认定了在菜地里强奸她的人不是一个平凡的男人，他的死法都似乎与众不同。

你别哭了，刘浪说，他没治了。刘荡讥诮地说，坏就坏在那口棺材，谁叫他早早地给自己送终呢？陈氏一听这话立即止住了哭，她说，你们这两个没良心的，你父亲就是看穿了他死后你们不会上心，才这么做的。刘浪用蒲扇拨了拨刘成业的头，说，让他坐起来说说看，良心是黑的还是白的，他要说得上，我一准给他送终。这时，床上的刘成业嘟囔了一句，他要来了——刘浪起身就往外走，瞧，又是他要来了，这个他是谁呢？总不会是我们吧？那我们待这儿干吗呢？

陈氏一听又哭起来了。刘荡十分厌恶地看了陈氏一眼，也走出了房间。

那件惊心动魄的事就是在当晚发生的。正在做美梦的刘浪被一阵密集的枪声惊醒，本来他以为是哪家半夜抢亲鸣喜炮来着，后来越听越不对。在霍童，除了刘成业回乡打猎时能听到几记零星的枪响之外，这里静得就像一座坟墓。而且枪声越来越近，最后他明白了：枪声就在安贞堡。

他披了一袭黑被单就往外冲，迎面撞上穿着睡衣的刘荡，刘荡看着他的装束，笑道：大哥真晓得躲枪子儿！刘浪说，你还有闲心开玩笑，到底出了什么事？刘荡还是笑，总不会冲着我们来吧，我从来没干过恶事，你呢？我看今天老家伙寿限到了。

安贞堡内的家丁乱作一团，他们像丧家之犬一样在堡内审来审去，枪却老是臭火。看来这些枪好久没使了，这些年霍童似乎总是在跟鬼打交道，是用不着这些枪的。他们徒劳地端着空枪，却找不到来人在哪里。这些无用的食客今天的表现，标志着安贞堡显赫历史的正式结束。天明的时候，只见墙壁上的石灰被打了一地，人却一个也不见了。

刘浪和刘荡在炉膛里躲了一夜，他们谁也不想卖命，更不想白挨枪子儿。刘荡从炉膛里爬出来的时候，头上沾满了草木灰。他骂道：娘的，差点把我噎死。

他们来到父亲的卧室，发现床上空空如也，陈氏在床边呻吟，一颗流弹真会找地方：斜斜地穿过她两个乳房，血泊里暴露出被打烂了的胸腺组织。在陈氏大口大口的喘气声中，刘浪突然心酸起来，这对他童年用来催眠的乳房现在不堪入目，那用来喂养他的乳腺被铁弹击碎了，就像一摊下水。刘浪感到原先看上去那么神圣的东西原来这么脆弱，这一枪把他和童年勉强维系的一丝温馨击得粉碎。刘浪抱住母亲，声音发抖，你很疼么？陈氏无力地呻吟道，快去找你父亲。

这句话把刘浪刚刚培育起来的温柔驱散了，他吩咐家丁把母亲抬走，黑着脸说，我知道他在什么地方。

　　刘浪走进后花园，掀开棺材盖，说：出来吧。刘成业仿佛睡了一觉，大梦初醒的样子。他伸了个懒腰，慢吞吞地从棺材里爬出来，刘浪上前帮了他一把，说，你手脚不灵便了吧？不见得，刘成业说，到底是长子，知道来找我。不是我找你，刘浪讥诮道，是下游的人找你。

　　你不也想去下游？刘成业的病容消失无踪，你还能逃过我的眼睛？他从棺木里取出漆盒，里面有半盒金条和一把左轮枪。刘浪瞟了一眼，想给我做盘缠么？这大概就是你的全部家当吧？

　　你甭管那么多。刘成业一边说一边走。刘浪说，要是我不去呢？刘成业费解地笑了，除了樟坂你无处可去，我还不知道你肚里的肠子弯几道？你是我揍出来的。刘浪抚摸着发亮的金条，低声说，为什么不叫刘荡去，你知道他做梦也想去，你还看不穿他的心思？

　　他是花拳绣腿，刘成业吃力地拧动枪的转轮，我把你当男儿养，却得了个女儿身；把他当女儿养，却还我一个恶胎。不过，我刘某要做成的事，一定要做到。樟坂有产业等着你继承，还不心动？刘浪笑了，怕是等着挨枪子儿吧。

　　刘成业指着金条和枪，说，小子，做人要做头人，做事要占人先，啥时你玩人像玩鸡巴一样了，你就算是人了，因

为他们都是鸡巴，你才是人。你不要相信任何人，只能相信
金条和枪，对你来说，这两样东西是爹。刘浪轻微地笑道，
那我还相信你做什么？

刘成业奇怪地注视着儿子：你这德性总有一天要出事，
我现在不相信这两样东西了，但你要相信，你不相信，你会
活不下去的。

我想当医生。

不撂倒几个，你到哪里去找病人呢？

刘成业笑了一声，把漆盒搁在地上，走进了内堂。刘浪
从地上捡起一根金条，放在嘴里咬了一下，似乎在试探它的
成色，我们看得出，他装模作样的手势并不熟稔。

我要启程了。潮水似的陌生的欲望冲过他的胸膛。

离　乡

黎明时分，刘浪从樟坂的坞口上了岸。他从肮脏的水藻
和泡沫中爬上长满苔藓的青石板时，刺骨的凉风几乎把他吹
倒了，他抱着那个漆盒，啐掉嘴里的脏水，茫然四顾——这
就是樟坂？他从来没有到过这种地方，昏浊的路灯下积蓄着
大量的苍蝇，巨大的货包在黑暗中凌乱地堆积，守货的人像

死尸一样躺在煤堆上，嘴唇上粘着苍蝇。远处更黑的地方传来人的咒骂和钢铁厂坚硬而粗鲁的声音，它们和有气无力的汽笛混在一起，显示着这个商品集散地暂时的萧条。

刘浪感到一阵发冷，本来他是要堂而皇之地登上这个坞口的，可是他包的船在半夜遇上船匪之后，一切都改变了。他现在还能记起船老大中弹落水的情形，刘浪不知道出了什么事，直到从深水两岸黑暗的树丛里射出来的子弹渐渐转向别处，他才知道自己成了一次抢劫或火拼的牺牲品。刘浪疯狂地转动头颅，看着船在血红的水中像纸一样软塌下去，直至沉没。刘浪把漆盒绑在腰上，奋力向有灯光的地方游去。当他抓住坞口的一簇水草时，已经精疲力竭了。他又累又饿地走上坞口，巨大的油烟像黑色的幕布一样刮过来，刘浪在剧烈的咳嗽中问自己：这是什么地方？这是樟坂吗？我怎么会来到这个地方？

他想了想，可是脑袋里空空的，他仿佛听到了脑浆在里面流动的声音。站在这块陌生的地方，他原先对樟坂的推想一笔勾销，一切都要从头开始。我现在必须到"回春堂"。这是刘成业开的药铺，昔日这个陌生的称谓现在对于刘浪来说变得非常具体和实在。在那里，我可以换下这一身脏衣服，洗个澡，因为这铺子是我的。刘浪在风中打了个寒战，揣着漆盒开始沿着坞口的铁轨往里走，他虚弱的身体东倒西歪，空旷的饥肠里似乎传来巨大的鸣响，像一节空洞的车皮在冷漠的铁轨上滑动。坞口上阒寂而冷清，面对着这个黑暗的城市入口处，刘浪有气无力的蠕动正像一甲虫，渐渐滑入这个肮脏而巨大的胃囊。

站住。他的前面出现了一个人。这个人穿着玄色绸衣，手上拿着盒子炮。刘浪被这声短促压抑的断喝钉在那里，昨夜的回忆立即化作恐惧覆盖了他，当他茫然无措的时候，那人已经下了他的漆盒。随即，刘浪听到了一声奇怪的叹息，金条耀眼的光芒在他眼睑上一掠而过。我的天哪——那人抱着漆盒在铁轨上狂奔起来，在这个间隙里刘浪几乎没能对漆盒易手这个事实作出反应，他只能空洞地闪过一个念头：这个漆盒已经不属于他的了，抢劫就这样安静、简洁地发生了。

那人突然走了回来，他走到刘浪跟前，用枪支起他的下巴说，你是什么人？刘浪感到喉结快被挤破了。把漆盒还我，他说。那人围着他走了一圈，还你？我是抓贼的，这年头码头上尽是强盗和贼。刘浪又说，把漆盒还我，你不能拿别人的东西。那人听了大笑起来，他的声音像打水漂似的，你的东西？它在我手上，是你的东西？刘浪说，大爷，你行行好，还我东西，我是个好人。那人把他弄倒在地，用膝盖压着他的脊梁骨，刘浪的鼻子在冷漠而潮湿的地上几乎要挤扁了，他闻到了城市泥土发腥的气息。那人的声音在他炸裂的头顶上嗡嗡响，好人？我要笑破肚皮了，你是个强盗，我瞭上一眼就知道，你不是老实人，这年头没有好人。

刘浪听到了拉动枪栓的声音，这声音像滚雷一样从他头顶上掠过。他第一次真切地感到死亡来临的事实：在这片陌生的码头上，为了几根金条，他将被一颗铁弹射穿，然后悄无声息地扔进江里喂鱼。他发抖了，抱住那人的腿，你放我一马，我发誓我不是贼，我是做小生意的，我跟你走。那人把他拎起来，刘浪看到了一张苍白的脸，脸上拉着一条长长的刀疤。

天渐渐发亮，城市的颜色像暗血在伤口上渗出来，刘浪走在铁轨上，浑身发抖。他看着现出轮廓的码头上黝黑污浊的吊塔和岸边混乱堆积的钢板，感到刚刚发生的一幕就像一场梦一样不真实。他无法很清晰地想出它的原因，但他知道他正在一步一步靠近死亡，无论是被抛到江中喂鱼还是吃枪子儿，结果都是一样的。一切的起因都是那几根金条，这几块黄色发亮的东西即将粗暴地摧毁他的身体，包括二十几年的所有记忆。

铁轨开始震动起来，一列由南向北的货车呼啸而至，就在这转瞬之间，刘浪借着火车喷出的白汽迅速将那人掼倒在地，在车轮接触铁轨巨大的响声中，那人遗弃了漆盒，狂奔起来。

不过，他很快就转身返回来了，他看见刘浪徒劳地摆弄那支枪，还是寂静无声。那人下了他的枪，把漆盒抱在怀里，刺耳地笑起来，我相信你了，小子，你是个书生，我从你的眼睛里看出来了，你愿不愿意把金条还给我？

我还给你。刘浪说，这是你的东西。

我留你一条命。那人用枪管敲了敲他的脑壳，看来你是个外乡人，我打零嘴撞上了你，算你的福分，我阿金是好人，明白吗？

你是好人。刘浪说，我知道你是好人。

走吧。

天已经大亮了，上早市和搭早班船的人已经在码头穿梭。刘浪穿过人群时有了一个奇怪的想法：这些忙碌的人不知道从霍童来的一个年轻人刚刚捡回一条命，他们不知道，一定不知道。

黑夜像一件衣服从樟坂脱去，露出高大的烟囱和凌乱的屋顶，沿着码头和车站只能看到它的边缘，原先清澈的深水在这里变得污浊，长长的就像一条发黄的裹尸布。阿金把金条揣进怀里，用力把漆盒扔出去——它轻盈地掠过河面，消失在浑黄的水中。

现在，你滚吧。他说，我要干活了。

刘浪似乎无法接受这个事实，他在顷刻之间觉得这个城市如此陌生，如果眼前这个强盗（他是十足的强盗，他想）抛弃了他，他会惊惶失措的。我会的，他想，我现在不知道要往哪里去。刘浪对阿金说：我现在什么也没有了，我是个本分的生意人，你带我走吧，大爷。

阿金惊奇地看着他。他托起刘浪的下巴说，让我看看你的眼睛，有没有说谎。刘浪闻到了来自阿金嘴里令人作呕的虾皮的腥味，他看着那双发红的眼睛，想：我开始说谎了吗？我一进樟坂就开始说谎了，我只想在这里待下来，要回我的东西，它是我的，我没有说谎。

好吧。阿金放下了手，谅你也不敢下我的黑手，我阿金总是帮人，我是个好人。

你是个好人。刘浪说。

司前街是一条肮脏的长街，这条街上开着一溜五金冷作店、客栈和药房。春生堂药铺的布幌被雨水侵蚀得霉霉点点，像一面污秽的黑旗。刘浪跟着阿金带进药铺时，他突发奇想：

这怎么不是回春堂呢？它应该叫回春堂，因为我要去回春堂。司前街堆着发臭的稻草和腐汤的西瓜皮，黄包车就在上面一掠而过，人们都低眉顺眼地走路，只有打铁铺打铁的声音一下一下地震动着他的耳膜。

阿金把刘浪带进药铺时说，你要不老实，我要你死。刘浪没吱声，他看见阿金跟柜台上一个相貌古怪的伙计打了个招呼，径直进了后院。那边窝着一堆人，正在把一截车厢腾清。阿金说，我带来一条狗。有人就往这边看，他是谁？你打零嘴就打回个叫化子。阿金操起酒壶一饮而尽，他不是叫化子，他是书生。那堆人大声地笑起来。刘浪突然说，我口渴，我想喝水。喝水？一个叫阿八的走上来，我们这里没有水，只有酒。刘浪说，我不喝酒，我渴极了，我想喝水。阿八操起酒壶，来吧，你喝个够。刘浪迎面被泼了一脸，刺激的酒像鞭子一样没入他的眼睛，他呜呜地叫着，用手抓挠眼眶，我的眼睛要瞎了，我的眼睛要瞎了。

车厢被腾清后，引擎发动了。刘浪听到一堆杂乱的人声：快快，去运货的人上车，你他妈的还磨蹭什么？阿八问阿金，这个叫化子怎么办？我看他像个贼。阿金托起刘浪的下巴，说，愿不愿意跟我们走一趟，我带你去看看坟墓，你没见过樟坂的坟墓吧？说着他诡黠地笑起来。刘浪拨开他的手，我愿意，我愿意跟你们去。

汽车穿过司前街和顺义街，那些城市惯常的招贴和商店门匾在刘浪眼前一掠而过，可是他似乎没看见任何东西，他饿昏了。城市，城市，刘浪无法相信他在这个地方上了四年学，竟然对它一无所知。他也无法想象昨天还在霍童的刘家少爷，今天会坐在一辆肮脏的车上去运货，他无法理解这一切，但他不去想它，他突然觉得，除了那几根金条，任何事情都是不重要的了。不过，连这个念头都是荒唐的。

汽车在樟坂城外的一个坟场停下了，等待另一辆车的到来。刘浪渐渐发现，运货是一个十足的阴谋。他们等待的救护车刚刚接近坟场，密集的枪声几乎震聋了刘浪的耳朵，他躲在车身后面脸色发白。枪声消殒之后，硝烟刺激得他打了几个喷嚏，他从车后出来时，看见几具尸体横在路上。又死了三个人，他想，我连看也没看清楚，他们就死了。

你——过来！阿金指着他，你有力气吗？你没有力气。刘浪说，不，我有力气，我搬得动这些东西。刘浪扛着箱子走近车厢时，双腿发软，巨大的饥饿几乎把他撞倒在地，他仿佛看见那几根金条渐渐在阳光下化成水，流进他的胃，又流到他的四肢，它像一种粮食，使他平添了无穷的精力。

枪声再度响起使刘浪感到错愕，他明明看见阿金用枪指着他，要把他留在这里喂狗时，另一辆车从山坳闪出来，子弹在铁皮车厢上击出火花。他听得阿金大叫，不好了，龙帮的人来了！

那辆中吉普越追越近，子弹在刘浪头顶上呼啸而过，它们打在柔软的布匹上，看上去像烧焦的洞。刘浪想，我要死了。这时他反而生出一丝轻松，密集的枪声听上去非常清脆。阿金咒骂着，快开！快开！不然我们统统完蛋！

它追不上来的。刘浪突然平静地说。

你说什么？阿金看着他。刘浪又说，它追不上来的。只要一匹布。刘浪把一匹布展开，拉住它的幅头，布匹在路上翻滚起来，中吉普的车轮在布上滑行，最后被长长的布紧紧地纠缠在一起。

汽车拐回药铺时，惊魂未定的人呆呆地坐在车上。刘浪用手摸了摸货包里的东西，感到十分舒服。他问阿金，这里面是什么？

鸦片。

阿金呆了一会儿，说，你是个高人。

卸货的时候，阿金一声不吭地走了。刘浪待在后院的阳光下，饥饿的感觉一扫而空。他望着失修的瓦楞，感到在这充满奇迹的一天里，自己已经进入了另一个世界，与霍童不同的世界。在这个世界里，他不但能活着，而且活得很好。

他的呼吸急促起来，有一种陌生而新鲜的感觉侵入他的
喉咙，他抓住阿八，这里是什么地方？阿八说，这里是春生
堂。不，刘浪说，这里叫回春堂是不是？阿八奇怪地看着他，
你怎么知道？刘浪放开他，在后院走来走去，他觉得一股尖
利的兴奋几乎要胀破他的胸膛：回春堂！回春堂！没错。他
搓着双手，喃喃自语。

阿八奇怪地盯着他，你想跑吗？我不想跑，刘浪说，我
不会跑，我为什么要跑呢。

阿金是傍晚回来的，他像一条被打过的狗。见到刘浪时，
说，你说过我是好人。刘浪说是的，我说过你是好人。阿金
从怀里摸出金条，这些，还你。

刘浪看见金条发出令人迷惑的光芒。在这种坚硬的金属
里，似乎有什么东西在流动。他对阿金说，这不是你的东西
吗？我怎么会要你的东西，我从不要别人的东西。

阿金的脸色已经越来越难看了。他说，晚上，老板在云
骧阁等你。

云骧阁在丑陋的司前街中段，但离街有一些路，用来打
点门面的药铺隔开了它们。刘浪拖着又脏又臭的身体饥饿不

堪地穿过它们。现在他两手空空，一无所有。不过，他想到一切都会在顷刻之间失而复得，心中就贯透了一种麦芒般尖锐的感觉。樟坂的夜晚发出阴晦昏昧的灯光告诉他：这一切都是游戏。这是初入樟坂的刘浪对他日后所有经历的概括。

那个等他的人龟缩在云骧阁内的一间大厅里，他靠在角落的镂花大椅上显得既懦弱又微渺。我早知道你要来。他用浓重的鼻音说，他说话好像在打腹语，我一直在等你来。刘浪听到了一种奇怪的语声，既沙哑又尖细，像一个中年女人的呻吟。刘浪无须用心地辨别这张陷在黑暗中的脸，因为他早已对它耳熟能详。这个和父亲在樟坂混了二十年的人奇异地显示出他的年轻——他似乎不会衰老，岁月企图给这张脸弄上些皱纹是徒劳的，这个人仿佛一生都没有思虑过，清心淡泊使他保持着虚假的童年。

你很年轻，樟坂是你的唯一出路，他说。不过他并没有从椅上动身，就像在睡着说梦话。你应该去洗一洗，弄掉身上的臭味，那是乡下佬的臭味，上等人是不会有这种味道的。刘浪在黑暗中说，我不想洗澡，我不是上等人，我干吗要洗澡呢？刘浪回忆起阿八刚刚给他说的话，眼前这个奇怪的人具有超凡脱俗的能力，在他谦和的话语中有一种深刻的洞察力，自从他五岁时被一颗铁弹打碎睾丸之后，这种能力就

根植在他的身上。哦，要是我能捏碎他的睾丸——刘浪几乎
看到了自己的手捏碎那东西时发红的喷溅。

你过来——董云说，他仔细地看着刘浪的脸，我看出你
有野心，你不是个书生，我喜欢聪明人，你天生就是当土匪
的料，而你父亲不是，他是个废物。你跟我来。他领着刘浪
来到后院，他离开暗淡的灯光就像蛇蜕皮一样。董云吃力地
扳开地窖的石板，一股类似铁锈和白蜡的强烈的臭味冲上来，
里面堆着十几具腐尸，一群硕大无比的老鼠撕扯着女人的头
发，发出刺耳的断裂的声音。你带我来看这些干什么？刘浪
震惊的眸子闪动着光芒。董云肚里发出咕噜噜的声音——你
父亲就干了这些。

你应该去洗掉身上的臭味。董云注视着刘浪惊恐的脸。
你洗干净后，我会把一切交给你，我不是个贪财的人，我不
知道金银财宝对我有什么用，我不过是保管了它们，从你小
时候给你治病起我就下了这个主意，我知道一只羊羔总有一
天要变成凶猛的狼，这是天机和定规，谁也破不了。

你应该把它们还给我。刘浪突然响亮地说，因为它是我
的，刘成业的一切都是我的，你什么也不是，你连卵泡也没
有了。董云被这一番话击打得目瞪口呆，他发作起来，口里
泛着白沫，身体耷拉在椅背上，喉咙里大口大口地喘气。过

了一会儿，他惊慌失措、疯狂转动的眸子安静下来。刘浪心中倏忽滑过一丝轻微的愉快，这个人的癫痫和高度神经官能症状已经在年轻的医生面前暴露无遗。

平静下来的董云坐在椅子上，突然显得极其清秀和端庄。他对刘浪说，从今天起你是春生堂的老板，我永远是云骧阁的管家。刘浪说，你对我这么恩待，我应该叫你二爸了，可是我从来是个医生，我不会做生意。董云听了刺耳地笑起来，做生意是最简单的，你要什么拿来就是，你连拿东西都不会吗？樟坂的一切都是你的，只不过寄在别人手里，总有一天他们要还给你。

总有一天他们要还给我。刘浪重复了一句。

比如现在，董云从案几下取出一个铁盘，上面搁着三根金条，这些东西要还给你。刘浪说，管家，不是你拿的，与你何干？董云就叫了一声，阿金走进大厅时，双腿在不停地发抖。他捧过铁盘，奉到刘浪面前，刘浪捡起一根金条，仔细端详，这些金条够我活一辈子。他说话的神情有些迷惑不解的样子。不过，还有一件东西你没有还给我。阿金慌忙掏出那把左轮枪。刘浪拨弄着转轮，又说，还有一样东西要还我，阿金就掏出自己的盒子炮，刘浪接过来，把玩了半天。阿金已经魂不附体了：你杀了我吧，你杀了我吧。

董云说，他在叫你呐。

刘浪往左轮上压上子弹，这一次他做得很熟稔，就像对十几年前的一次复习。他说，留下他，他会像狗一样。砰——一声清脆的枪响，在云骧阁空旷的大厅里显得有些不真实，枪弹过处，阿金的右耳像花一样绽开，血溅在他的脸颊上。刘浪惊奇地发现，肉在铁弹的撞击下竟然是这样一种情形，血突破皮肤宛若花的盛开。我过分了，他说，本来我只想打掉你的耳垂。

阿金惊叫着捂着耳朵，向门口狂奔。刘浪抚摸着自己的耳朵，感到今天发生的一切都像演戏一样匪夷所思，樟坂真是一个神奇的地方。

我相信你是药房出色的老板，董云临走时说，因为你是一个医生。

现在，我想洗澡了。刘浪说。

医学和诗学

龙帮头人马大在一个早晨爬上了翡翠楼的屋顶，从这里沿着顺义街可以看见整个樟坂的动态。马大长着一张倔强和固执的脸，眼睛里闪烁着智慧。今天他突然爬上楼顶，并非要阅览樟坂的灰色的屋顶，也不是要欣赏司前街和顺义街上蝼蚁般的人群，他在心里要解决一个问题，是谁想出了用布匹滚车轮子的游戏？

农历八月十五，马大在这一整天中感到了不安。黑色的预感使他在面对新出现的事物时暴露了焦虑。雨过天晴，从墙泥里、门缝里和朽木中弥漫出来的飞蚁围裹了他，把他逐上了翡翠楼顶，以便想清楚从水中突然浮现的某个事件以及后面的脸。这张脸在樟坂出现后，情形就起了变化：在他的澡堂里突然出现了三具俘尸，尸体都被打碎了耳垂，它们像刚刚绽开的花蕾一样在池子的污水中飘荡；他的烟馆里突然听到一声巨响，一根上了年纪的烟枪莫名其妙地爆裂，他的一位来自山西的主顾当场毙命；他的菜馆里某一日抬出了六具尸体，这六个合伙人是在吃完火锅时断气的，为此他遭遇了多年以来最严重的一次攻击，白白送了十二个喽啰的性命。更让他匪夷所思的是，他在红楼里豢养的女人里突然死了六个雏妓，阴道里塞满了通草。对于马大来说，这一切除了让他感到惊奇之外，并没有牵动他的心思，他感兴趣的只有一个，谁能想出用布匹滚住车轮子呢？他问阿三，你说谁能想出用布匹滚住车轮子呢？这个问题把阿三难住了，他费力地拍打着脑袋，说：谁也想不出来，只有鬼。

鬼，你说对了。马大说，只有鬼。

这就是马大在翡翠楼顶眺望樟坂时的所有收获，在他浩渺的心事里，渐渐蓄足了一种决一死战的决心。这个聪明绝顶的乡下佬在和刘成业的较量中，变得非常散漫，直到逼得刘成业告老还乡之后，这种散漫作风愈演愈烈。有一段时间他每天以打猎消磨时光，他觉得追逐一只野兔比追逐刘成业愉快多了。马大慵懒的心绪不会告诉他，在一年之后他会像敏锐的猎豹一样收拢他的思绪，像弓一样绷紧他的身体。在此之前他已经扬言：我是杜村的乡巴佬，我不识字，我只对女人感兴趣，对于我来说，樟坂就是一个女人，十足的贱货。

直到傍晚，马大的心情还没有转机，他把大房如玉绑在翡翠楼的刺树上，用皮鞭揍了一遍，心情不好时他总是如法炮制。如玉摸着身上的伤痕，冷漠地说，想通了么，想通了就把我放开，我要回房了。

马大打老婆的时候是他情绪最低落的时候，马大唱歌的时候是他最得意的时候。这个目不识丁的年轻土匪会唱一口十分好听的山歌，每当翡翠楼响起高亢的夹杂杜村方言的客家山歌时，龙帮的人就知道老板又得手一回了。

龙帮和蛇帮的人最近在码头、车站和南校场频频交火。樟坂人对输赢是无法分辨的，他们不敢管这些连宪兵队都置若罔闻的火拼，只求在三更的梆声中取得片刻安宁。樟坂医学院的留校教师唐松被整夜密集的枪声弄得夜不成寐，起先他以为是国军和日本人在交火，直到清晨慈善堂来收尸时，他才看清那些死尸上穿着玄色的土褂子。他对一个忧心忡忡的同事说，逢此乱世，有何学问可做。

这天傍晚，唐松在学校操场的草坪上看见了一个人，这个人在秋千架旁迟疑的身影，引起了他的注意。

以下是刘浪十余年后对杜村的传道人所作的回忆。

我的罪恶是在深水的下游开始的，那是一个肮脏的地方，码头边漂浮着死兔子、垃圾和工业废水，岸上则因为走红的缫丝生意和暗中的烟土买卖显示了暂时的繁荣。就在樟坂城当了一个时期的土匪（是土匪，与落草为寇的寨主一样），置办了一些家业。那时卖烟土利钱很高，利厚的还有军火生意，只要有人，就要打仗和杀人，所以后来我又兼营医疗器械的买卖，那时不能从德国进货，我就从伦敦运来。死的人很多，樟坂每天都有人出殡，我开的寿材店获利很多，不过它只是门面而已。马大开的是烟馆和妓院，我是有文化的人，走的是另一条路。有很长一段时间，他们以为刘成业又从霍童回樟坂来了。

　　我走上这一条路完全是命，因为我不是一个想作恶的人，我一直想当一名医生，在大学时我对内分泌和微循环上了瘾。可是我的手艺荒废了，我的精力渐渐耗在与马大十数年的周旋中。在这十多年里，我学会了怎么躲避子弹。我记得小时候我连枪的扳机也扣不动，父亲的显赫作为与我无关。在霍童我胆小怕事，唯一不怕的是鬼，我从不害怕我没有亲眼见过的东西。有一段时间我热衷于为安贞堡后花园的花修枝，那时候我想：恐怕我要荒废我的医道，去当一名园丁了。可是后来，我没能得到一个花园，而是守住了一个产业，它们包括金条、大洋、枪支和大量的地产和鸦片。

　　在我感到疲倦和厌烦的时候，无意回霍童看望垂死的父母，我对他们缺乏好感。我一般会选择天将黑的时候，换上棉布长衫，戴上墨镜，回到我的母校去，不过，去那里我已经不认识人了，当然也没有人认识我。有一次，他们把我误认为校董会的督学了。

　　我记得是在那条木棉树夹道的水门汀路上认识她的，她是一所教会中学的高班生。当时我正对着瓦楞上筑巢的燕子着迷，我看着校礼堂红墙的飞檐上，母燕衔泥筑巢。那时我上医科三年级，对一切陌生的事充满了兴趣，我曾经因为仔细地观看一条母狗下崽而遭到唐松一伙的耻笑，他们讥刺我

患了肾上腺素分泌过亢症。我正在看燕子筑巢的时候，突然
瞥见她从草地的秋千架那边走过来，手里捧着一本《圣经》，
她读出一些十分新奇的词句：

耶和华是我的牧者，我必不至缺乏。他使我躺卧在青草
地上，领我到可安歇的水边。他使我的灵魂苏醒，为自己的
名引导我走义路。我虽然行过死荫的幽谷，也不怕遭害；因
为你与我同在，你的杖，你的竿，都安慰我……

她走过来对我说，你在看什么？我说，我在看燕子筑巢。
她望了望瓦楞，说，连燕子都认识它的家，牛都认识它的主
人，为什么人总不认父呢？我听不懂她的话，心中有一丝奇
怪的感觉，我以为父亲就是父亲，我讨厌父亲。在樟坂，我
一次也没去找刘成业，我的钱都是母亲从上游寄来的。自从
我拒绝刘成业两次去百乐堂看戏的邀请后，父亲很少过问我
的事了。他在我的宿舍门口面对众目睽睽说道：我这个儿子
是二尾子，他要能治好人，我头往裤裆里搁，我看你只能去
阉驴。当时我真想把他从楼上推下去，事后，唐松问我：你
父亲是兽医么？

我对她说：认父做什么？我可不愿当谁谁的父亲，那一
准难受，没有几个儿子爱父亲的。

你的光景很可怜。她说。我对这个女生居然说出"光景"

一词感到好笑，不过，我马上被吸引住了，她脸上有一种雨过天晴般的气色，这种温和的神情是我从来没有经历过的。我不知道这种感觉就是爱情。我进医大后，曾经对女人无动于衷，甚至厌弃，我讨厌唐松一伙整天议论某某女生胸脯大、某某女生屁股圆。他们骑在栏杆上一面打量过往的女生，一面诡秘地议论，时而发出一种十分刺耳的大笑。唐松对我的沉默感到奇怪，说，你敢情真叫你父亲阉了。他指着正从走廊经过的一个女生说：看见了吗？她叫徐丽丝，诨名叫小缎，警备司令的女儿，怎么样，漂亮吧？你瞧她那屁股。我循声望去，徐丽丝的臀部在丝织旗袍里颤动，仿佛水漂下的波纹。我突然感到有些喘不过气来了，第一次就此类问题向唐松开口了：她是哪个系的，怎么穿旗袍呢？唐松注意到我的神情了，说，她是学麻醉的，麻了吧？我说过你是假道学。要不要去摸一把，三天不敢洗手。我说，你滚。

　　我根本没看见徐丽丝的脸，但我起了一个严重变化，我遗精了。我在睡梦中看见她带我走，一直走到护城河边，她一飞就飞到对岸去了，然后向我招手。我听到她似乎在跟我说话，这话听起来像在轻轻地叹气，我觉得小肚子紧得很，到处找地方，她仿佛在说，过来吧过来吧，到我身上来吧。我说这怎么可以呢？她说怎么不可以呢，我就是女人嘛。我

一脚趟进水里，就遗精了。当我拽着湿漉漉的裤子时，竟然
哭了。虽然我是学医的，但我面对这临到我身上的事，感到
恐惧了。我发育的极度迟缓使我产生了一个缠绕我大半生的
古怪问题：我根本没看见她的脸，只看见了她的屁股，难道
就爱上她了？那么脸又长来做什么用呢？

　　遗精的快感把我带到一个地方，那地方是校内一个用于
战备的碉堡，现在堆放着手术用后的棉纱，发出一股雷佛奴
尔、酒精和污血混杂的恶臭。从这里可以看到上完经络课回
来的她。这一回我看见了徐丽丝的脸，她的脸像一个苹果，
两颊红红的，嘴像苹果的根蒂处一样凹进去，正在和人说笑。
我的手从裤子里抽出来时，身体发软，棉纱的恶臭驱散了我
短促的快感。我发誓再也不干这种事了。

　　我走出碉堡时正好遇见倒棉纱的唐松。他很奇怪地看着
我，你到这里来干什么呢？这个满脑子智慧的头名优等生今
天疑惑了。我没有理他，大步向操场走去，一面装模作样地
对瓦楞上筑巢的燕子注视了很久。我在心里一遍又一遍地告
诫自己：千万别回头，一回头我就露馅了。现在我明白了，
有些事情的确是十分肮脏和污秽的，要不我怎么不敢回头呢？

　　我开始了一段极其痛苦的日子，面对着这使我上瘾的诱
惑，我不得不一次又一次忍受棉纱的恶臭。我的脑子里装满

了她（不，仅仅是她的屁股），在废弃的碉堡里进进出出，担惊受怕，生怕门口会突然浮现唐松的脸，这造成了我日后对背后和所有我视域之外的恐惧，担心秘密被揭穿。唐松有时候似笑非笑的表情令我心惊肉跳，我不知道他是否真正在那个碉堡逗留过，这种想象几乎要了我的命。我整天头昏眼花，精力的流失使我神思恍惚，双眼发黑。以至于有一次在课堂上把气门说成肛门，引起哄堂大笑。这种痛苦直到我找到一个理由之后才有所缓解，这个理由就是：如果唐松窥破秘密，那么他也一定去那个碉堡看女人了，说不定比我更糟。既然如此，我又有什么好难堪的呢？这个念头导致了我日后的一条生活准则：如果我们一样的坏，那就无所谓什么好的东西了。这就是后来我和马大的基本关系。

心情比较好之后，我会走到操场旁边看燕子筑巢，我琢磨燕子也要干那档子事吧，要不它筑巢干吗。我被自己放纵的好心情迷住了。

这时，我看见秋千架旁边站着一个女孩。

啊。我掉进了一个深渊，这地方渊面黑暗。我知道她要拉我，她已经伸出手来，可是我够不着她。

她叫天如，从教会中学毕业后，来医大上护理专训班。

我在公共国文课的课堂上再一次看见她时，她依旧穿着朴素的蓝色学生装，似乎永远长不大。她说，我见过你，你看燕子筑巢。我自惭形秽地笑了，我发现她连上课也带着《圣经》，就问，这里面讲什么东西？那么宝贝。她用纤细的手摩挲着它。这是神的话，教我们行事为人。我就很奇怪，就靠这本书，你可以分辨好坏？天如说，对，就靠它。我听了几乎要笑出声来，我胡乱翻了几页——我就是道路、真理、生命；若不借着我，没人能到它那里去——我问，你就读这些？她说，念这书上预言的，是有福的。

我望着窗外的木棉花犯愣，天如进入我的内心像季节转换一样自然，我无法听懂她的话，但我知道这个特殊的女孩正在介入我的渴望，正如期待一根新枝发芽生长的渴望。她的脱俗宛如自然生长的青草，使我无可推诿。我把《圣经》还给她，我看不懂，我说：不过，我想写诗。天如说最好的诗歌都是对《诗篇》的摹仿，我很奇怪她说出这种话。我想写散文，你读过林语堂吗？她说，《雅歌》是最好的散文。我觉得她在跟我作对。要是我写小说呢？她认真地说，你可以去看看《福音书》。我就说，算了，我啥也别写了，我将来准是个医生，我只对人感兴趣。她说，人是神造的。

我知道她马上要说出泥土造人一类的话，就不再吱声。

她的卓越一方面使我兴奋，一方面让我沮丧，她把我天生的傲气打得粉碎。我对这个待字闺中的才女说，我只想读书，没那么多念头。天如说，他看见许多的人就怜悯他们，因为他们困苦流离，如同羊没有牧人一般。我越听越犯困惑：我不苦，我好得很，干吗要自暴自弃呢？天如叹了一口气，说，我们都如羊走迷，各人偏行己路。

　　我无法再跟她继续对话下去了，下了课垂着头就往回走。唐松追上来拽着我问，你在跟谁说话？我看那女生很不同咧。我没有理他，回到宿舍，躺在床上想着刚才的事，"困苦流离"四个字划过眼前时，我莫名其妙地流下了眼泪，我这才发现我竟然还会哭。我拥着潮湿的被子想：这眼泪一半是为她而流的，另一半是为自己，困苦的童年使我流泪。不过，我不想再流泪了，这是最后一次。我想，只要我以后会比刘成业活得更好，那么流泪的就不会是我，而是他了。现在，我清晰地意识到：我爱上她了。

　　然而我的手淫恶习却仍在疯狂地进行。我一会儿望着操场上的秋千架和蓝色的天空想她，一会儿又钻进碉堡干那种难以启齿的事。我在这忽明忽暗的地方进进出出，心力交瘁。每当我起了这念头，就在心里咒骂自己，我已经被这可恶的（我知道这是十足丑陋的动作）念头弄得筋疲力尽了。上课没劲，一上实验课就头晕，全身像一个掏空腾清了的破麻袋一样在学校的各处飘荡，有时刚从碉堡出来，看上去连天都是黑的。当我再度摸进碉堡时在心里对自己吼道：这是最后一次了，是的，一定是最后一次了，以后再也不干了，好好地做事。

然而这"最后一次"是没完没了的。我神思恍惚地呆在床上，昏昏欲睡。刚接近梦境时，天如的脸总是从水里浮现出来，我一看见她的脸，辛酸就掏空了我，眼泪落在枕头上。我发现自己不再流泪的决定同样是荒唐的。

一个凉爽的早晨，唐松摸到我床边，指着我被子上一块黄黄的污渍问，这是什么。我低下头，心里已经黑了，我在里面默默地对唐松说：如果你再问一句，我就杀了你。不过唐松没有再问，而是淡淡地笑道，这有什么难为情的，亏你是学医的，人嘛，有什么办法？他凑近我神秘地说，难受的时候，这一招比吗啡还灵。

我看见他吹着口哨昂首阔步地走出门外，心里感到奇怪：为什么对我而言这么恐怖的重大问题，在他却轻于鸿毛呢？

我终于再度把天如约了出来，我们在空空荡荡的实验室里读书。我说，今天你不要讲《圣经》了好不好，我们说说话。她笑着说，行呵，说什么呢？我望着室内巨大的动物和人体骨骼，竟然无言以对。我听到了她轻微的喘息声，在空旷的实验室里飘荡，穿行于各种骨骼之间，像风一样刮来的肌肤纷纷飘来，聚合在骨骼上，使它们复原，成为一个活生生的东西，我被自己的这种想象吓得目瞪口呆。天如安静地看着我，睫毛像雨帘一样落下，在明亮的灯光下，我无法去碰一下她。我感到在凉爽的空气中，身上已经被汗水洗过一遍，水淋淋的了。

突然一片漆黑。这突兀的停电事故使人猝不及防，黑暗像钢铁一样冲进来的时候，我听见她说，停电了？我的心绪被这突然的黑暗弄得很兴奋，我费了很大的力才把一个烂熟于心的名字送出，天如——她说，啊。我的手放到了她的手掌上，她没有动。过了一阵难熬的时光（我觉得我鲜红的心正在挤破干渴的喉咙），天如的另一只手放在我的手上。我流出了眼泪。

灯亮了，我们的手分开了。我一句话也说不出来，她也没说话，只是把《圣经》贴在脸上。我看见她的脸在这个时刻有一种奇怪的美丽，就像一片忧伤的叶子。天如抬起头来的时候，掏出府绸手巾，擦掉了我眼睑上的泪痕。

你要成为他的羔羊。她说。你要得救。

实验室的举动使我信心大增，这是我在医大最愉快的一段日子，我的心像被洗过一样。虽然天如从来没对我表白过什么，我也没弄懂她的真正意思，但我仍然很高兴。虽然我听不懂她讲的东西，但我喜欢她慢慢说话时的神情，那神情里有安慰。当她祷告的时候，读出像诗一样的句子。我闭着眼寻思：为什么女孩特别容易惹上的虚荣的毛病，在这个人身上荡然无存呢？

但我让天如失望了。我着迷的是能和她待在一起，甚至能重温那个晚上的佳境——她轻轻地拍我的手背。这个欲望终于促使我找上了唐松，我把他拉到食堂后面，说，你一定要帮我一个忙！他对我猴急的样子很吃惊，你还会求人帮忙！我说，晚上八点，你把实验室的电闸关了。唐松嘿嘿地笑起来，在黑暗中露出雪白的牙齿，你好呵，想让我进局子！我掏出二十个袁大头，怎么样？这些钱都给你。唐松张大了嘴，摩挲着大洋光滑的表面，看不出来呵，少爷，看来我要为三斗米折腰了。我说你到底干不干？他把袁大头弹了一下，拿到耳边去谛听，干呀，怎么不干！它叫我干我就干。

夜进入校园是滑行的，但我仍然嫌它走得太慢。天如坐在我身边，她的神情永远温和，似乎是一个从来不知道什么叫生气的人。我在心里一遍又一遍地回忆我和她的相遇，感到这是一个奇迹。她做完了课业，开始读《诗篇》：我虽然行过死荫的幽谷，也不怕遭害，因为你与我同在。你的杖、你的竿，都安慰我……我听来就像风过耳，心思飘渺。这时，灯熄了。

我的心挤破了胸膛——这个时刻到了（用二十个袁大头买来的宝贵的五分钟）。我急不可耐地说，又停电了，又停电了。我突然意识到我的兴奋有些过头了，缄口不语。过了一会儿，在一阵震若鼓点的心跳中，我把手放到了她的手上。

她没动弹。不过，当我的期待走到边缘时，她还是伸出了手，像我的预约那样在我手背上轻轻拍了两下，似乎叹了一口气：你怎么那么喜欢黑暗呢。

我像遭雷打似的呆在那里，我抽回了手，抱住头在那里不能说话。我陷在黑暗中，那剩下的三分钟的夜色像黑暗的潮水在我身边汹涌，我的破船开始漏水了，它不断地在水里打旋，逐渐沉没。

走的时候她要送我（过去都是我送她），我说不要你送。她说为什么呢？我答不上来，她就把我送到门口，我看见唐松在门里探头探脑。

她走后，我只想睡觉。唐松凑过来说，怎么样？时间够不够？偷鸡摸狗的事干成了吗？我一把揪住他，把他拖到走廊上，拽住他的头往柱子上撞。唐松吓坏了，惊呼——你怎么啦？发神经了吗？我要被你撞死了，我要出血了，快松手。
我松开了他，唐松摸着额头垂着眼看我，你这个人太可怕了，
跟日寇似的。他悄无声息地走进房间时，我抱住冰凉的石柱，
说，天如，我打人了，你一定不会喜欢我打人的，是不是？

不过，唐松说得没错，第二天我就钻进了碉堡，重操旧
业。我走进我厌恶的那个用石头砌成的地方时，心里有一阵
狂风呼啸而过，把我刚刚培植不久的好念头一扫而空。我把
潮湿、沉重和散发着腋臭的一身肉搁在那个孔上，等待着徐
丽丝的到来（对我来说，她就是屁股，没有别的），我有点想
哭，在心里拖着哭腔对自己说，我不想待在这肮脏的地方
（我的确不想这么做），你要干你就去干吧。这时，我的心情
变得非常单纯，开始搜寻过路的女生。

可是徐丽丝没有来。下课的人快走光了，她还没有来。
我开始想象她的身体——我有很好的想象力，能想出子虚乌
有的东西并使自己信以为真——正当我几乎要把她想全了的
时候，一个熟悉的人影滑过我的视域，她似乎还朝这里看了
一眼。

天如的出现使我全身发软，我发晕的脑子告诉我，她一
定看见我了。我咒骂自己：你完蛋了，你完蛋了！我拖着草
纸一样的身体走出碉堡时，看上去天又是黑的。

那些天我几乎像一个濒死的人，连一棵衰草也不想抓住。我不敢去见天如，整天把自己关在房里读书。有一天我翻开《代数学》，看见一个双曲线的图案，马上就想到了屁股，而且是徐丽丝的屁股。我恶心得快要吐出来了。

我说，你去死吧。

我弄来一把手术刀，用酒精棉球擦拭后，它会放出炫目的光。我走进那个碉堡，用另一瓶酒精为下身消毒。我想，只要手快，一刀就能结果了它，我对医生熟稔而利索的手势充满信心。可是，从哪里下刀呢？我的手发抖了：我无法肯定割掉它以后我还会不会往碉堡里钻。

门开了，唐松端着一盘脏棉球站在那里，他吃惊地望了我一会儿，扔掉托盘，狂奔起来。我几步冲上去把他揪住，他的声音里透着恐惧，我不把这事说出去，你不要打我。我放开了他，松懈地说，我不打你，我干吗要打你呢？

我把手术刀抛出，这东西轻盈地飞入空中，划出一道弧线，唐松吃惊地看着它的坠落，他被这灵巧的小东西迷住了。

为了避免唐松看出我爱天如，我让他去帮我把徐丽丝叫出来。你是说小缎？唐松问，你可要小心点，当心他老子一枪把你崩了。

这还不好？我说，我就盼着吃颗枪子儿。

小缎果真来了。在深水边的亭子上，我看见她穿了一袭白色的丝织旗袍袅袅婷婷地走来，我诧异这个二十岁的人怎么会露出成熟女人的体态。就在我想象无数男人在她身上的姿势时，她走到了我的身边。我对自己说，荡妇，这个人真是个荡妇，我连她身上的狐狸骚味都闻到了。

啊，我认识你。她坐在栏杆上，我在解剖课上见过你做示范，不是所有男人约我我都出来的。说着，她抚摸着指甲上的蔻丹，一面用眼角瞟着我。

这就是我天天为她钻碉堡的人吗？我感到奇怪了，这个人一旦走到我跟前，我却感到陌生，她身上的胰子味和头上过多的发油刺激着我的鼻腔，让我一阵反胃，这一切看上去像是假的。我有些惶然无措了，说，你回吧，我没有找你。

什么？那你到河边来干什么？小缎的眉毛渐渐拧了起来，你别耍老娘！否则让你吃枪子儿！

一听这话我倒火了，她撅起屁股的样子使我突然想起了碉堡和外面走过的天如。我不说话，一下子就把她弄倒在地上。她在地上挣扎，你发神经吗？大白天的我没有见过这么粗鲁的人。当我的手合拢在她的颈项时，她才尖叫起来——她的叫声被迫中断，腿踢打着地上的青草，脸上浮现出震惊和恐惧，我怕看这张脸，渐渐松了手。她在地上喘气，用手摸着脖子，脸色由惊惧、迷惑转向随和，我知道你在逗我是吗？你真会找地方。她掸掉身上的泥土，坐到我身边，用眼角瞟着我，你是个男人，我喜欢你打我，痒痒的。对了，你叫什么名字呢？

我的声音开始打抖了，我要回去了，我说，我要走了。我站起身来，清晰地感觉到她结实的臀部在向我召唤，我是因为害怕而发抖的。我沿着回校的小路狂奔起来。我听见她在后面喊，你别跑，你跑什么呀，我喜欢你——

晚上的解剖课，我昏头昏脑地走进解剖室。唐松抢先从池子里弄来一具女尸，讨好地邀我一起共享。女尸放在水门汀台上，福尔马林刺激的气味使我流下了眼泪。刘医生，你对一具女尸掉泪么？唐松诡秘地朝我眨眨眼。

熏的。我说。

这就对了。唐松用刀开了腹，熟练地切出了卵巢的位置，尔后是输卵管，子宫和阴道前庭。他用手术钳夹起卵巢，有意地弄给我看：每月排一次卵，排卵期女性感到兴奋。他继续说，脑垂体能激活或抑制女性的性亢奋，还有肾上腺素。说完后，他看着我。

是呵，我说，女人不过就这样，干吗着迷呢。人不想干的事情，干吗偏偏去干呢？

你错了。唐松凑过来小声地说，人就是想干那事，人是这样长的。

那这里怎么办？我指指胸口。

你是说心？唐松笑了，他冷漠地在女尸的乳房一侧拉了一刀，要不要我开给你看？开胸后，你会看到与一只猪差不多的东西。

我说我要吐了。我一脚抢到门口，想干呕，但只是在那里喘气。唐松跟过来，说，你这样还想当医生？解剖课你是最好的，还用得着我来教你。我望着他手术钳上发白的卵巢，哇的一声，吐出一摊清水。

这天夜里，我做了一堆乱七八糟的梦，我总是拎着一把硕大的解剖刀，在漫山遍野的尸堆里穿行。在一棵枯树下，我对着活的唐松解剖，他杀猪般地厉声嚎叫起来。

这个梦之后，天如和她的日子和我告别了，她参加了前线福音医院的护理队。就像退潮一样，过去的一切我忘记得很快，只是在临近毕业的时候，刘成业的突然来访才使我记起，我仍然爱着那个叫天如的护士。

我记得刘成业见我时带着伤，我以为是欠赌债给揍的。我把他安置在已经废弃不用的碉堡里，每天给他送饭。他惊恐地检查碉堡的安全程度之后，得意地说，到底是我的种，能找这么个地方，谁也想不到我藏在这里，他们哪知道我在樟坂还有个儿子，哈！突然他又对我说，你嘴把严点儿，泄出去，杀秃了你，别看你是我儿子！他掏出手枪在我眼前威胁地晃了晃。我对一个父亲掏出枪来恐吓儿子感到好笑。啊，他毕竟是我的父亲——我对这个念头也感到好笑——毕竟是我的父亲。

　　有一天我替他买了一把川芎祛伤，刚进碉堡就看见他趴在那个口子上，目不转睛地望着外面，一只手插进裤裆里撒欢。他见我进来非但没有中止他的动作（他带伤作业的费力形态极其丑陋又让人难过），而是为自己的新发现兴奋不已。他叫道，快来看，快来看，大屁股，大屁股！我看着他的丑态，把川芎扔在地上。我顺着口子看出去，他妈的，又是小缎这个娘们打这里经过，好像医大的女生都死光了，只剩她一个。真是有其父必有其子。

　　我转身就往外走，刘成业一下子转过身来，让我站住。你想到哪里去？我说我没想到哪里去。刘成业不相信地看着我说，你在撒谎，你讨厌我了，是不是？我一看你的狗眼珠我就知道，你是我操出来的。他在地上扔下几块大洋，这些钱给你，泄露了风声我一枪开了你的脑袋。我说我不要钱。

他用脚踢了踢那几块大洋，你还不拿？我说我不要，我不会说出去。刘成业厉声地说，我不相信你，我只相信钱，再不拿，我一屁股坐死你！

我从地上捡起那些钱，小心地拭去上面的尘土，我心里出现了一个景象：卡住刘成业的脖子，弄开他的嘴，把大洋一个一个填进他的喉咙。这时，我突然听见刘成业在叹气，声音里竟然透着悲伤：唉，我养儿子干吗呢，备了来杀我，老婆呵，你儿子跟我索命呢。

我差点快笑出声来了，这反而使我的心情转成轻松。我坐下来，发现刘成业实际上很幼稚。他问我，你们学校里很多女人吧？我很厌恶他提这样的问题，没有理他。他指指裤裆，你经常也来一下？见我没说话，他自言自语地说，男人想女人，一挨上又觉得都是婊子，没意思，还是自摸过瘾。我受不了他这种认真探讨的口气，我说你嘴巴放干净点好不好？他奇怪地看着我——咦，你倒猴子充斯文了啊，我就知道你勾搭一个护士，别看我没来就不知道，我的眼线多着呢。

你要再说她，我拧断你的脖子。我说。

女人有什么了不起的？他骂道，我看你是屌还没有长硬，在樟坂我女人多的是，还不是任我打来任我骑？

我一下把他撞翻在地，他的伤口被我的膝盖抵住，我压一下他叫一声。他呻吟道，儿子，你放开我，是我养了你，你这么没良心吗？我说，闭上你的臭嘴。刘成业垂着眼，快放开，儿子，我痛死了，我不说她了，我根本就不认识她。我松开膝盖，在地上啐了一口。

我走出碉堡，来到操场上的秋千架旁边。我坐在秋千上，望着天。天空蓝得透底，我的眼眶里突然挤出两滴眼泪，我感到这天上和地上的事是多么不一样。

从医学院毕业后，我在故乡霍童待了一年，一年后我重返樟坂，干上了杀人越货的勾当。在樟坂，我发觉年轻时那么认真的东西原本是无聊和无谓的，一切都变得十分简单。人在年轻时总是把芥末看成西瓜，并且动不动要去死。在樟坂，我用脑子做事，用智力不用心力，事情就很顺手。我用一半脑子就可以对付那些乡巴佬。

只是偶尔在入睡的时刻，天如的脸会突然浮现出来。

仇　恨

以上涉及刘浪童年、少年和青年时代的某些事迹是可笑的，然而并不滑稽。这种可笑的成分是回忆留下的残渣，仿佛蛇蜕皮后，这身蛇皮纵使色彩斑斓也无济于事，它毕竟与蛇的身体相脱离，变成另外一种东西。正如我们面对琴箱上的蛇皮会缅怀某种经历一样，刘浪面对自己的过去大抵也是这样一种想法。他在樟坂失意或得意的时候，它们都会适时地突破岁月的阻碍与他有所沟通，并使他难以忘怀。

在霍童和樟坂医学院的日子是刘浪生理成熟的重要阶段，这种本能的积累是他日后真正进入樟坂的必要准备。从他父亲讥笑他是二尾子到他能够针对一个想象中的女人射精，刘浪预备了较好的进攻能力，这种由腋臭组成的气氛吻合了樟坂的男人世界。在樟坂，多数妻妾成群的男人都信奉一个真理：这是个属于男人的征服的时代，所以那时鞭笞、凌辱妇女的事已是见惯不怪。但刘浪深谙个中三昧却是在樟坂一年以后，在这一年里他力挽狂澜，扭转了蛇帮在樟坂黑社会的颓势，几乎控制了樟坂所有的药材、军火、杂货和药用器械的买卖，只在烟土和女人生意上与马大平分秋色。当刘浪用他那比狐狸还灵巧的脑子控制樟坂后，他开始真正认识自己在这里的价值。所以，我们把刘浪这个时期与他生理成熟区别出来，称为思想成熟的时代。

在开初的一年里，马大无法亲见这个新到樟坂的人物，刘浪神出鬼没的习性像夜行的猫头鹰，让他伤透了脑筋。有时马大把这个高人想象成老翁聊以自慰，以为是江湖耆宿出山，直到他自己的老婆如玉被刘浪夺走，才知道他的对手是个还不满三十岁的书生。

如玉离开的前一天晚上，马大感到了一种没有来由的孤独和焦虑。他的眼睛里闪烁着惊恐的神情，对如玉说，听，我听到了枪声。他灵敏的听觉告诉他，枪声在西郊鸣响。马大用心地谛听——瞧，又是这小子在作乱了，他像累不死的牛犊，总有一天他要把你也掳去。如玉在灯下涂指甲，心不在焉地说，掳去有什么不好，我就是喜欢能人。如玉的调侃并没有使马大发作，他仿佛陷入了沉迷。过了一刻，如玉见他孤独的背影消失在门里，洒满月光的天井上突兀地响起一支山歌，马大这种反常的举动激起了如玉不祥的预感。

韭菜开花一管心
我把妹来作灯芯
夜里梦见同妹瞓
醒来才知隔重天

第二天天落黑时节，这支山歌应验了。马夫人变成了刘夫人。

刘浪的变化是云骧阁上下有目共睹的，除了管家董云之外，连手下的喽啰也开始熟悉这个新来的年轻老板的脾性。有人看见他终日待在房里，写一种让人看不懂的文章，并且高声朗读出来。外面在交火，他却充耳不闻，朗读文章的声音是抑扬顿挫的。整座云骧阁书声琅琅，活像一个书房。有一次蛇帮在樟坂西站截货车，被车站保安局的人撂倒了几个，阿金惊惶失措地冲进云骧阁，看见刘浪在吹箫，他一面吹箫一面听阿金冗长的叙述。一阕终了，他不耐烦地打断阿金，说：扳道！扳道！

这两个字使货车与一列南来的油车相撞，冲天的大火把车站烧成一片废墟。等到救火队和警备团到来的时候，连对方的一具尸体也找不到了。我们对这个事件一笔带过，是因为它只是刘浪略施小计的结果，这里只记录警备司令徐大头亲临现场的情景，他在冒着浓烟的焦黑椽子上走来走去，像一头困兽一样。他无法在短暂的想象中把一次枪战和火车错开联系起来，徐大头在着火的瓦楞和焦黑发臭的尸体之间站了很久，对车站站长说，这是不是活见鬼了呢？站长徒劳地握着一管压不出水的水龙说，是活见鬼了。

徐大头临走时带去了一具尚可辨认的尸体，在尸体的右臂上，发现了一个龙形的刺青。

三天后，与警备团相安无事的龙帮遭受了一次攻击，他们摧毁了龙帮在城南开的一家妓院，并掳走了一些枪支弹药。马大没有找徐大头算账，他知道这样做无济于事。王八蛋！他高踞在翡翠楼顶对着空旷的樟坂骂道，我不掀你娘的底朝天就不是马大！可是你到底是谁呢？

阿金把喜讯传给刘浪时，刘浪正在用心地给笛子贴竹膜，他老是贴不牢这膜，就把它扔到一边。阿金对他说，老板，这一回马大栽了。

刘浪无喜无怒地坐在那里，弯过指头数数。他费力地算清数目后，说，值了。

什么值了？

刘浪掸掸手，对阿金说，晚上我要去看戏。阿金问要备车吗？刘浪说不必了，我要走着去。

蛇帮的人对刘浪的神出鬼没已经习以为常，实际上大多数人没有见过他的面，只是风闻他的显赫名声。他们只有在听到高声朗读或洞箫凄婉悱恻之声时才可以确定老板在云骧阁，但只要一到蛇帮有动作的时候，老板就肯定在场，从不误事。人们不知道当时刘浪到底在哪里，但知道他肯定没有走远。阿金能记起刘麻子刘成业在樟坂时的情景：这个性格暴躁的家伙每次都要亲自到场，挥着左轮手枪，嘴里吐出一连串的脏话，而且动不动就对手下腿脚不快的弟兄搂火。好几次由于目标暴露过大，被龙帮的人一通臭追，刘成业幸而枪法准，捡回一条命，回到云骧阁还要把马大骂上一个时辰才罢休。他咒骂的主要内容总是围绕马大新婆的老婆如玉，刘成业把想象中美丽动人的如玉在嘴里操上三遍后才肯收口。不过直到他告老还乡，如玉也没有转到他的名下。

　　百乐堂在顺义街开戏已经有些年头了，这里是樟坂戏班的擂台，刘浪和阿金到这里时已是万头攒动。《定军山》的巨幅招贴在汽灯下十分醒目。刘浪穿着长衫在人群中就像一个商行的文书，他似乎对一切都充满了兴趣，在人群中穿来穿去。他对阿金说，你看，做一个老百姓多自在，他们想看戏就来买一张票，然后把剩下的钱吃夜宵。阿金听不懂他的话，不过他有了一个新奇的感觉，在这样一个新老板手下，干活就像玩儿似的。

　　戏开场后，刘浪的兴趣一扫而空，整场他都在睡觉。阿金不明所以，他不知道刘浪到底想出来干啥。他很近地观察了刘浪，发现这个人出奇地年轻，甚至有些英俊，苍白的脸上有一种近乎颓废的表情。阿金的耳边雷鸣似的响起一年前在码头初遇刘浪时，刘浪说过的一句话——我是个本分的生意人，你带我走吧大爷——这一切变得匪夷所思。这种回忆使阿金突然感到有些毛骨悚然。这时刘浪睁开了眼，你看我干什么？刘浪眼睛里射出的奇怪光芒使阿金魂飞魄散。

戏散场后，刘浪买了包杏仁边吃边走。他吩咐阿金叫车。去哪里？阿金问。去码头。阿金感到一团腥气在喉头打转，去码头干什么？

他仓皇地远远地拦住了一辆豪华的黄包车，可是当他看见马大和如玉坐在上面时，吓得目瞪口呆。

路边溅起的污水弄脏了如玉的脚，马大在车上哇哇大叫起来。

阿金凑在刘浪的耳根上嘀咕了几句，刘浪的脸色立即变得奇怪起来。他在一旁看见马大揪着阿金，把他的头往车辕上撞，一边骂道，你瞎了眼了，敢拦老子的车。阿金被撞得两眼发黑，马大拽住他的头发拉到如玉脚边：舔干净。

就在这场不大不小的毒打进行之际，有一件事在马大眼皮底下同时发生了：如玉注意到旁边那个英俊男人正在看着她，在阿金痛苦凄厉的叫声中，一切都在进行。男人火焰一样的目光肆无忌惮地从如玉脸上转移到胸脯上，然后像刀子一样进入了它。女人是一种脆弱的动物，她的脆弱之处就在于胸脯——如玉喜欢这个男人苍白的脸和近乎怯懦的表情，只有那双眼睛与众不同，形如一双果断的手，一旦按住如玉的胸脯，她就觉得全身被锁住了。

她看见这个脸上带着忧伤的年轻男人朝她走过来，目光却始终没有离开她的脸，它的含意是十分明确的。刘浪走到她面前，说：老板，不关他的事，我来擦。

马大奇怪地注视着他，但无论马大如何地聪明，也不会认出眼前这个人。刘浪掏出白绸手帕，弯下腰用它轻轻地擦拭如玉高跟鞋上的污渍，他做得很仔细，就像为一个珍贵的古玩拂去灰尘一样。刘浪看着这双小脚，这双玲珑剔透宛如藕节的脚散发出一股芬芳，有点像橘子剥皮后的味道。他的手帕已经在她的足踝上摩挲，如玉微微发抖了一下，手用力握住车辕，她似乎看到一道流水已经经过这个男人的手涌进胸膛，攫住了她的内心。刘浪的手隔着手帕感到另一种肌肤的颤动，他在心里对这双脚说：你是我的了。

有完没完，妈的，滚开！马大咒骂了一句，黄包车绝尘而去。刘浪目送着他们，他似乎已经看到遗弃的手帕被如玉悄悄拾起，塞进了旗袍，这条白绸手帕染着污渍，并且散发着属于刘浪独特的腋臭。

老板，我给你惹麻烦了。

刘浪托起阿金的下巴：我今天很开心，不过你的确给我惹麻烦了，我一到樟坂就给我惹麻烦了，你欠了我，你说怎么办？

　　阿金开始恐慌了。他抚摸着残缺的右耳说，老板，饶了我吧，你已经打掉了我的耳朵。刘浪就笑了，我也让人打掉了耳朵，你让我找谁？阿金开始掌自己的嘴巴，他渐渐感到这个年轻老板的怪癖发作了。刘浪拉住他的手，别打了，你恨你自己没用，是我恨你，你要是聪明你就不会抢我的金条、下我的枪，我就恨那些鼠目寸光的人。

　　阿金这才知道刘浪今天出来既不是为了看戏也不是来替人擦鞋的，他是要结束一件事。他们来到码头的铁轨上时，阿金已经吓得全身发软了，他觉得尿水一段一段地溅出来。

　　你就这么害怕？刘浪说，小时候我爹一拳开了我的颅，我也没吭一声。他对我说，在樟坂你只能相信金条和枪，可是我一进樟坂，这两样东西就被你抢了。

　　我不是故意的。阿金惊恐地说。刘浪说，不是故意的？那你拿去干什么？你看见一个书生，知道他没力气，连枪都打不响，你只要比我多出三斤力气，就可以把我推下河。是不是？

　　阿金越听越迷惑。刘浪听到了铁轨震动的声音，他指着铁轨，过去，趴下。阿金惊叫的声音在风中扩散，他趴在枕木上，黑暗的货车冲上来时，他觉得全身都被呼啸的巨响和狂风撕碎了。在货车通过的冗长时光里，阿金仿佛置身于地狱，在地狱的外面有两条冰凉的钢轨，路面传来被呼啸声切割后的笑声，它断断续续地从一个男人的嘴里发出，听上去又像破败的哭声和嚎叫。

货车过去后，阿金爬不起来。枕木的震动弄得他满脸是血，巨大的恐怖已经使他神志不清了。他看见他的老板坐在路基旁边，眼睑上挂着泪水。

今天是我的生日，这一天在我的家乡插满了香烛，街上都走着各种各样的鬼。

货车在远处停住了，在最黑暗的地方有人在大声吆喝，他们提着道灯朝这边跑来。

如玉神情忧郁地坐在采玉楼的护栏石上，望着蓝蓝的天空发愣，她手里握着那条柔软的有污渍的丝绸手帕，心思仿若秋风那样飘渺。用少女思春来形容她的心事是不合适的，这个曾经在百乐堂红极一时的花旦自从嫁进翡翠楼之后就断了戏缘，除了偶尔陪马大上上百乐堂，只有在忧郁的时候她会在空旷的花园里来一段西皮流水，了却心中的幽怨。她抚摸着身上绳索留下的牙印般的痕迹，想着那个年轻男人忧郁的神情和锐利的眸子，手帕上散发出淡淡的男人腋臭使如玉进入微醺。她觉得这种气味宛如一条流水进入她干涸的内心，预示一次命定的缘分正如高潮那样渐渐到来。

如玉估摸她是一个私塾先生、一个文书，即便是一个抄写匠也无妨。长久困居采玉楼使如玉养成了一种心如灰烬的慵懒的习惯，除了身上的珠光宝气和颜色不断加深的鞭痕，不会再有奇迹发生。然而一旦有奇迹发生，她冬眠的嗅觉会立即苏醒，并为它铤而走险。这种与她温柔的外表不相称的冒险心情此刻正被一双年轻男人纤细的手抚弄着，他的双手像角梳一样条分缕析地整理着她略为惶乱的奇妙的情绪。

她叫上贴身使女小红悄悄出了采玉楼，重温旧梦的欲望使她相信奇迹会再度发生。在樟坂，过于实在的环境已经不再酿造奇迹，但如玉心中隐藏在深处的神秘欲望现在已经化作一种罕见的浪漫情绪。当初她正是为马大高亢的山歌所吸引，这个会唱歌的浪漫的土匪被引为同调，不料很快它就消逝了，马大暴躁的脾气和凶恶的本性使他把受损的男人自尊实现在她的身上，一不如意她就要遭捆绑吃鞭子。她经常抚摸着和她绑在一起的刺树，仿佛抚摸一个年轻懦弱的男子的身体。她相信在这世上有这样像水一样的男人，并且会在某个不经意的时候出现。

百乐堂的戏已经散场了，阒寂的路上反射着雨后的油光，报童和小贩正在拾掇摊子，他们奇怪地注视着这个迟来的妇人，认定她是回头寻找遗失的首饰。如玉怀揣陌生的激动问一个卖花生的小贩，有没有看见一个穿长衫的男人？

穿长衫的人到处都是，你要找谁？

如玉突然后悔了。荒唐的预约使如玉在细雨中猛醒过来，她觉得自己已经陷入一个自我编织的浪漫的罗网，也许这一切都是一个梦或者一个幻觉，那个男人是不存在的，正如在饿殍遍地的樟坂不会出现奇迹一样，她为自己冒失而过分的愿望羞愧了。

阿金和如玉失之交臂，他在回云骧阁的路上被纠缠在一个问题上：刘浪怎么能肯定马大的女人一定会再度出现呢？在他的拟想中，守在司前街各路口的弟兄会与他一样一无所获。刘浪也有失算的时候，他想。

阿金回到云骧阁，发现刘浪脸色苍白地站在那里，董云在太师椅上吸水烟。马大的人刚刚堵截了他们一辆运烟土的车，留下了八具尸体和一堆被烧成残骸的车骨。刘浪来樟坂第一次失算，他的失算不在女人上，而是在买卖上。当他算计如玉一步一步走在通往戏院的路上时，他的人马却在另一条幽暗的路上接近死亡。我今天栽了。他说。

　　我第一次看见你自暴自弃。董云拔出水烟的烟筒，把烟渣吹出。你比马大有心计，他今天不过是讨了个小便宜。

　　刘浪感兴趣的只是：为什么他预计如玉离开采玉楼后，会忽略马大的行踪呢？如玉敢离开采玉楼，马大就一定有事要办，在这件事中他莫名其妙地丢失了一车烟土和八个人。

　　你的话说错了。刘浪凑近董云说，我失算了，真的失算了，他玩我像玩鸡巴一样了，我是鸡巴，他才是人。人活一口气，这口气一差，人就废了，这是刘成业教我的。有一次他带我上他在深水上的鱼排，把我一次又一次像赶鱼鹰一样地推下河去，我吃够了水，肺都快炸了。我爬上木排，他又用竹竿把我捅下去，最后他像对付鱼鹰一样地卡住我的脖子，挤出了里面的水。那一天，我学会了游泳。它告诉我，只有学会了游泳，你在水里才能活命，你不会，说什么也白搭。当时我恨透了刘成业，我想把他推下河去，但我知道这也白搭，因为他有一身好水性。我要弄死这个人，要有比他更好的水性。

　　所以今天我失算了。他转向阿金，但我在女人上没有失算，你怎么空手回来了？你至少得提着自己的脑袋回来。

　　门外一阵喧哗，阿八领着几个弟兄推着一个女人进来了，这个女人被上了黑面罩。刘浪扒下她的面罩，脸色立即难看起来——这人根本不是如玉，却长着一副近似天如的脸。阿八走到刘浪跟前，说，我是照你说的样子找的，准是她。

放开我，放开我！女人大叫道，她的手被绳子反绑着，像一个裹紧的陀螺。

刘浪马上醒悟了：他把一切女人都想象得跟天如一样，然而事实上却充满了错误。弄回这么个女人！他感到既沮丧又有些辛酸，让他觉得奇怪的是，竟有这么像天如的女人，不过她只是五官相近，神情却去之万里。刘浪饶有兴趣地摸了摸她的脸说，你白长了这张脸，你怎么能长这么个模样呢？这不明摆着让我不高兴吗？他摸了摸这个女人的手，皮肤柔软白皙但显得僵硬，刘浪讨厌地扔开了它。今天我的心情不好，他说，没有一件事是让我高兴的，大家都在跟我作对，欺负我连一支枪都打不响。

他掏出左轮枪，把黄澄澄的麦粒一样的子弹一个个地填进转轮，填一个转一下，这清脆的声音使在场的人惶惑起来。女人尖叫起来，我不要死，我不要死。

董云端着水烟筒走上来，你怎么跟你父亲一样，拿女人出气呢？刘浪笑了，我跟他不一样，他枪法准，但这里没个准头。刘浪指指心口。董云说，总要有个说法。刘浪用枪向女人瞄准，像对付一个靶子。我的女人怎么能让别人去操？她不是你的女人。我没说她是我的女人，刘浪眯起眼睛的神情很奇怪，我只说我的女人怎么能留给别人！

在女人凄厉的惊呼中，刘浪透过准星看见了母亲陈氏的一对大乳房，一个畏缩的少年正无力地捏住它，仿佛徒手攀附在峭壁的一对乱石上，双脚徒劳地乱蹬，只要一松手，少年就会掉下来送命，他的脸上挂满了无助的泪水。

子弹从女人右眼上射入，枪声沉闷得像击入水中。女人紧闭双眼，嘴巴却吃惊地极力张开，黑发飘扬起来，鲜血从后颅喷出，溅在身后的白墙上。

刘浪身体发软，精液从他的下部倾泻而出。

婚　姻

第一次杀人的经验并没有使他惊奇，刘浪惊诧于自己的枪法，竟然能透穿眼眶。他也对一枚小小的铅弹能摧毁一个女人身体感到新奇。他走到女人的尸体旁边，看见那不断蠕动的血泊，犹如一条灵巧的红色虫子。在女人的脑袋上找不到那枚子弹，他料想它已经藏在这个女人的脑浆里，结束了她三十多年的所有恩怨。这种消失真是奇怪的，就在转瞬之间，这个女人已经不是人了，而被称为尸首。刘浪用枪朝自己比画了一下，苍白地笑了——他知道自己同样地命若琴弦，在子弹撞击后的下场是一样的。刘浪站起来，扔掉手枪，浓厚的血的腥气使他很不舒服，他发誓再也不亲手杀人了。我是个医生。他对自己说。

医生现在必须回卧房换上一条裤子。他把那条沾满了黏稠液体的裤衩拎到花园里，当他点着它的时候，火烟里冒出了一股烧碱的味道。

三天后的第一个晚上，他在百乐堂的门口等到了那个叫如玉的女人，刘浪看见她雪白的高跟鞋轻轻地趟进水里，溅起了轻微的水花。在这个大他五岁的女人身上，刘浪付出了童身。

他们俩纠缠在一起。

如玉躺在柔软的草坪上，臀部被新鲜的草梢摩擦着，她不知道刘浪怎么会把她弄到医学院的这块草坪上来。庞大的草地上只有蝈蝈在吃力地鸣叫，黑黑的天沉重地压在她身上，让她透不过气来。如玉十分恐惧，她担心马大无所不在的脸会突然从某处黑暗的树丛里浮现出来，不过这种恐惧很快被刘浪稚拙的动作所带来的新鲜感淹没了——好几次刘浪居然找不到地方，他气喘吁吁地僵在那里，直到如玉握住他的东西时，他才得以顺利地进入她的深处。

如玉在狂风呼啸般的快感中想象着刘浪的一切，现在释放的是她长期压抑在内心的一个隐秘欲望——期待有朝一日和一个陌生男人性交，完全陌生，不知道他是谁，姓什么，而自己却像妓女一样向这个男人送出，随他摆弄：粗鲁点！快！她说。如玉被这种荡妇的感觉迷住了。她在刘浪胡乱的动作中猜测：他是一个教书先生，一个文书，一个租界的抄写工，能说一口流利的英文，而且爱吸高级的英国纸烟，但又没钱买。如玉直到高潮来临时也没有想到眼前的男人是一个技艺荒废的医生。

我好了，我好了。刘浪拉上裤子，他穿裤子的动作惶措而紧张，仿佛想以最快的速度掩饰某种东西。穿好裤子后，刘浪趴在草地上干呕起来，如玉捶着他的背，你怎么啦？

我第一次做这种事，有点恶心。

如玉在黑暗中笑了，露出雪白的牙齿，我不相信。她说。刘浪突然不呕了，用力把她扳倒在地，骑在她身上，死死地用手按住她的头，如玉被他突如其来的动作吓得目瞪口呆，她的嘴被迫挤在草根上，牙齿咬进了泥土，发出悲哀而恐惧的叫声，像一只临死前的母鸡。

你总不相信人。刘浪低声说，婊子总是不相信人，你为什么就不相信我的话呢？要怎样你才能相信我的话呢？贱货，樟坂没一个好人，除了我。

刘浪松开她时，她已经发呆了。她用手擦着嘴唇上渗出的血，呜咽起来。刘浪的脸陷在黑暗里，他望了望广阔的医学院的草坪和朦胧中的秋千架，眼眶里滚落两颗奇怪的泪珠。你这个人真贪婪，就敢要了我的童身。他说。

如玉在恐惧中重新打量这个男人了，她感到今天发生的奇迹并没为她带来预期的幸福，而是让她觉得前途深不可测。她怀着惊恐不安的心情靠近刘浪，发现他连手心都是凉的。我是喜欢你的。她抱住刘浪的胳臂说，要不我连你的名字都不知道就跟你到这里来。她看了看刘浪的脸色，你是才子，我一看就知道，我就喜欢才子。

刘浪在黑暗中咀嚼着青草，如玉看见他一口一口地吞下去，他冷笑一声，才能值多少钱一斤？我又值多少钱一斤？我一万大洋一斤，你掏得起么？

如玉抱住他的后背，拖着哭腔说，你别这样对我说话，我害怕，我连身子都给了你了，你要不理我，叫我怎么办？我做了这事，我男人一准把我杀了，他杀人就像玩儿似的。

我认识你男人，他叫马大。刘浪弄开她的手，又捧起她的脸，可是你知道我是谁吗？你一定不知道，你是贱货，可以跟一个陌生男人在草地上干的贱货，你怎么会知道我是谁呢。

如玉感到这是一场彻头彻尾的噩梦，她是被一个黑暗的妖物吸附到这个莫名其妙的地方来的，她必须马上离开这个男人。如玉压抑着心中的惊惶，抚摸着男人冰凉的手背说，我们是露水夫妻，我会记住你。现在我要走了，再不走我就没命了，我是瞅空儿跑出来的。

刘浪拉住她，你不要走，我要娶你。

如玉简直不相信自己的耳朵，眼前这个预想中的小白脸显得极其陌生，她还来不及想清楚这是怎么一回事。你真的要娶我？

不，我不是要娶你。刘浪认真地打量如玉的脸，这张风韵犹存的脸还有几分姿色，只不过恐惧已经使它变形了。我不想娶你，我要娶的是马大的女人，我做梦都想得到她。

悲哀占据了如玉，她已经感到自己置身于一种纠缠之中，在这个越来越深的陷阱里，她做什么都将是徒劳的。如玉看着刘浪的脸，你跟马大无冤无仇，干吗要这样做呢？刘浪鄙夷地说，只要在樟坂，谁跟谁都有仇，你是女人，你不会懂的。

　　我知道马大恶人恶报，在樟坂落下了很多仇人。如玉发冷似的抱住了自己的身体，你娶了我也好，只要你对我好，我早就不想跟那个恶鬼过了，我们一结婚就离开樟坂，走得远远的。刘浪打断她的话，不，我不会离开樟坂，也不让你离开樟坂，我要办一个热热闹闹的成亲大宴。

　　你不想活了吗？

　　不，我想活。刘浪拍拍她的脸，你比我大，要死一定是你先死。

　　这是一个让马大感到风雨飘摇的时刻。

　　云骧阁的成亲大宴开始前的一个时辰，马大已经陷入了一种彻底的迷惘，如玉的失踪是令人猝不及防的，他在昨天傍晚开唱的那支倒楣的山歌预示了灾难的到来。虽然他已经习惯于用浸水柳条抽打如玉细腻的皮肤，但这恰恰是马大用以排遣忧郁的逃路。在他的心情之中，暴躁和忧郁就像结伴兄弟一样与他如影随形，避免了向某种绝望滑行。现在事情起了严重变化：如玉仿佛在临走时只是对他说了一句无关紧要的话，比如去解手或外出散步，然后她沿着一条密林中的小路迤逶而去，随即突然消失，永不归来。一个人的离弃难道事实上就这么简单吗？

　　如玉失踪的这几天，马大陷入了无名的烦躁，并向某种焦虑的边缘滑行。他粗疏的内心从来没有真正想过她会离开自己，马大的珠宝代替他执行了一个使命，它就像马嚼子一样套住了如玉——人的财宝在哪里，他的心也就在哪里。可是情形起了变化，如玉掀掉马嚼子，转身就走了，马大如同被卸掉了一只胳膊一条腿，成了十足的跛子。采玉楼的人看见老板起了严重变化，那里传来刻毒的咒骂和狼嗥般的嚎叫，碗碟的破裂声不绝于耳。马大扯起嗓子，仿佛对着一个空无的旷野吐出了一连串最恶毒的脏话，把樟坂所有人的母亲用各种方法操过了三遍。阿三甚至听到了一阵连梭发射的枪声，震动着采玉楼所有人的耳膜，他看见送饭的家佣在马大门前畏缩不前。直到悲怆的山歌从那里飘荡出来，凄婉地在空旷的采玉楼的梁柱间往返，人们才知道他们的主人已经陷入了彻底的伤怀之中，那是用珠宝和烟土无法填补的空谷和深渊。

　　云骧阁成亲大宴的消息传到马大耳边是在三天后的一个黄昏。这个消息的刺耳之处在于婚宴上刘浪和如玉亲密无间的说法，以至于宾客们把他们看成是天造地设、如胶似漆的一对。与春生堂有生意来往的富商们第一次目睹了年轻实业家刘浪的风采，刘浪一番经商救国、发展国货的宏论使他们瞠目结舌。他们对这位性格耿直、态度坦诚的医生感兴趣的是，他能用很浅显的事例解释一个深奥的道理，并且自圆其说。比如他把国家比喻成一个人的骨骼，把实业比喻成血液循环系统，把思想和道德比喻成内分泌系统。最后他说，人活一口气，这气在经络里，望各界通力合作，活出一口气，促进国体健康。

刘浪获得了一阵欢呼。人们没有注意到新娘脸上不易察觉的惊惧，他们被刘浪的酒量迷住了。滴酒不沾的刘浪几乎把如玉的酒统统包下，他喝下一瓶茅台后竟然毫不动容，而且还清醒地说了一段有趣的话：在樟坂，也有我们看不见的渣滓，那些开赌馆、烟馆和妓院的人悄悄地干着一些坏事，他们杀人越货中饱私囊，是这个社会的粪便。

事后如玉问刘浪，你是不是醉了？刘浪很高兴地说，我不会醉，只要我让自己不醉，我就不会醉。如玉紧紧地抱住他，我非常害怕，我害怕马大会来，不知哪一天就飞来一颗子弹要了我的命。刘浪似笑非笑地掸掸她的脸蛋，今天你出尽了风头，你值了，为我丢一条命还不愿意？要是我肯定愿意。

他扒掉她的裤子，把她推到床上，我们干吧，你不就等着我干你吗？如玉呜咽着说，今天我有点不舒服。刘浪只管扒她的衣服，他在扒衣服时故意放大了动作，如玉衣服上的化学扣子像爆豆似的跳开，激励着刘浪的情绪。他像真正的

主人那样说道，这世上没有让人舒服的事，你要学会在难受
的时候来找我，就像我难受的时候脱你的裤子一样，可是你
让我失望了，你就像个立贞节牌坊的婊子！

　　如玉出现在成亲大宴上的消息传到采玉楼后，马大一反
常态地沉默了。明晰的结局反而使他平静下来，人们听不到
那些悲怆的山歌了，马大把自己关在房里，一天没有吃饭。
整座采玉楼陷入一片沉寂。

　　阿三敲开门时，看见马大坐在椅子上剔指甲，他做得很
仔细，噘起嘴把指甲里的污垢吹干净。在他平静而飘渺的心
事中，一个人的面目显得越来越清晰。这个身材修长、脸色
苍白的年轻人在某个有雨的夜晚掏出一袭手帕，轻轻地擦拭
白鞋上的污渍。马大觉得自己就像这块污渍，在他轻微的手
势下慢慢消失。这个年轻而苍白的男人沉默寡言，习惯于做
一些奇怪的事情，比如抛出一匹布，收回一个女人什么的，
动作和神情都显得怪诞，和他玩一种对弈的游戏，用带钩的
刀子伸进他的身体，刺激着他最薄弱的地方，这个地方常常
有清越的山歌飘起，并不断往返。

　　我是不是老了？马大问自己，他用耳刮子给自己掏耳，
耳刮子接触那块软肉时的瘙痒使他不停地笑起来。

　　阿三在敲门之前犹豫了很久，他手中拎着从云骧阁捎来

的礼盒，这使他不得不硬着头皮敲开了马大的门。马大打开礼盒，里面卷着几团湿漉漉的草纸，上面沾满了臭不可闻的黏液。这是什么东西？

阿三用手拨弄着它们。

你是一只猪。马大对阿三说，这是操蛋留下的擦屁股的纸。

晚上去红楼叫三个女人来。马大说。

干什么？

我要操蛋！马大给了他一个嘹亮的嘴巴。

薄暮时分，顺义街的人又看见马大爬上了采玉楼的屋顶，他高踞在上面的姿势有如一只鸟。人们对这个大和烟馆和红楼的老板在屋顶上纳凉已是见惯不怪，只是在秋风寒瑟之时显得有些不协调。天黑的时候，屋顶上响起了高亢的久违了的山歌。

他要她抚摸他，从他的手背开始。

被窗棂切割过的月光抛洒在刘浪的身体上，他好像浸在水中起伏。如玉注视着这个奇怪的男人的身体，手抚过他冰凉的皮肤，并被突出的肋骨所阻碍。她从来没有见过这么瘦的男人，整个身体在床上像一架闲置的废弃不用的破风琴，琴键似的肋部只是在女人的手触动后才有所起伏。看起来他的身体更像荒河上的独木桥，弓一样弯起并时刻有绷断的危险，经不起女人的一只小脚。如玉的手从刘浪的手心摸到手背，然后从脚往上移动。她奇怪地发现，这是一个不长体毛的男人，除了脐下有一丛发黄的衰草般的茸毛外，她触及的只是光滑的皮肤，竟有些像女人的身体，苍白而柔软。如玉感到他全身都是冰凉的，只是嘴里所出有微微的热气。她的手停在他的胸脯上：你的心听不见似的。

愚蠢！刘浪欠欠身，我还不至于死，你一开始就要咒我死，可是我不会死，只是没有力气罢了。

他对如玉僵硬的手势很不满意，这差强人意的抚摸使他很不舒服。他说，你的手像一根木棒，硌得我很痛，告诉你，你不是个好女人，你跟我母亲比是一天一地，你是婊子，我母亲才是女人。她总在我入睡时摸我，摸我的肚子，摸我的肚脐，说这里可以装进三斗好酒。她还摸我的耳根和手背，嘴里唱着催眠曲，我常常是这样入睡的，听着安贞堡外的蛙鼓，捏着她的乳房开始做梦。有时夜里醒来，她不在身旁，我就吓得大叫起来，这时，她总会突然出现在床边，她并没有走远。可是长大后，我无法再摸到她的乳房了，她开始回避我，用一些法子避免我与她同床。她说，你要娶女人了。

可是我想也没想过会有另外的女人躺在我的身边。说到这里，他从鼻子里哼了一声。

如玉心有余悸地看了看自己的乳房，她没有信心，因为这对乳房挤不出奶。

刘浪翻起身，抓住她的手，嘴里胡乱地说这说那，他的大概意思是让如玉尽管放心大胆地摸他。

可是如玉被他越弄越紧张，她的手在发抖，她实在无法把眼前这个性格乖张的男人看成是自己的儿子，她做不到这一点。正因为她无能为力，所以她惶恐，手笨拙地捏着刘浪的乳头和脐下的要害处，刘浪痛得叫起来，一下子掀翻了她。他的眼睛立刻变得深邃：你他妈的想弄死我吗？贱货，除了屌你哪儿都不认识了，真晦气！

他跌跌撞撞地下了床，走到窗前。月光似乎可以透过这个薄纸一样的身体，露出里面蓝色的经络和隐约的血脉。

如玉呜呜地哭起来了，对于眼前这个男人，她除了哭毫无办法。她后悔了。

这天晚上，刘浪动了纳妾的念头。

死

马大飓风式的报复是刘浪始料不及的。他似乎更习惯于斗心和斗智，而不是斗勇，马大却放了一连串的火，这种粗暴而笨拙的办法居然奏效，刘浪在北营里的仓库被烧得干干净净，除了被劫走几车烟土外，还丢失了一对玉如意。刘浪听着阿金通报损失清单，一边剔牙。马大就拿走这些东西？他啐了一口说，他应该多拿些，他想那对玉如意都想疯了。

董云仍旧端着水烟筒坐在太师椅上，自从刘浪到樟坂后，他果然兑现了自己的诺言，对外面的事情撒手不管，整天只做三件事：吸烟、睡觉和查读《推背图》。他可以对着一张图呆一个通宵，直到曙色微茫。这本据说传自唐朝的典籍里布满了机关，未来万事都藏在含意不清的图画和费解难猜的辞句之中。董云看完《推背图》，会习惯地用一枚通宝和洋火梗摆出一个卦阵，嘴里喃喃自语。做完这一切，他就端着水烟筒到大堂里来，坐进太师椅。当刘浪在吩咐弟兄时，他大抵是不发话的，只在偶尔他会插上一句，让刘浪听上去极不舒服。

刘浪这时冷笑了一声：马大得了一双玉如意，却丢了一对肉如意，真划不来。

董云吹了吹纸捻子，他那类似女人的嗓子让刘浪听去极不舒服，你跟你父亲一模一样了，他为了女人肯丢一车上等药材，你却愿意白送一对玉如意。总有一天，你要坐吃山空。

刘浪听了还是剔牙，管家你管得太宽了，我这个人很大方，就是讨厌多嘴的人。

那好。董云端着烟筒站起来，隐忍地说，我这个人一生轻财，你看得比我更淡，这就好。

刘浪看着他的背影说，云骧阁和春生堂姓刘不姓董，你管好柴米油盐就可以了，你老了，大算盘你拨不动。

董云走后，刘浪突然感到一阵奇怪的孤独感渐渐围绕上来，这种孤独常常出现在他失手的时候，它们就像一对孪生兄弟。只不过他越来越不愿意当众表露这种孤独罢了。每失手一次，他就仿佛看见马大站在面前，用很黑的手把他推得后退一步，似乎在说：你让开，这不是你的地方。

樟坂是我的。刘浪对自己的心保证，樟坂一定是我的，他们只不过是借居罢了，我啥时想让他们走他们就要走，想让他们死他们就要死，只是我现在不愿意这样做罢了。

刘浪是很少想到故乡霍童的，只是在这种自我安慰来临时才会想起那座安贞堡和住在里面的人。因为每当这时他们

的脸就会从天空中浮现出米，让刘浪醒悟过来，知道自己是
个有父母和兄弟的人，而不是一个人。

昨晚如玉的一句话使他意外地想到了兄弟刘荡。如玉在
做爱完毕之后，对着马桶撒尿，她一边撒一边说：你天天这
么折腾我，是喜欢我还是讨厌我？我真的不知道哪一天你会
把我杀了，你这个人可以不要老婆不要兄弟，我真后悔跟了
你，是鬼迷心窍了。

刘浪在床上哼了一声，你自己要来，如果有鬼，你自己
就是鬼。刘浪突然想起刘荡，这种念头使他吃了一惊，他已
经很久没有想起这个人了，就像没有这个兄弟一样。他的耳
朵忍受着马桶的声音，心里突然对刘荡怜爱起来，他的眼前
闪过一个画面：刘荡从深水上的独木桥上飞起，像一枚树叶
一样飘入河中。

真该把眼前这个女人推进河里，刘浪看着如玉系裤带，
他觉得这个女人的手势难看极了：这个女人和我有什么关系？
竟然爬到我的床上，跟我的肉贴在一起。刘荡大小也是我的
兄弟，我却把他推进河里，而让一个陌生女人上我的床。刘
浪被这突兀的怪念头迷住了，他对如玉说，拿好你的枕头，
到厢房去睡，顺便把你的马桶也带走。

他开始往霍童写信，实际上他并不希望收到回信，因为

他不愿意看到刘成业鸡扒一样的字迹，这个被叫作父亲的人经常在白字的间隙里画一个大×来表示，让人十分恶心。刘浪也意料刘荡不会回信，因为他看得出，刘荡这个人到死也不会求到这个哥哥门上来的。刘浪离开霍童的时候，刘荡曾经饶有兴趣地打开了那个漆盒，用手掂了掂金条和枪，说：霍童的老规矩，传长子不传幼子，我是多出来的人，我真纳闷，刘成业怎么一不小心就把我弄出来了。他要聪明的话，当时就该把我去淹马桶。

刘浪有些尴尬，我对下游那堆破房子不感兴趣，你要愿意我现在就撒手。

他把漆盒递给刘荡，刘荡却像碰着烙铁一样，厉声说：别脏了我的手。刘浪并不在意，转身就走，刘荡在后面说，想不开的时候，可以用这枪结果了自己，恐怕到时没人有闲心对着你那颗脑袋开枪。

现在，刘浪抚摸着这把枪，刘荡的话被他的心情处理成另一种意思，仿佛只是对哥哥轻微的幽怨。人在一些特殊时刻是很温柔的，我们可以相信，这个时候如果刘荡索要春生堂，刘浪一定会拱手相让，过了这个时辰就难说了。

在一个蒙蒙细雨的早晨，邮差把霍童的回信送到了云骧阁。刘浪对是否拆开犹豫了很久，因为他的好心情已经过去，现在他实在不需要什么来自霍童的消息了，他甚至为自己当初兴之所至写了那封荒唐的信感到后悔。这封霍童回信搁在楠木案几上好几天，十分碍眼。刘浪每次经过时都觉得芒刺在背，这封信就像长了眼睛一样，在他不经意的时候始终打量着他。

第十天，刘浪决定把它烧了。他从案几上拿起这封信时，眼前突然出现了陈氏的一对乳房，他不知道为什么这时会想到母亲的乳房：一对被铁弹打烂了组织的乳房，已经完全被糟蹋、变形，就像一对蒸歪了的肉馅馍。他拆开了那封信。

信是陈氏请人写的。信中说的是在樟坂的刘浪不能意料的：安贞堡已经人去楼空，由于给不出工钱，家佣和家丁早已离开，他们卷走了安贞堡的所有值钱的东西，连一只铜脚盆也不放过。陈氏屡次要写信让刘浪送些钱回来，都被刘荡阻止了，刘荡对母亲说，你敢写信，我一刀捅死你。他先去做了几回陶瓷生意，输光了老本，就典当了陈氏的首饰去赌，还赢了几把，接着就一直输，要把安贞堡押出去。赌客说：我们不要那破烂，那里闹鬼，别冲了我们的赌运。有一天刘荡拖了刘成业的棺材去卖，被刘成业抢着斧头追了半里地，从此下落不明。刘成业追回棺材的当天就疯了，他抢着斧头整天找刘荡，却老是把二儿子的名字说成刘浪，好像卖棺材的是大儿子似的。每到深夜，人们都能听到刘成业在安贞堡的水牢里发出令人胆寒的嗥叫。

刘浪看完信，没有说话。他心里冒出了一个奇特的念头：找一个女人和他上床，然后用这封信擦屁股。

事后他对和他上床的女人说：本来我还打算给他们弄些钱去，钱算个鸡巴；但是安贞堡的人恨我，他们打小就看我是怪胎，我要送了钱去，一准脏了他们的手，我刘浪从来不做人家不喜欢的事。

女人说，你就这样把你娘忘了？你不是吃过她的奶吗？

刘浪笑了一声，她爱的是刘成业，不是我，说她爱我那是我想出来的，她的儿子是刘成业，她这一辈子就为着这个恶棍，我不知道她是中了哪门的邪。

刘浪说完话时想：一切都过去了，人在焦躁时难免有一些荒唐念头。

女人叫徐丽丝，不过刘浪一般叫她小缎。刘浪在一个早晨看着牙刷上的牙粉，莫名其妙地想起了这个女人。他对阿金说，你给我给小缎传个信。阿金说，你是说徐大头的女儿吗？刘浪把牙粉泼到他的眼睛里，你是不是烂舌头了？这么多嘴，要不要我给你洗洗。阿金说，我怕叫不来，徐大头已

经让我喂狗了。刘浪用牙刷搔着阿金的残耳：竖起你的破耳
朵听明白，你就说有一个叫刘浪的在云骧阁等她，对了，当
心她的大屁股。他说着微笑地看着正在喂鹦鹉的如玉。如玉
给了鹦鹉一巴掌，我说你说不出人话，原来是沾了骚气。

　　刘浪过去用牙刷抬起她的下巴，自己没本事就拿鹦鹉出
气？告诉你，我刘浪就是喜欢大屁股，你一定后悔了，觉得
自己看错人了吧？你要记住，我就是一个土匪，不是什么才
子，你也算不上什么佳人，我要是个好人，早就在这笼子里
被你耍了，我知道你就喜欢我这样。刘浪说着掏出那两只鹦
鹉，朝石板上摔去，在如玉的惊叫声中，鹦鹉摔成两个血
团团。

　　你这个人太可恨了，我简直不认识你了。如玉掉下泪来，
我跟你有什么仇，你这么恨我？

　　刘浪用手捏着带血的死鹦鹉，你去问问这两只鹦鹉，我
为什么恨它？

　　死鹦鹉在他手里热乎乎的，就像母鸡刚下的软皮蛋。

　　小缎是在一个梅雨天与刘浪重逢的，这个季节在樟坂到
处可以看到垃圾被雨水冲溃后的狼藉。当雨下到四十九天以
后，这些本来已经腐沤的垃圾从阴沟里漫上来，在城市的各
条街道四散开去，发出一股夹杂着土地气味的腥臭。小缎从

黄包车上下来，撑着一把油纸伞走进了云骧阁。在司前街的麻石路面上，她踩死了一只因饥饿出来觅食的老鼠，这只肠翻肚裂的老鼠发出的尖叫并没有惊动小缎脸上像雨天一样的淡漠情绪。她看着脚下的血，费力地想象着早已湮没的老同学的面容。

刘浪在一种奇特的不安之中等待小缎的来临，在此前三天，他已宣布与如玉分居。他对如玉说，我很疲劳，我一做那事就犯困，我们还是分开的好。如玉对刘浪这一荒谬的要求并不显得吃惊。她一边吩咐下人搬房，一边说，见到我你就像只阉猫，不过在另一个女人面前，你就会变成一只虎，男人都是这样，只要是猫，总要沾腥。如玉离开时，刘浪望着她的背影说，你不会寂寞的，我会给你买一对上好的鹦鹉，它会陪你说话。

如玉的离开给刘浪带来一种奇怪的好情绪，他觉得浑身变成异常轻松，就像全身衣服被剥光一样轻松，并且可以为所欲为了。虽然如玉不过是他用脑子骗来的一个无足轻重的女人，但婚约就像绳索一样上了他的身子，刘浪对此几乎毫无准备。结婚才一个月，他就感到这个圈套在无情地迅速收紧，使他透不过气来。刘浪的身体使他震惊：他其实是一个如此放纵的人，身体的要求居然胜过了怜悯，甚至对马大的复仇之心。

　　他开始对床着迷了。如玉一走，他就一个人关在卧房里，事无巨细地关照和整理床榻。他亲自动手换上了整洁的床单和高级丝棉褥子，找来垫屁股的枕头，并把不知从哪里搞来的一套淫具放在床头。刘浪趴在床上，手里握着一把毛刷，想象着它在小缀小腹上逶动的情景，立即觉得全身鼓胀起来，胀到一个地步，黄色的汁液突破躯壳的边缘倾泻而出。现在在刘浪眼里，只有小缀的身体，除了胴体还是胴体，似乎丰满得只要用指头一碰就可以流出新鲜的果浆。我来樟坂的全部目的，就是为了它。他想。

　　刘浪把最后一样东西——一小包麝香放在床上时，情绪已高涨到仿若窗外骤雨的地步，他心中涌上一个十分邪恶的念头：把全身脱光了，钻进被窝，当小缀来临时，他会猛地掀开被褥，一下子彰显出身体，这比一切言语更有力。啊，让我们干吧，就这样简单。想到这里，刘浪感到巨大的幸福马上就要来临，在一个忘却仇恨，爱和责任甚至妒嫉心的世外桃源里，他和一个纯粹的女人做着一件十足平凡又无比伟大的事，一来一去，就像小孩摇铃铛那么简单。

　　淫雨扫过刘浪渐渐发热的身体，他像干柴一样无知地等待着火焰，不作他想。

　　就在小缎在雨中走进云骧阁的时候，一个青年男子靠近了采玉楼。这个人脸上带着发青的伤痕，脚上沾着夹有苇叶的污泥，精疲力竭的神情里布满了颓唐。他跟着阿三深一脚、浅一脚地迈进了采玉楼的门坎，我要找我大哥，他一边走一边说，声音里浸透着某种固执的疯狂，我不想见什么人，我要找我大哥。

　　马大见到刘荡时显得很诧异，他不相信刘浪会有这样一个弟弟，他既不像刘浪，也不像刘成业，只有那双发红的疯狂的眼睛让他明白，刘氏家族的人有的精明到像一只狐狸，有的愚蠢得像一只猪，但他们都有一个共同的特点：疯狂。

　　刘荡费了好大的力气才弄清楚马大的身份以及他和刘浪的关系。在长达一年的流浪中，他的脑子已经完全坏了。全身被劫掠一空之后，他会把好人看成坏人，把坏人看成好人，最后他无心去分辨这无关紧要的问题了，人家施舍他一块红薯，他会感谢这块红薯。有一次，他为了一块红薯被人当头狠狠击了一棍。这是一根铁棍，它在一个人的手中击中他后脑时，刘荡的脑子完全坏了，在一种奇怪的宁静中，刘荡精明的心思在这根冷漠的铁器的撞击下化为乌有。打他的人被吓坏了，刘荡居然不感到疼使他大为骇异。那人弃了铁棍像受到惊吓一样撒腿就跑，刘荡却仍然坐在那里，认真而执着地把剩下的半块红薯吃完，对他来说，任何事情不会比吃下这半块红薯更重要，因为这半块红薯至少能使他从地上站起来，缺了它一切都是空想，至于在铁棍打击前后刘荡判若两人的变化在这半块红薯之下也显得微不足道了。

在樟坂城行乞可以说是刘荡有生以来最快乐的时光。严格说来他不是在行乞，而是在抢劫。他从不开口向人要吃的，而是直接从那些戴礼帽穿长衫的人手中拿走食物，他尝过了各式糕点、酱鸭和饭团，然后像兔子一样跑开。刘荡不在乎食物的味道，他在乎的是能否更多地把它们送进肚子。刘荡有一次居然吃下了五斤熟牛肉，肚子痛得他几乎死去，这一夜樟坂的梅雨如约而至，他从下水道被冲到江边的淤泥里。醒来之后，他从城市边缘看到了樟坂巨大的发黑的烟囱和铁路，一种久已忘怀的东西像鹅毛一样轻撩拨着他，他突然想起了自己的哥哥。

他浑身污泥地从深水河上岸，逮住第一个在岸上遇到的人问：我的哥哥在哪里？他叫刘浪，很出名的，我要找他。

那人的脸色渐渐凝重起来，你是刘浪的弟弟？他的问话里充满了不信任。

刘荡奇怪地笑起来，刘成业那根老屌还能操出别人？他粗鲁地说。

那好。阿三诡秘地说，你跟我走，我一准帮你找到他，他是我的老朋友了。

在采玉楼沐浴完毕，换上一套白西服后，刘荡恢复了学生的模样，那张遭过抢劫的脸此刻显得很平静，无有所求，不过这是用三六碗白米饭和一桌珍馐换来的短暂平静。他已经弄清楚了马大和刘浪的关系，但他对这些不感兴趣。刘荡专心致志地用一根牙签挑剔牙里的肉，不放过任何使他饱足的东西。他在剔牙时打量着灰色的天空，既无心想他唯一的哥哥刘浪，也不去想马大可能把他送到黄泉路口的情景，就像早已忘却的故乡安贞堡，陈氏的愁容和刘成业的疯狂，这些过于虚幻的人和事只是在人酒足饭饱后的消遣。我不需要他们。他想。

所以当马大再度来到他面前时，他毫不紧张。他在吃饱后从不害怕，恐惧只发生在肚里的食物消耗干净后发出警告之时，那种咕咕的鸣叫是催促他行动的唯一指南。

马大对他说，你是想去你哥哥那里呢，还是留在我这里。刘荡瞥了他一眼，我不在乎，我的肚子还没有让我到他那里去。马大一听就乐了，你可以替我做一件事，我就养着你，我马大的为人，全樟坂都知道。刘荡说，你不过是让我杀了他？马大说，我还不至于下这样的毒手。我不比刘浪，我不过是有一批货要从杜村上岸，他老跟我过不去，他像蛇一样灵巧，如果你帮我开道，他总不至于对你开枪。

难说。刘荡说，不过我愿意干，我不在乎。谁叫我一上岸就碰上了你呢。

当刘荡吞咽珍馐的时候，他在樟坂的哥哥正在和一个女人做事。他们在同一时间做着人常做的两件事：吃饭和性交。

小缎走进那个房间时，刘浪缩在被窝里，像一只温顺的羔羊。

这里无意描写刘浪和小缎翻云覆雨的情形，因为这种情形不值得描写。这里只写刘浪的尴尬，他在一个艳光四射、充足饱满的女人面前彻底的尴尬。

小缎一见刘浪就说，你就躺在床上见我？

刘浪一声不吭，猛地掀开被子，露出引以为豪的身体。在小缎装模作样的惊叫中，她被拖到了床上，在刘浪粗鲁和威猛的解衣动作中挣扎。她喘着气说，你还和过去一样，伪君子。刘浪完全被自己的勇敢迷住了，男人总有一种用过度放纵来掩饰虚弱的特点，刘浪在沉默的动作里回忆过去手淫的情形，这个昔日令自己朝思暮想的女人现在居然被骑在自己腿下，像一只绵羊一样，这种念头让刘浪几乎高兴得要发疯了。他故意虚张声势地把小缎全身脱得一丝不挂，等到小缎假模假式的半推半就，只等他施展时，他却愣住了。

我不行了。他恐慌地说，我突然不行了。

闭眼多时的小缎重新睁开眼时，看见尴尬的刘浪判若两人，正对着她的身子无助地手淫，这种没出息的样子使小缎失望了。她慢吞吞地起床，去拿衣架上的衣服，说，你别费力了，真劳神。

你要到哪里去？刘浪叫道。他的声音虚弱而空洞，缺乏勇气。

你说我要到哪里去？小缎无聊地穿着衣服，我徐丽丝不如一个压寨夫人。

阿金不适时宜的敲门反而使刘浪镇静下来，他缩在被窝里听着阿金叙述杜村发生的事。他对其中出现一个叫"刘荡"的名字感到迷惑。这个叫刘荡的名字现在挡在他的面前，使他既看不见小缎，也看不见马大。

要真是你弟弟，怎么办？阿金说，撤吗？放他一马，保你弟弟要紧，我把他劫过来。

慌什么？刘浪一边往被窝里缩，一边转动着脑子。这副若有所思的神情把小缎吸引住了，她发现这个男人在思考时会露出一种忧伤的神情，仿佛受到轻微的伤害一样，十分动人。

刘浪此刻早已忘记了小缎的存在，陷入一种遐想，这次遐想将决定一个人的生死。他似乎看见脸色苍白的弟弟站在杜村码头的风口上，看着自己。

刘浪觉得他就是刘荡，不会是别人。

刘浪的奇特智慧在于：他能用自己的一套逻辑改变事实真相，并使它符合自己的需要。眼下的情形正是如此，当他动完脑筋感到自己的推测一无纰漏、严丝合缝之后，对阿金说：这人不会是我的弟弟，黑了他。

阿金走后，刘浪的心情像洗过一样，他立即不去想杜村的事了，他讨厌分心。刘浪对小缎说，我看你还是不走的好。

小缎笑着说，你杀人就像吹口气，真可怕。

我不杀人，我是医生。他说，你过来。

小缎走到床边坐下来。刘浪的手像蛇一样游进她的脊背，她颤抖了一下，闭上眼睛。小缎这种女人仿佛是专为男人而生的，一碰就麻，犹如一架好琴，碰哪道键都有合宜的声音，就看你是不是一个好琴手。

刚才我太想干这件事了，反而不行了。

小缎梦呓似的褪下衣裙，说：你就当我是荡妇，你是淫夫不就成了。

　　刘浪受了启发，他一旦把自己的角色调整好，情形就完全被改变了：他把小缎抱在怀里，感到自己像一截大木桩，一下一下沉着地撞动寺院沉重的古钟，听到了浑厚的回响。在这种回响中，他变成了一个纯粹的人，没有父母，没有兄弟，甚至没有小缎——她不过是一个女人，那种普遍的长有乳峰和丰臀的女人，除了性征一无所有。小时候曾经从胸口飘出的像黑色火焰一样的无名物，现在完全主宰了他，并把他带到一个地方：他觉得自己仿佛趴在一个巨大的女人上面，她像一只船一样地漂浮在水面，岸上站着刘荡。他一下一下的动作，仿若一枪一枪地打在这个岸上的男人身上，鲜血从他的胸膛里汩汩地涌出来。

　　我完事了。刘浪从小缎身上起来，我好了。

　　小缎仍然闭着眼睛，她一路呼叫着刘浪的名字，现在停歇在坞口上。她叫床的本领今天发挥得淋漓尽致，刘浪的功夫也使她目瞪口呆。

　　你一做完就离开我？她有些抱怨，突然感到被子里有些发冷，陪我说几句就不行吗？

　　没什么好说的。刘浪很快地穿着衣服，当他萎缩以后，似乎只有一个念头：尽快地用衣服把自己的身体装点起来，在这个女人面前裸身多一刻就多一分不适和尴尬。

小缎这时陷入了遐想，这是最放荡的女人也会有的遐想，我问你，你是不是五年前就喜欢我了？

刘浪穿好衣服，说，我不知道，提那些干吗！我说过我不想说话，别烦我。刘浪的语气里透着极度的烦躁，他突然对"淫夫"这个词讨厌起来，这个词在十分钟前曾经抓住过他，十分钟后他一想起它就感到反胃了。

荡妇，穿上你的衣服。他把衣裙扔给她。

小缎的脸阴冷下来，她慢吞吞地穿好衣服，到梳妆台前整理纷乱的头发。刘浪变得无所事事，他看着镜中小缎的云鬟，莫名其妙地想起一个人来，这个人就是天如。

这个念头仿佛利箭一样透过他的心，刘浪居然感到自己的眼睛湿润了，他对自己十分惊奇，接着这种惊奇马上化为愤怒。他在小缎身后一字一句地说，别摆弄你头上那一堆茅草了，我一看见它就想大便。

小缎转过身，用手上的头梳在他脸上掴了一下，刘浪马上闻到了一股腥味。他听见小缎也一字一顿地说，你的嘴放干净点。

刘浪用手绢慢慢擦去脸上的血，就像当初拭去如玉鞋上的污渍一样。他把手绢扔在地上，从床头拿起枪，拉枪栓的声音引起了小缎的注意。她头也不回地说，怎么？想杀我？我不看就知道你起歹心了，我不怕你，我不会怕一个见了女人不起性的男人。

刘浪觉得自己垮了。他扔掉手枪，过来抱住小缎，我怎么会杀你呢？我说过我不杀人。你不要回去了，就留在这里，好不好？我们是天生的一对。

小缎被这句话逗笑了。她说，我待在这里算什么？你不是已经有了夫人了吗？让我当姜？

刘浪没有吱声。不过，他有一种彻底的往下坠的感觉：他离不开这个女人了。

看你那熊样儿，小缎说，我答应你，我不在乎名分，既不想当夫人也不想做姜，我只想做一个女人。只要你能使我像个女人，我会报答你的，床上、床下都行。

刘浪看着她，你还能为我做事？我想送马大进班房，你做得到吗？

小缎冷笑一声：只要我快活，没有做不到的事，我爹最宠我，不过他知道我跟你混，一准把我杀了。怎么，马大跟你有仇么？

刘浪笑了，仇是没有原因的，这你不懂。

算了，我要走了。小缎站起身说，你还是赶紧去收尸吧，你弟弟的尸体都发凉了。

　　小缎走后，她的话一直围绕在刘浪的耳边。他似乎把刘荡的事忘记多时了，现在他重新想起了它，他意识到刘荡的死不再是一个消息，而是一个事实了。就在他与女人欢娱时，这件事已经发生了。

　　他吩咐手下：快备车。我要到杜村去。

　　如玉坐在护栏上，喂一对新买的鹦鹉。她的表情像剥蚀的墙体一样荒凉。那对鹦鹉叫着：荡妇，荡妇！刘浪走到她身边，望着鹦鹉说，你怎么不教它一句人话？如玉冷笑一声：这年头没人说得出人话了。

　　鹦鹉又说：杀人，杀人！

　　刘浪望着它，我真想把你宰了。

　　当心。如玉收起鸟笼，起身说，会索命的。

害　怕

　　半夜，马大被一阵纷乱的脚步声吵醒，当荷枪实弹的警备团士兵出现在他的卧房时，他还不明白出了什么事。他在被押往樟坂青草屿监狱的途中用脚踢伤了一个士兵的卵包。

　　一般来说，警备团和警察局对马大和刘浪是轻易不去搅

扰的，只要没出什么大事，彼此井水不犯河水，有时还互相
帮衬几把。马大呆在涌动着凝滞空气的监房后面大骂，他的
骂声涉及徐大头的几代祖宗。晌午，徐大头来了，他披着黑
色的披风，脚上套着马刺。马大隔着铁栏杆对他啐了一口，
徐大头，我操你祖宗。

操我祖宗可以，在黄泉路口等着呢！徐大头脱下手套，
擦拭脸上的唾沫星子，说，只要不打我女儿的主意就成，以
后你再碰她，我开你的膛。

马大的迷惑被一种隐忍的仇恨所替，他无法想象刘浪居
然玩上了这一手，这使从来不靠女人办事的马大对刘浪产生
了一种彻底的鄙夷。这个刘家少爷为了达到目的，是可以利
用他身体的每一个部分，但马大不同，他总有最后一样法宝
是秘不示人的，比如让他唱山歌去骂人，他就做不到。马大
宁愿用一把矛刺穿人的肚子，也不愿唱山歌去骂人。

马大想不到刘浪居然会到监狱来"看"他，刘浪到达时
他正在扑打一只骚扰他的老鼠。这种大失体面的样子被刘浪
看在眼里。不过在刘浪脸上找不到促狭的笑容，他的脚步和
表情里充满着一种阴沉的力量。

你要有心就不要到这里来，最好还是去杜村走一道。马
大说，当心点，饿狗会到野外找食。

那是我们家的事。刘浪隔着铁栅说，现在，如果你认栽，我觉得不会太迟。

刘浪多变的个性在前往杜村途中又一次暴露出来。他突然对阿金说，他不想去了，回去，回去。

阿金感到迷惑不解，刚才他还看见刘浪害疟疾一样念叨着刘荡的名字，陷入深深的思虑之中。他的脸上被痛苦扭歪了，一双手在车内无所适从。可是当车接近杜村时，刘浪却突然改变了主意。要不我去？阿金说，我去把他背回来。

妈拉个屎！刘浪闲手捏住他的残耳，你怎么这样多嘴?！

董云以一种从未有过的笑容迎接刘浪的归来，这个深居简出的云骧阁老管家几乎被樟坂人忘了，他除了安排云骧阁的食宿和财务开支（刘浪最头痛的就是计算财产）外，把所有时间用来潜心研读《推背图》。这本神秘莫测的书把这个年迈的人吸引住了，靠这本残简他足不出户，却可以通晓万事，当然还有一本《周易》垫底。刘浪的每一次得失都被他胜算在手里，有时老管家这种未卜先知的能力使刘浪心惊胆战。他觉得董云就像一块甩不开的顽石，深踞在云骧阁的某个看不见的角落，刘浪无论外出做什么事，那双眼睛都在后面看着他，它代替了刘成业的眼睛。在董云的一双眼睛里，起伏着深蓝色的海水，水中有两只扑棱着翅膀的大鸟。这种景象不止一次地侵入刘浪打盹时短暂的梦中，把他惊醒。

疲惫不堪的刘浪对摆弄卦阵的董云说，你给我算一卦，那人是不是他。

董云把玩着手中的铜币：这种事情还用得着去计算？刘老板是聪明人，打小我就看出来了。

这句话把刘浪噎住了。他突然仇恨起董云来了，实际上他不止一次想把这个乖戾的老头赶出云骧阁，但最终都下不了手。这个老头给云骧阁带来一种不安的气氛，刘浪觉得他像一只蝙蝠，总是在暮色苍茫时出来绕着云骧阁的镂金大梁飞动，搅动着沉重的凝滞的暮气。董云手执一本《推背图》，给云骧阁带来的另一种安宁也是很诱人的，刘浪常常在烦躁时（一种被自谴缠绕的烦躁时）一看见董云，就像吞了一颗定心丸。他会觉得自己所作下的事都在老管家绵密的计算之中，就像一本明细账，从来不出纰漏。

大约在三更时分，刘浪再一次离开了云骧阁。董云从卧房里传出的仿若读经的喃喃自语把他送上了通往杜村的夜路。刘浪感到这条游动着屋气的路很长，而且方向不定，他绝对有可能把车开进深水，了却性命。在漫长的夜行中，后面时有笑声在追逐，刘浪一次又一次把车开进水里。到杜村时，他已经汗水淋漓。

坞口上的尸体不多，他们趴在起夜雾的草上就像在做梦。刘浪深一脚、浅一脚地走上草坡，夜风针砭着他的骨髓。他很快地找到了刘荡的尸体。

刘荡的枪伤开口很小，雪白的长衫上只有一小块血污。他的脸上很安静，这是一次饱餐后的满足神情，逗留不去。刘浪用手摸了摸他冰冷的脸，发觉弟弟其实是长得很漂亮，其中藏着当年刘成业在菜地里目睹过的陈氏的美丽。命运是很奇怪的一种东西，总是与人的意愿拧着干。如果你让命运领着走，就会走上一条与你的愿望全然背弃的路，并使你信以为真，而且离原来的路越来越远，到了终了的一天，你已经无法分辨哪一条路是真的了，你只知道自己走完了一条路，在这种无法肯定的旷野中，死亡带着绝望以巨大的恐怖把一个人吸干。

刘浪跪在弟弟的尸体旁恸哭起来，他痛哭的原因是，如果刘荡临死前的一餐是在云骧阁吃饱的，事情就会两样。刘浪的泪水的确是情不自禁的，他想起了当年刘荡被他倔强的双手推入深水河的情景，弟弟就像羔羊一样顺服，在暴力下寂然无声。刘浪是绝对需要在想起某桩让他伤心的具体事项之后才会流泪的，否则无论对父母还是兄弟，他都挤不出眼

泪，所以，毋宁说是一件伤心事儿击中了他。刘浪想到一个
人竟然在临死前这样渴求一顿饭的饱足，眼泪就像喷泉一样。

在空无一人的草地上，刘浪有了肆无忌惮哭泣的机会，
哭泣对于他已经是一件需要隐瞒的事了。

他越哭越伤心，哭声激励着他，以至于刘浪拥抱着刘荡
的尸体泪如泉涌，为一个尚未开始人生即被送入黄泉的可怜
人哀号。

曙色微茫的时候，刘浪停止了哭泣。他看见了坞口远远
地走来过渡的第一人，这个戴斗笠的妇女使他想起了母亲。
陈氏仿佛就站在河的对岸，用一双哀哀的眼睛看着他，数算
着他的罪恶。

刘浪的心恐惧了，他被这种恐惧折磨得无所适从。他把
刘荡的尸体翻来翻去，刘荡的脸和弹孔始终注视着他，代替
了母亲的一双眼睛。他想把刘荡的尸体埋起来，又怕野地里
出来觅食的狗；他想把它扔进河里，又怕某一天它会从霍童
的坞口漂上来，情绪的混乱使他忘记了霍童在深水的上游了。

你怎么撞上我枪口了呢？他烦躁地抱怨道，他居然产生
了一个荒谬透顶的想法，刘荡是有意找上门来吃枪子儿，让
他难受的，就像如约前来完成二十年前刘浪的一次未遂谋杀
一样。

日上三竿时，刘荡的尸体已经在昏头昏脑的刘浪刀下一片狼藉，他再一次用自己的尸体检验了刘浪尚未荒疏的解剖外科的出色功课。这时，刘浪无一例外地看到了常见的心、肺、肝脏、肠胃和脾，只不过那肠胃已经不需要食物通过了（胃里储留的丰盛食物使刘浪感到欣慰），心脏已经不再跳动了，肝脏也无须继续代谢而已。医科优等生刘浪感到，尽管刘荡是他的弟弟，也无法使自己与别人不同。

刘浪驱车回樟坂时天已经大亮。在短暂的行车途中，他甚至搜肠刮肚地回忆陌生的医技，寻找一两样可靠的药物来抑制刘荡那略微肿大的肝脏。

他还有一些时间去青草屿看看可怜的马大。马大像猴一样关在牢笼里，追逐着一只老鼠。当他出现在马大面前的时候，马大没有震惊和失败的表情。

他对刘浪说，别想赢我，你没有赢。

刘浪说，我从来没想赢谁，我喜欢怎么干就怎么干。

马大说，你这人真可怕，连兄弟都不放过。

刘浪说，兄弟算什么。

马大就蔫了。你比我狠，你会赢的。

刘浪说，赢不赢还可以玩几把。

不过三天，我会从这里出去的。

这就好，我就怕没人跟我玩。刘浪把随身的解剖刀扔进监房，不过你出不来我也没办法！想不开就用它了事，我会教你往哪儿扎，别忘了我是医生。

人渣！马大说。

从那一次梅雨天的来访开始，小缎成了云骧阁的常客，她名曰是一家赈济会的委员，实际上一直在家里闲待着，并与各种各样的男人来往。徐大头对女儿水性杨花的习性已见惯不怪，只要不过于招摇以至于明目张胆地给他难堪，他对女儿毫无办法。小缎自从与刘浪重逢后，马上把别的男人忘了，刘浪乖戾的脾性和无常的举止不但让她战栗，而且使她上瘾。

在小缎无数次与刘浪的过夜中，她发现这个人实际上是很脆弱的，虽然他的床上功夫越来越好，但反而显得越来越缺乏自信。每次他都毫无把握地对她说，我不知道行不行，我真的不知道。他说这话时脸上有持续不退的惶惑。当他成功地做完这件事时，脸上还是这种表情，他用犹豫不决的口吻对小缎说，我很害怕，我觉得他来索命了，昨天半夜就来过了。

你在说谁？小缎问道。

刘浪汗水淋淋地爬下了床，赤脚站在地上无所适从，映在梳妆镜中的身影形如一根瘦竹。在小缀的手中，刘浪细腻的皮肤上涌出大量的汗水，浑身却是冰凉的。刘浪的反常使小缀的激情被渐渐冲刷，她百无聊赖地说，你整天像被鬼跟着，真没劲！我这个人是今天不想明天事，你却像掉了魂，我一近你就闻到你身上有股死人味儿。

是吗？刘浪仔细地撩起衣服嗅来嗅去，他耽于思虑的表情使小缀感到好笑，这时候的刘浪像一个恐惧的孩子。真的有死人味？他在身上摸来摸去，又把手伸到鼻子上，一股类似铁锈和白蜡的气味顿时使他战栗不已。

近日来刘浪常在半夜被噩梦惊醒，他会突兀地惊叫起来，说窗骨上有人。小缀说你在发癫，窗骨上什么也没有。我看见了！刘浪辩解道，我明明看见他从窗外探进来，把脸挂在那里！小缀被他搅得整夜不得安宁，刘浪把头钻进她的怀里，小缀厌恶地推开他，走开，我就讨厌吃奶的男人。

刘浪的脸色越来越难看了。

刘浪的不安和惶恐改变了如玉的态度，她看着刘浪像惊弓之鸟的情形，心里涌起一股奇怪的怜悯，她知道刘浪金屋藏娇，不愿上他的房，打发下人送些莲子汤和参茸汤。刘浪奇怪地问，你管我干什么？如玉逗着鹦鹉，说，我这个人心肠软，专爱照顾可怜的人，喂你就像喂鸟。

我可不是鸟。刘浪说。

你现在连鸟也不如。

只有在和小缀胡混时刘浪能驱除恐惧，在小缀身上他会像一条龙一样威猛无比，他夸张地发出叫声，小缀叫床时仿佛濒死的呻吟激励着他的信心。事情一完，他就委顿下来，一门心思地要往小缀怀里钻，每当这时，他会遭到小缀无情的拒绝，她让他滚到床下去睡，眼睛里厌恶的目光使刘浪骇异不已。

你这个人真可怕。刘浪说，给你一支枪，你会杀人的。

大约在午夜的时候，刘浪在蒙眬中突然看见那人被开了膛，肝胆毕露地向他走过来，他笑吟吟的以至于全身内脏都在颤动。刘浪凄厉的惊叫吵醒了小缀。你有病是不是？小缀骂道，她对这个老同学极其厌恶，翻身下床就要走。刘浪突然悄悄地从后面摸上来，双手扼紧了她的脖子，你给我闭嘴！他隐忍地说，你再这样说话，别想出这个门。小缀看见他双目放光，嘴里乱喊着：如玉！如玉！

三人同床的事就是从这个晚上开始的。刘浪在卧房里到处点上灯，照得亮堂堂的。小缀和如玉把他夹在当中，使他看上去像一只虫。如玉说，我的身子暖不暖？他说，暖。如玉又说，我的身子好不好？他说，好。小缀说，好是好，就是不起性。

亮堂堂的，多好。刘浪说。

云骧阁上下对这里发生的一幕浑然不知，他们以为老板患了风寒，或者有了嗜睡的毛病。在这一段无聊的时光里，他们变得无所事事，只是在深夜，刘浪突兀的惊叫会使他们骇异不已。

躺在如玉和小缎中间，刘浪常常会想起另一个人：天如。每当他正要入睡时，她的脸就会从水中突然浮现出来，使他再次惊醒。他看着身边这两个莫名其妙的女人，弄不清楚自己何以会沦落到这种境地，在一种对自己的身体无比厌恶的抱怨中，他竟然感到眼睑上噙着两颗硕大的泪珠，刘浪曾经向霍童发过一封信，这封信是写给母亲的。这封信撒了一个弥天大谎。刘荡的死被描述成另一种样子：这个年轻的乞丐在杜村上岸时遭遇了龙帮的袭击，马大的一颗子弹要走了这个人的命。刘浪对母亲说，他要盛葬弟弟，而且要取了马大的人头来见她。

在这封信里扯谎对于刘浪来说是举手之劳的事，他可以在信里心安理得地扯谎，然后在另一个时间里对刘荡的死恐惧。严格说来，他不恐惧，他只是害怕。恐惧是没有具体对象的，绵延不绝的，而刘浪只是在想起刘荡的尸首时才感到害怕，就像只有当他想起天如时才会兴奋一样，这一切都是短暂的。

果然，三天后他就忘了对母亲的承诺，他吩咐阿金用一口白茬棺材草草地把刘荡送上了山，他甚至不愿去辨认这块墓地在哪里，以免又多了一个负担和一件心事，他不愿任何人和事来打扰他的生活，甚至连他的害怕和痛苦也不愿别人来介入，这是他自己的东西。他现在唯一着急的是尽快结束刘荡这件事，他认为他的苦已经受够了。

这一天，他把如玉和小缎都赶出了卧房，他要一个人住。暮色降临的时候，人们又听到了他高声的朗读和清越的箫声。

堕　落

朗读和吹箫都解决不了问题。

云骧阁的人不明白刘浪从什么时候起变成了一个读书人。他的卧房里堆满了《论语》《荀子》《逍遥游》一类的书，随后又有了《三字经》，甚至《增广贤文》。刘浪突然恢复的读书兴趣使他茶饭不思，他读完了《三国》，读《水浒》，唯独一本《红楼梦》，老是不能尽读，他对贾宝玉的言行感到匪夷所思。为了弄这些书，阿金费尽了力气，他不明白老板为什么对医书不感兴趣，当他把《黄帝内经》和《本草》弄到他的床前时，刘浪一反常态地暴怒起来，拿起它们往窗口扔去，王八蛋！你是哪壶不开提哪壶！阿金看见刘浪气咻咻地骂道，吓得噤若寒蝉。在刘浪的床上，两大排书代替了原先如玉和小缎的位置，把虚弱的刘浪夹在当中。他看见刘浪一手贪婪地摸着碟子上的蚕豆，一边目不转睛地扫视着手中的书，嘴唇在发抖。

娘的×！刘浪把书一扔，他们怎么尽写些连自己都不相信的东西来诳我？

一本莫名其妙的《水经注》，耗费了刘浪的最后元气，他让阿金把身边的书统统拿走，吩咐去街上买几版活页话本回来，这些简单的世俗故事把刘浪逗得直笑，他的心情变得轻松。他对阿金说，你瞧这些文人尽在扯淡，靠骗人还能赚几块大洋，这世界奇了！他抖动着报纸，不过我就是喜欢上当，我就爱看简单的东西。

使刘浪败胃口的是一则叫《乱世英雄》的连载故事，刘浪越看越疑惑，觉得是在写他。阿金看了也说有点像，刘浪就暴跳起来，他骂人的声音响彻云霄，把话本一把火烧了，发誓要把那个舞文弄墨的歹人黑了。

叫他来看看，我刘浪是什么人！

　　刘浪的暴怒情绪终于被一篇名为《好的故事》的文章收尽，阿金看见他一反常态地安静下来，整天都在读它，他的神情变得很温和，而且念出声来。刘浪的变化是显而易见的，他对阿金态度的转变使阿金受宠若惊。这天傍晚，他突然对阿金谈起一个叫天如的女人，他动情的回忆和叙述使阿金迷惑不解，他看见刘浪旁若无人地讲述着这个人的好，脸上笼罩着宁静和怅惘的表情。刘浪说：小子，明白了吗？有这样一个人做老婆，实在是有福的。刘浪说这些话时对阿金就像对牛弹琴，但他不在乎。

　　傍晚的时候，董云进了他的房间。他带去了一本线装的《推背图》。阿金不知道他们在房间里到底干了什么，但刘浪的箫声突然中断了。

　　刘浪重新走出房门时，脸色变得很难看。他的眸子里闪动着惊恐不安的光芒。

　　十余年后刘浪对杜村的传道人追忆这段生活时说道，当时我非常困顿，这些事临到我，使我对一切都感到恐惧和厌倦，我实在不是一个想作恶的人，但我被它拖着走。我不止一次地转着念头，去找那个叫天如的女人，跟她到一处僻静的地方过安静日子，但我知道这是在做梦，我不会去找的。

　　我经常在梦中遇上她，但这又有什么用？我无法担保真正见到她之后会怎么样。虽然我时常想起她，但她毕竟没有出现，这就无济于事。既然她只在梦中出现，我就持守不住，我就要去找女人，而且变本加厉地讨回我的损失，因为大家都亏欠了我。那一段在樟坂，真是我风光的日子，徐大头过节时都要给我捎礼盒。

　　如玉和刘浪的关系在这段时光里得到修复。她觉得这个虚弱的男人并不像他粗鲁的话语那般锐利，他实际上是一个很可怜的男人。如玉看透了他的心思，在他把那些书扔掉时，她让下人拿着铺盖重新出现在丈夫的卧房里。刘浪看见她时，并没有发火，只是呆了一刻，说，你不嫌我身上有骚味？不过你要留下就留下吧。

　　如玉仿佛得到了某种鼓励，这个细心而精明的女人费尽心机，把一个卧房弄得妥妥帖帖，跟花园似的，花瓶里每天总有从后院采来的新鲜的花。她甚至亲自动手浆洗刘浪的衣裳，她在做这一切时感到十分惬意和舒畅。虽然刘浪还常常坐在床边发呆，但毕竟安静了不少，他略微有些奇怪地注视着经过整理的卧房。被花丛裹在中间的刘浪像个少年，使如玉觉得新鲜。她突然回忆起那个雨天第一次看见刘浪时的情景，他颀长的身躯上穿着雪白的长衫，脸上浸满忧伤，用手帕轻轻拭去白鞋上的污渍。

你现在像个人的样子。她说。

刘浪没有吱声，他呆坐在那里，似乎已经睡着了。如玉把浆洗熨烫过的衣服放在床上时，他嗅到了淡淡的菖蒲的气息。

这样平静的日子过了几天，刘浪的话还是很少，他有时会去逗弄那些花，偶尔还会去浇浇水，但大部分时间仍是沉默寡言，无所事事。他一连一个月对躺在身边的如玉无动于衷，如玉也不在意，她只要能躺在丈夫身边，揽着他瘦削的腰就心满意足了，刘浪的身子在她手里就像船帮一样可靠。一个月之后的某一天夜里，刘浪抖抖索索地从床上爬起，慢慢地解开了她的衣服，她听见丈夫仿佛叹了一口气，十分勉强地爬到她身上，有气无力地做着那事，而且中断了好几次，他的疲惫不堪连如玉都感觉到了。你要是累，就算了。如玉安慰他说。刘浪听了这话，犹豫了一下，不过还是进行下去，结果越弄越糟，最后，刘浪到了大汗淋漓的地步，才算了事。

他沉默地翻身下来，缩在一边。如玉说，你不要勉强，我的身子不还总留给你。她用手像抚摸小孩一样抚摸刘浪冰凉的肋部，刘浪说话的口气渐渐变了：你别摸我，你干吗摸我？

从这夜开始，刘浪再也不碰她了。而且刚刚培养起来的安宁心绪有功亏一篑的危险。他越来越不习惯如玉对他恶心的照顾，尤其不能忍受如玉注视孩子似的看着他喝参茸汤的情形，他虽然还未发作，但已经见出烦躁了，他的话里隐藏着一种奇怪的不满，你别对我这么好行不？他说，你是把我当鹦鹉养是不是？如玉被他的话激得哭起来了，哭声使刘浪郁积多时的奇怪情绪发作出来，他对这个有点像母亲陈氏的女人说，坏了，我最讨厌女人哭，你哭是要我死。

傍晚的时候，刘浪原形毕露。他吩咐把卧房里的花都拿走，他感到自己置身于这些莫名其妙的花丛中是十分滑稽的，这等于对如玉下了逐客令。如玉离开时刘浪说，是你自己要走的，我没赶你走。如玉一离开，刘浪沉重的心突然轻松下来，心中的暗喜和释放甚至使他有心去给鹦鹉喂了几粒米。

他吩咐家佣道，这是夫人的鸟，要好生养着，出事我打烂你的耳朵。

他找来阿金，说，快，把小缎接来，就说先前都是我错，我给她打一对金镯赔罪就是了。

阿金走后，刘浪回卧房找出那支箫，吹了一曲牛唇不对马嘴的调儿，高兴地搓着双手。

他们交欢的场面仍然不值得描写，刘浪在小缎身上所做

的一切只不过是为了驱除惊悸。在小缎的协助下，刘浪充分
地使用了那套淫具，这些东西使他们兴奋，他们被这些莫名
其妙怪模怪样的家什迷住了，刘浪当时从董云房里翻出它来
时还以为是一套烟具。当麝香的气息飘满卧室时，小缎似乎
酒已醉到深处，她急促的叫声中出现一些十分污秽的词，里
面胡乱地夹杂着刘浪的名字，她的指甲陷入刘浪肩胛的肉里，
渗出了殷红的血。

我好不好？她问。

好。

为什么好？

不知道。

高潮消退后，刘浪穿着丝绸衬衫倚在窗前，入迷地盯着
窗外的一棵夹竹桃，他临窗的姿势像一个纸人。他不回头，
却在问小缎：你看我是不是完了？整天都想这种事，整天都
做这种事。我从来没有对一件事这么入迷，它好像索走了我
的魂，一离开它我就害怕。

肾上腺素分泌过盛。小缎吟笑道，你把功课都忘了。

我没心思开玩笑。他说。

小缎懒洋洋地披了丝织睡袍从床上爬下来走到他的跟前，
倚在他的肩胛上说，你这样多虑累不累，我这个人是想干什

么就干什么，当初学了四年医，屁也没用上，我还是过得快活，这是活法。我不想结婚，也没有老虎把我吃了去，男人照样挨我，因为我好。

刘浪回过身说，我担心遭报应。

小缎吃吃地笑起来，一边往嘴里塞杏仁一边说：你要整天想这对那不对，你就不要活了。再说，你想了也没用，还不是照样卖烟土黑钱，杀人放火，烦不烦？

刘浪端详着她的脸，你这样的女人很少见。

别在我面前充神，我见过你杀人就像杀一条狗一样。小缎持着指甲上的蔻丹，说，别再烦那些对不对的事情了，我问你，你想不想和我上床？

想。刘浪说。

这不结了？小缎慢吞吞地走近梳妆台，说，你想干什么，什么就是对的。

小缎这个性欲决定论者给我们的医科优等生一个放纵疗法，似乎使刘浪轻松不少。实际上刘浪并不是真正有什么不安，只要有个说法就行。

刘浪过上了一段十分放纵的生活，不过他的女人只限于一个，就是小缎，至少在这段时光里，小缎层出不穷的新花样没有使他腻味。刘浪这样放纵几个月之后，已经形销骨立，像一根瘦竹一样了。他对小缎说，这东西太伤元气。小缎说，屁话，这东西养人。

在刘浪身上起了一个奇怪的变化，他的身体变得越来越轻，如同一把晒干的麦秸，往上飘浮，心里却有一种东西在往下坠。每一次他做到兴奋处，不是感觉往上升，而是往下坠。他的身体没有东西来托住，如同一片树叶急迅地从某个悬崖失足坠落，底下黑暗一片，他闭上了眼睛。

你怎么这样？小缎抱怨道，好像要了你的命似的。

是要了我的命。刘浪盯住她苍白的脸，有一种鬼是专门勾魂吸血的，它会要了我的命。他的目光深入小缎那深不可测的眸子，说，你像漏底的斗似的，总吃不饱，哪一天我也会从里面漏掉。

神经病！小缎骂道。

瘦骨嶙峋的刘浪渐渐感到吃不消了，他现在大脑一片混乱，老是头痛，一想事儿就好像有一只手伸进他的头里挠脑浆似的。马大趁着这空档，狠狠敲了他几竹杠，据知情人说，那段时间蛇帮的人就像死了爹娘的人，整天浑浑噩噩，仅仅因为嫖妓就被马大的人在妓院里放倒了十几个。一时谣言四起，刘浪已经吞金而死的消息流传在樟坂的酒楼里。

刘浪吃下关里来的人参也无济于事。阿金献策说，鹿刚开膛时的鹿血挺管用，过去皇帝老子就用这法儿。刘浪说，你懂个屁！

他最后找上了董云。老管家把了把他的脉说，吃几只胎盘试试。

为了吃胎盘，云骧阁上下又忙乎起来了。他们跑遍了樟坂，从接生婆手里弄来胎盘，以备一天一用的需要。刘浪看着厨娘洗胎盘，有点恶心：怎么跟牛百叶似的？他对这团污物是否管用没有把握。

吃了几天胎盘，他觉得自己好多了。这个医生现在完全相信民间秘方能为他交来好运。他在咀嚼它时，会产生一种吃人肉的感觉，这不啻是最养人的。不过它的确是人肉，他想象着这只巨大的胎盘，藏在那个叫陈氏的人的肚里，自己蜷缩在里面。

该给安贞堡的母亲写写信了。他想。

小缀死于这一年的春天，就在这年春天，刘浪和唐松邂逅于医学院的草坪上。

小缀是难产而死的。在她死前的一年，她被幽禁在云骧阁。女儿的突然失踪使徐大头暴跳如雷，因此大大为难了马大几次。直到女儿暴死，这个长相酷似猪的司令也不会想到，他的女儿居然会落到文质彬彬的刘浪手里，成为一团烂肉。这起无头案不久就销声匿迹了。过大年的时候，徐大头给刘浪送来一辆美国新造吉普，刘浪则还了一盒金条。

唐松风闻樟坂的帮会之争很久了，但他决不会想到刘浪就是那个与他同读四年时玩鸡巴的家伙。这个年轻的生化教授由于长期的闭门生涯已变得沉默寡言，脸上有持续不退的阴郁表情，尤其他研究的成果被用于装备国军的芥子气弹之后，更加重了他脸上的暮色。有一个时候，他甚至打算辞去教职回杜村老家办饲料厂，不过这个念头很快被证明是幻想。

见到刘浪后，他对刘浪说，我真的不想干了，我想回家，哪怕去阉猪也成。

这一年，北边来的共产党的队伍已打到安徽蚌埠，与国军的僵持引起了南边的恐慌。樟坂一些精明的商人已经把钱换成金条和美钞，并且开始囤粮。司前街和顺义街常常有成队的士兵经过，城北旧米仓的一次爆炸使樟坂人心惶惶，他们以为北边的部队打过来了。刘浪在其中仅军火和医疗器械两项就稳稳地赚了一笔，只不过烟土生意的地盘让马大抄了。在这些混乱的时候，人们很容易在樟坂的街上看到来自霍童的灾民，他们成群结队逗留在西站，等待着善堂的赈济。在司前街、顺义街和一些别的小巷里，密布着举着卦幡的术士，他们声称可以救人们脱离苦海，这些不知从哪里突然冒出来的术士说出的预言，使人听上去胆战心惊。

刘浪和马大在樟坂的地盘不相上下，但就在这段时期，刘浪起了很大的变化。他变得懦弱和乖戾，有时整天把自己反锁在房里。他养成了嗜吃胎盘的习惯，这些胎盘养育了他更加多疑、敏感的性格，有时狭隘到为一点小事对手下大发脾气，使人觉得十分可笑。董云对他说，现在你看上去越来越像你父亲了。

和唐松的重逢使刘浪抓到了一根救命稻草，刘浪是在独自到那块草坪上散心时遇上唐松的。当唐松经过草坪的时候，那个倚立在朽败的秋千架旁的身影引起了他的注意。

刘浪记得当时他对唐松说，我带你去见一个人。

什么人？唐松问道。

小缀被幽居在一间爬满老鼠的厢房里，唐松见到她时才知道她已经疯了。她总是把身上的衣服扒掉，裸着身子在那里走来走去。她追逐着惊惶的老鼠，老鼠的吱叫会引发她更尖利的惊叫，浑身战栗不已。小缀看见唐松时，对着他猛扑上去，抱住他的脖子，唐松惊惶地挣扎。刘浪上前推开她，算了算了，这不是你的男人。

唐松看着她拖着身孕的肚子说：她不冷吗？

不冷。刘浪说，她觉得不冷。

唐松看了有些难受和恶心。他掉头就走，说，你怎么把她弄成这个样子。

刘浪说，不是我把她弄成这个样子，是她把我弄成这个样子。

总之是过分了。

刘浪没有吱声。但不久之后，唐松就适应了这一切，他与刘浪的过从甚密使他发现，刘浪实际上并不像那种作恶多端的人，他的脾性其实与过去一样。有时，刘浪甚至要求唐松同宿，他的孤单被唐松看在眼里。有一夜，唐松对刘浪吐露了一个秘密：其实，那时我也很喜欢天如，不过你这人做事总要占到人先，我也就算了。刘浪听了非但没有生气，反而很高兴，是吗？太好了，她是招人喜欢，我信得过你，我们一起干如何？

跟你去杀人吗？

做生意干吗非要杀人呢？刘浪说，在云骧阁，我不相信任何人，他们总有一天要把我绑了喂狗。

小缎死得惨不忍睹，据说死胎下来时，流了几盆血。产婆说，孩子死在她肚子里已经好几天了，直到全身中毒，她悲哀的嚎叫让人听了毛骨悚然。临死时看见刘浪在身边，还露出荡笑，她恐怖的笑容镌刻在刘浪的脑海里，让他做了几天的噩梦。如玉为小缎洗净了身子，穿上了麻衣，弄妥帖后，坐在尸体旁哭了一宿。她的哭声在深夜显得飘渺，刘浪整夜无法入睡。

产婆说，她作践自己的身子，遭了报应。

刘浪看见小缎蠕动的胎盘从床上滚落下来时，揪住床杆发出压抑的惊叫。

此后，他绝了吃胎盘的嗜好。

该与不该和能与不能

唐松离开了医学院那幢破宿舍，住进了刘浪为他购置的新楼，这幢楼离云骧阁只有几步路。自从唐松住进来后，刘浪的心情好了不少。一天，刘浪对唐松说，有办法给我弄一条狗来吗？

什么狗？唐松问他，他不明白刘浪的意思。

管它什么狗，只要是畜牲就行。

唐松从留德回来的博士朋友那里弄来一条纯种狼犬，刘浪管它叫"老刘"。他一遍一遍地叫着它的名字，直到老刘摇了尾巴，刘浪很过瘾的样子，脸上笑嘻嘻的。

　　自从小缎死后，云骧阁上下安静了不少，虽然龙帮和蛇帮还在樟坂交手，但大都交个平手，有时更是大路通天，各走一边。樟坂人对樟坂的这两个地头蛇的相斗已经提不起往日的兴趣：时局变化已使樟坂人忧心忡忡，刘浪和马大的恶斗就变成一场游戏了。可以断定，这两个人都会显得无聊，比如刘浪，他这个人本来是最讨厌猫猫狗狗的，现在却有心豢养了一只叫老刘的畜生，并终日相伴。人们经常可以在唐松住处去往云骧阁的路上看见刘浪，他的左边是唐松，右边是老刘。老刘拖着铁链跑，铁链就拖着刘浪跑，这使戴着墨镜的刘浪看起来像个瞎子。

　　在这段奇特的时光里，唐松得以重新认识他这位老同学，他发现刘浪依旧保持着年轻时某种耽于思虑的胆怯，他苍白的脸上总是挂着捉摸不定的笑容和阴郁的神情，眸子里时常闪烁着恐惧的光芒。有一段日子刘浪总是跟他唠起大学时的很多趣事，比如跳舞炸了裤子，考学作弊以及在解剖室被叫声吓得魂飞魄散的事，唯独不提手淫。这使刘浪在唐松眼里多少像个君子。在深水河畔遛狗时，刘浪问唐松，你说天如现在会在哪里？

　　我哪能知道。唐松说，我看得出，你不过是偶尔想起她罢了，我估摸现在她也徐娘半老了。

刘浪一反常态地看着唐松：教授，闭上你的嘴，你的嘴只配去嗅嗅膀胱里的臭气。

这是唐松第一次看见刘浪露出"土匪"的本性，他说，看来你真念着她？刘浪没吱声，牵着老刘就走了，把唐松一人撂在河边。

唐松的日常生活是很有条理的，但显得异常单调，自从刘浪看上天如后，唐松至今未娶，专心搞他的生化研究，世事的变迁使他越来越对窗外的事感到淡漠。他致力于一项研究：这项研究能制造出一种毒气，当他手下的小白鼠在毒气中纷纷扑倒、抽搐时，他感到兴奋和恐惧。其余的时间他显得极其无聊，这种无聊持续到他与刘浪重逢。这个重逢并没有使他的生活发生根本变化，因为这个具有传奇色彩的老同学的生活同样乏味，有时似乎简单到只有一个动作：遛狗。

无聊中止于一个早晨，刘浪牵了老刘来到他的住处，说，听说你研究了一种毒气？

唐松说，是呵。

做一笔生意怎么样？

什么生意？

刘浪说，徐大头已经是剿总参谋长了，他那里有消息，上头恐怕要对北边来一手狠的，你还不明白吗？

唐松听明白了。他说，这太可怕了。

刘浪摸着老刘的毛：你像个吃长素的，其实军工根本不关我们的事，是徐大头想捞一把，借我过户罢了，你不懂这个。

刘浪走后，唐松一连几天睡不着觉。他做的噩梦是造成他长期精神恍惚的一个隐秘原因，一方面他对提高毒气毒性的研究着迷，一方面又对它忧心忡忡，他实在弄不明白自己为什么会对这种东西上瘾。在梦中，他看见战场上有很多光秃秃的树，树上开满血淋淋的花，上面有无数的嘴在紧张地呼吸。这个梦把他吓坏了。他看见刘浪穿着白大褂在那里走来走去，把那些树一根一根地拔起来，脸上笑吟吟的。

刘浪再来时脸上并不是笑吟吟的，而是布满了阴霾。唐松说，你说的那件事干不得。

什么事？刘浪问，唐松没吱声。刘浪说，你这样的人永远只能吃粗粮，穿布衣，这年头已经没有该与不该的事，只有能与不能的事了，你有本事，可以吃两碗饭，另一人就得饿死，饿死的人临死时肚皮空空，剩下良心一个。当初如果我要的是良心，恐怕早就扔深水喂鱼了，鱼有良心吗？没有。

人才有良心。唐松说，因为是人。

因为是人，所以现在是人吃鱼，不是鱼吃人。刘浪烦躁地说，我最讨厌坐而论道了，越论我越亏心，越没法活，算了，你也别焦心了，徐大头说日本人用过毒气，上头不好再用了，这事儿算完了，你瞧，事情还没个影，你就焦心，烦不烦？

这是唐松第二次看见老同学露出"土匪"本性。刘浪一谈起往事就一脸轻松，一论到手头的事脸上就布满阴霾。与刘浪相处，唐松的心情也变得反复无常，他仿佛被这个人攫住了。刘浪对自己眼下的享有一种习惯的处理方法，对未来却充满迷惘，这从他脸上灰暗的气色和空洞的眼神中可以一览无余。

有一天刘浪又牵着老刘来了，他问唐松：我去办点事，愿不愿跟我去见一个人？

谁？他问。

到时候就知道了，让你长长学问。

一路上唐松心里忐忑不安，脑子里老是浮现死人和枪战的情景，他知道在刘浪手上办不出什么好事。车停在接近杜村的一个茶馆，茶馆顶楼的雅座可以俯瞰深水。那个人穿着西服，却长着一脸胡子，这使他显得不伦不类。

起先唐松听不懂他们在谈些什么，因为谈话是在棋局中进行的。在他们的谈话中出现了一些让唐松莫名其妙的词：

黄牛，一坨，九两，三个炮以及一丈一尺之类，在不愠不火的对谈中唐松始终沉默。刘浪说，观棋不语真君子，现在只有唐兄是君子，我们两个无疑是小人了。

胡子说，刘老板，上次你倒煤油烧桥，要跟我过不去？

刘浪说，手下人糊涂，怪不得我，现在我是一心养狗。

胡子说，我这人说话算话，你也给我留点面子，人不要太贪，会遭报应的。

刘浪说，你的棋路不对了，太熟对方的棋路，越下越没味了。

胡子说，现在是收烟割烟的季节，下月初七四川有我的一批货要来，是阿坝的烟浆，我不想在路上出事。

刘浪笑了，一点烟浆算什么？对付那些农民，几匹布和几个热水瓶就值了。

胡子的脸色越来越难看了。你是要跟我过不去啰？

现在的地界人管人，你不服？

我管你，你不服？你不更省心？

刘浪说，走棋吧，看谁占了滩头。

从茶馆出来，唐松神思恍惚。他问：这人是谁？

马大。

我就和这种人打交道。刘浪对唐松说，今天你明白了？

我退一步，我就死，干吗非得我死他活呢？这条黄泉路，走一步离坟墓近一步，我只有走到底了。

刘浪的怪癖终于再度发作。当着唐松的面，刘浪在一个黄昏突然对狗不满意起来，老刘撒欢使他不顺眼，他对唐松说，这畜生怎么就那么高兴呢？它撒个什么欢呢？

刘浪手中的枪响了，枪声使唐松耳朵发麻，他还是第一次这么近地谛听枪声。这条养了不足一个月的叫老刘的狗从烟尘中高高跃起，在地上刨了几下土就一动不动了。

你会杀人？唐松压不住恐惧。

我杀的是一条狗。

刘浪的眼睛里有些哀伤的样子，他扔掉手枪，蹲在狗尸旁边，看着从脑门枪洞的血渗进泥土。

老刘死了。他说。

机缘与定数

这年春天发生的一切足以改变刘浪的命运，并非他那庞大滞重的生意遭遇波折，亦非樟坂突然发生了什么大事，以至于医生必须屈服于一次交易，所发生的事情完全是内在的。刘浪第一回像马大一样登上了云骧阁的屋顶，这个城市灰色的牙齿般排列的瓦顶在他面前一掠而过，仿佛从百年混沌的噩梦中苏醒过来，等待一个蜕变了的医生的检阅。医生高踞在屋顶上像报晓的公鸡，他被檐角疯狂长出的茅草包围，在这个似乎一生只有一次的登楼远眺中，医生好像已经认不出这个城市了。在早晨的阳光中，铁路如同黑色的脉管穿过城市的边缘。刘浪记得他初次进入樟坂时登上的码头，那里完全是灰色的，无数工棚聚合在那里，走动着脸色张皇不定的人们。这里经过着从霍童和杜村逃荒来的讨生活的饥民，他们被空空的胃囊带领到那里，追逐这个没落的城市的垃圾，在地缘之间都是这种垃圾。当年这个靠鱼货和药材喂饱而发迹的城市现在拖着沉重的身体，走向昔日霍童的命运。过去被洪水冲垮的霍童遍布的瓷窑和染坊徒剩可以凭吊的遗址，但由于时间太久了，丝毫不能引起现在樟坂人的注意。司前街和顺义街已被妓院、戏院、烟馆和澡堂布满，它们像垂死的鳞片一样装点着虚弱而庞大的身体。唯一活跃的是商贩，他们在樟坂的每个路口投机，等待一次机会，当这些无数个小小的机会聚集成一个庞然大物之后，最大的机遇被蛀空了。老西站有气无力的火车汽笛代替梆声撞击耳鼓时，人们很难想起这个地方的历史，流窜于大街小巷的术士趁机借着深不可测的预言发了大财。一个术士用赚来的钱在城外买了田地，在下界碑时挖出一窝红蛇的传闻使人惊骇不已。

　　发生在刘浪和马大身上的变化是流俗的，虽然他们在樟坂家财万贯、奴婢成群，似乎能呼风唤雨，但他们没法使自己和别人不同，他们相信占卜甚至过于所有樟坂人，到了登峰造极的地步。他们十几年来的恶斗总是平分秋色，昔日刘浪凭借机敏占到的上风在岁月的剥蚀下已经丧失殆尽。潮涨潮落，刘浪和马大似乎谁也无法占先得荣耀，就像牌阵洗过无数遍还是那几张，阵法变来变去而已，这使他们的信心被乏味击垮了，一场用尽心力和智力的争输赢在末了时代蜕变成了一次真正的游戏，像戏法那样扑朔迷离实则过于简单。当时留给半痴的人们的某种神秘感已经丧失干净，对于洞悉秘密的刘浪和马大来说，就更加乏味。偶尔流传在樟坂的小道消息在说到此事时，完全涂上了一层茶余饭后的色彩，人们更关心前方的战事，因为它比传说更现实，而帮会之争完全成了个人的事，这种错误估计引起的恶果和报应在数年以后使樟坂人追悔莫及。现在他们只在剔牙缝时谈谈它们，譬如马大到了天天狎妓的地步，刘浪则与狗同宿的奇特传说，传说中唯一没有破绽的地方是：这两个地头蛇都迷上了占卜，开始斗法争输赢了。

　　刘浪过去从来不相信这套把戏，他对董云整天把着《周易》和《推背图》当饭吃感到好笑，所以，多年来刘浪一直把这个老管家撂在一边，使他变成了一个可有可无的人。刘浪相信自己的本事，现在的万贯家财的确可以炫耀他的聪明和胆略，他可以躺在金山银山上吃一辈子了。但一旦功成名就，他突然觉得有一种他把握不住的东西：未来。一想到自己将无所事事地养老，他就一阵恐慌，这种恐慌严厉到一个地步——他感到前途是黑的。有时他会突发奇想：倘若我来樟坂仅仅是为了果腹，那又何必来呢？当初把安贞堡变卖了加上那一盒金条往钱庄一放就可以了事了。若是为了占了人先，现在又不能占了马大的先，这十年阴差阳错，最后至多打个平手。这些危险的念头犹如一只多事的手一下子抽掉了他的根基，刘浪的坠落是恐怖的，他觉得活下去都有些荒唐了。突出表现在他的喜新厌旧，他一会儿玩狗，一会儿养猫，最后居然在家里养了一条一丈长的蟒蛇。他先是玩左轮，以后又迷上匣子炮，不过很快就腻味了。他有时几乎一天玩一个女人，后来把她们统统逐出了门，到了几乎走投无路的地步。刘浪独自待在书房里，望着博古架上无数的玉石珍品，心中涌起十分奇怪又焦心的念头：这些石头到底是什么东西？它凭什么让人梦寐以求。这种视一切如无物的念头使刘浪心里一片寂寥，在这个可怕的空空荡荡的地方，刘浪害怕得面无人色。

一切他都拿不准了。

有一天他到河边，看见一个小孩牵着牛站在那里，刘浪看上去很面熟，回到云骧阁后他突然觉得那人有点像小时候的刘荡，这种联想使他很不舒服。第二天去杜村办事，又看见这个小孩牵着牛站在深水对岸，他就发慌了。第三天他去黄龙岗，准备过渡时，突然觉得自己在某时某刻来过这里，同样的人和事，同样的景色，可是岸上并没有那个牧牛娃。刘浪的恐惧像潮水一样涨上来，他没有把握回云骧阁时在河边会不会再遇上什么。

他问董云：到底出了什么事。我老觉得有人在跟我。

董云说，万事都有定规，慌什么。

刘浪却愈发惊惶。在这段时间里，他发现了一个秘密：这个叫董云的老管家在这几年实际上一点也没闲着，很多人遇上难事时都悄悄地托人（董云不喜欢见当事人）来找他问事。董云靠着一本《周易》和几枚铜钱，可以为他们找回走失的黄牛、遗落的细软，甚至可以预测股市的涨落和人的生死。有一个木器商的父亲命已垂危，请董云来测他寿寝的时日。董云摆弄了一番卦阵，说，他命断在投井。这家人都觉得荒唐，这个奄奄一息的老人连下床的力气也没有，怎么能去投井。孰料第三天上午，在家人的疏忽中，回光返照的老人为了追一只叼走他钱袋（家人这才发现他临死还藏了田契）的狗，失足跌死在枯井里。

董云在多年以来都像冬眠一样默默无闻，这一年春天他苏醒了。他一苏醒就证明那些游荡在樟坂大街小巷的术士全都是混饭吃的。刘浪是带着一种极为难受的心情发现这一点的。当他看见董云打发走一批又一批的求助者之后，用很迷惑的口气说，管家，你还有这一手？我问你，你真拿得准？

万事总有定数，不过在凡夫俗子看来，不过都是机缘罢了。

你看我有灾么？

董云看了看他的气色，摆了一个卦阵。他说，初七之前有惊无险。

刘浪在心里笑着。他感到这个古怪的老人对他始终抱着一股怨气，拿他取笑罢了。从初一到初六，他都在城外跑，没逢上什么灾，反而大捞了一笔，这一笔赚的是深水拦河坝的钱。刘浪几乎把董云的话忘了，转回云骧阁，他突然想起了这件事，要找董云，准备当面奚落他一通，然后把这个混饭吃的老东西赶出云骧阁。他已经下了决心，董云妖言惑众，在云骧阁滋扰事端，丢尽了医生的脸。刘浪走进董云房里，发现里面一个人也没有，只有他的太师椅上有微微的热气。刘浪走出房门，经过厨房时，里面突然泼出一大盆褪鸡毛的热水，刘浪捂着脸恐惧地大叫起来。

他凄厉的惊叫震撼着云骧阁。厨娘吓得魂不附体。当烧伤膏涂满他的脸时，人们连他的表情也看不清了。刘浪独自一个人在卧房里待了十天，这十天他一言不发，放弃了所有的医学知识，听凭董云吩咐，当他喝下一碗符纸灰烬拌成的汤时，仿佛回到了童年，那时的董云很年轻，不过，现在仍能从老人脸上看出当年英俊的神采。

一个月之后，刘浪像剥皮一样从脸上揭下一层结痂一样的药膏，在老式梳妆镜上，刘浪又看清了自己的脸，像蛇蜕皮一样，这张脸似乎比过去还年轻。

老板，你返老还童了。董云说。

刘浪说，管家，你真有本事，如果你愿意，可以咒我死。

这年春天是一个起头，刘浪迷上了占卜，不过他充其量只能在董云面前打个下手。这个医生突然变得很愚拙，他看着董云的表情就像认识父亲一样。

他弄不明白在几枚铜钱里有什么玄机，但他已经完全相信这个戏法了，如果这是一种戏法的话。刘浪兴致勃勃地邀来唐松，见识这种把戏，他耸人听闻的讲述使唐松大惊失色。

这实在让人害怕，他说，这么说我们对将来的事一无所知？

刘浪说，走一步算一步吧。

董云在这个春天正式登场。他在云骧阁地位的变化是有目共睹的，蛇帮有什么事刘浪都交给他算上一卦，什么时候宜出行，什么时候宜开市，都交给了那几枚铜板。刘浪像傻瓜一样待在云骧阁，变得无所事事。唐松发现，他的老同学变得比过去更惊惶。过去他的惊惶不像今天那么彻底，只是对一些不顺的事感到难受罢了；现在刘浪变得毫无主见，空空荡荡，随便一件小事临到头上就会手足无措，唐松看出了他脸上迷乱的神情，或者干脆说害怕的神情。唐松说，你别信他，这个老头分明是要把你挤出云骧阁，妖言不足信。

不足信？刘浪奇怪地笑了，要我信你吗？我看你泥菩萨过河，自身难保。

刘浪就在六神无主中过了换季的时节。他弄来了麻衣相法和各种占卜的书，想弄通里面的玄机，可是一无所获。他有时热衷于为唐松看手相，可是话一出口就驴唇不对马嘴，唐松说，我们是医生，入不了这道门。

那怎么办？刘浪问。

他们面面相觑，一种奇怪的恐惧侵上脸。

刘浪一脸蠢相在云骧阁上下都被人看在眼里，人们觉得老板变得懦弱了，总是一副担惊受怕的样子，尤其烦人问他明天要做什么？每逢此时刘浪就会一反常态，大发雷霆，只有如玉看在眼里，心里觉得舒服。这个长期遭受丈夫冷落的女人看见丈夫不得不把蛇帮的事撂下不管，兴奋就贯透了微妙的内心！她觉得男人一旦可怜起来，就会找女人的，男人都是这样。

她故伎重演，采取了一系列荒唐的举动，把刘浪安置在卧房里，擦净那管箫，弄了一堆书，还端来一个硕大无朋的墨砚。当她把花园里采来的花搬进来后，刘浪说，我还没死，你怎么就给我送终了呢？

如玉为了讨好丈夫的努力失败了，刘浪的心思根本不在她身上。他似乎一直在寻找机会，在这个即将来临的机会里，他能在云骧阁做主，这并不是说他对樟坂的产业有什么兴趣，实际上他对帮会已经腻透了。但如果他无法说出一句有主见的话，在云骧阁哪怕再待一天都是荒唐透顶的。

在一个让人昏昏欲睡的晌午，沉默多时的刘浪突然问董云，管家应该让马大跳井，怎么现在他还是活得那么自在？

争不得输赢，董云说，这是中庸之道。一个好棋手，最后会发现自己一辈子不过下了盘和棋。

刘浪的神情很失望，他既没有占了人先的感觉，也没有听到自己想听的话，反而越弄越糊涂。那条路又在眼前出现了，虽然很长，但却是黑的。马大面前也是这样一条路，他玩占卜比刘浪还凶，听说有一个从不露面的高手在帮他计算。刘浪脑子一片空旷，他确实感到疲倦了，但他无法摆脱一种阴影，一种无法说明白的阴影。比如他就不敢回忆，一旦回忆他就会发现自己的半辈子有很多他意料不到的事，从安贞堡到学医，想当医生最终却干上了贩大烟的行当，似乎用不着他谋算这一切就自然临到他身上。在自己看来一切纯出于偶然，实际上走到这一步却是冥冥之中早已有一个什么人安排停当的。一想起这些，刘浪就全身无力，这种虚脱耗尽了他的心力，他变得易怒、暴躁，胆怯又外强中干，有时整天把自己关在屋里，有时一个人走出云骧阁，几天几夜不回家。他这种独来独往的毛病日趋严重，使云骧阁上下议论纷纷。不过他的存在依旧有奇特的威慑力，手下人只要一听到他独有的轻一下重一下的脚步声，心就会下沉，虽然刘浪已经很少开口骂人了，换上了一副徒有其表的读书人模样。

他唯独向唐松吐露过心迹。他把这个老同学弄到身边无非就是想说说话。

我感到待在这里越来越没意思了。他说，我不如当初去做个本分的医生。

做个医生有什么用？唐松说，我是越过越虚，不过我总是平头百姓，你是担心你走了还要提防别人放你黑枪？

刘浪摇着头，没吱声。他渐渐觉得眼前黑了，连唐松的脸都变得模糊不清。唐松看见他耽于思虑的神情过分沉重，以至于使这张脸变形了。他说，你过去不自在，我从大学时就看出来了，你这人日后一定是个把水搅浑的人物，不过我没想到你把自己搅浑了，现在樟坂有几个人活得明白？

刘浪没吱声。他第一次感到从这个老同学嘴里出来的话那么无力，这种貌似安慰的话实际上非常空洞，无济于事，反而使自己更难受，因为眼前这个人同样过得像一摊烂泥。我们可怜的主人公现在所有的痛苦可以一目了然了：他总想主宰自己的命运，又觉得一切早有定数。

这年的秋天，樟坂传出了一件耸人听闻的事，不过这纯粹是道听途说，可靠性值得怀疑。知情人在描述这件事时仿佛被自己的讲述惊骇得不知所措，变得目瞪口呆。他们说樟坂的两个著名的人物在狐山的西坡玩一种用人命相赌的游戏，比枪法。双方出十个人，都是从乡下绑来的灾民和到樟坂讨生活的短工，比到最后一个，就让他活命。这段传说用在马大身上还稍稍说得过去，用来说刘浪就不怎么让人信服，因为刘浪除了爱玩枪，是很少把它弄响的。不过对于昏头昏脑的樟坂来说，什么事情都有可能发生，人们已无心云分辨真伪。在樟坂，假消息的流行已不是一朝一夕的事了，传说本身带来的刺激比分辨真伪更适合于越来越疏懒的本地人，人们宁愿听一则刺耳的消息，也不愿去分辨出其中让人高兴的细枝末节。

不久，传来了刘浪为自己修墓的消息。

相　信

生化教授唐松完成毒气研究之后突然变得无所事事，他什么也不想干了，这使他一度连自己都觉得奇怪：离死还有漫长的时光，这空洞的时光对于没有打算的唐松显得十分可怕。唐松整天神思恍惚，在课堂上他竟把甲醇写成乙醚，他不知道自己是否患上了暗病。唐松不知道自己为什么会与刘浪重逢，而且刘浪似乎情绪比他更糟，根本不像个威风凛凛的帮主，倒像个孱弱的烟霞癖。他们待在一起玩纸牌的时候都显得心不在焉，一种难以启齿的隐忍气息像细菌一样弥漫。

刘浪最近常来找他，一坐下总是先叹一口气，然后无话。前言不搭后语地唠了几句，刘浪会及时离开，他悄无声息的诡秘举动令人生疑。人们有时会看到这两个老同学站在深水河边，他们肩并肩的样子令人想到江海寄余生的一对寓公。

唐松注意到，刘浪怕见阳光，他一见阳光就头痛，眼里流下泪水，看上云像被什么感动。有一次他们在河边钓鱼直到中午，炽烈的阳光让刘浪很不舒服，他脸色苍白地对唐松说，我有些难受，说完提起空空的鱼篓东倒西歪地回云骧阁。唐松不放心，跟着进了云骧阁，只见刘浪对着天井喷射性呕吐，直溅到栀子花上，唐松扶住他，觉得他在颤抖，手心发凉，却没有汗。刘浪疲乏地说，我分泌失调了，不会出汗了。唐松却看着他苍白的脸说，胃痉挛，迷走神经紊乱了。

这是他们重逢后的第一次职业性的对话。

进入秋分后，刘浪正式卧床了。他卧床并不是身体有了什么毛病，而是怕见光。干脆说是阴郁的心情把他送上了床，他变得非常慵懒，非但不想出屋，干脆躺在床上不下来了，除了有规律的排尿需要趋近马桶一下，他永远高踞在这张雕花大床上。这张老式木床是一个封闭结构，有可以推动的门，形如一座木屋，雕满了龙、凤和麒麟，刘浪有时会盯住这些根本不存在的动物看很久，但他的眼神是空洞的。床上还有镶着玻璃的画框，上面画着整出《西厢记》。当他躺卧时正好看到其中一幅画，刘浪目不转睛地看着那工笔重彩的图画，对前来看他的唐松说：你瞧红娘脸上的胭脂，多好看，张生怎么就没看上红娘呢？

这只是一出戏。唐松说。

刘浪说，我愿意有一个红娘来牵线，拜天地、抬花轿、入洞房，多好！

唐松看出刘浪说这话时眼睛里流露的羡慕之色，这使他的神色显得更可怜。不过，刘浪很快就对这些失去兴趣了，有时他的表情被另一种表情替代时，快得如同被风刮走一样迅速。他让人把饭菜送到床前，有时就和唐松一起用餐，菜谱是一日三变的，上好的鱼翅、燕窝、花蜜汤、牛筋、龙凤汤是少不了的，但刘浪的胃口变得越来越差。按照唐松的建议，后来几乎全换成了补精益气的药膳：有治厌食的糖渍橘红，治虚弱的归参鳝鱼羹、山药汤圆和黄精蒸鸡。刘浪盗汗后，加了一味浮麦米饮，后来又感到腿脚无力，又加一碗黄精蜜。刘浪是一病去了又来一病，浑身上下都不舒服，越养事越多。他发现自己一天天地胖起来，脸却一天天地苍白，身子一天天地虚弱。唐松对他发酵似的发胖很吃惊，说，你该下床走走了。刘浪摸着臃肿光洁的全身，胳肢窝，腿间和腹部有一个个圆圆的硬物，他对唐松说，我摸到了它们，这些脂肪瘤很不老实，总是从我手中滑走。说这话时他双手托着颤动的肚腹，像驮着一袋米，嘴里在大口大口地喘气。我的身子重得很，我哪儿也不想去，他说，我不想走出这个房间，你待在这里陪我就可以了。

唐松说，你还是下床走走。

刘浪对自己下床后的境况大惊失色：他连走到云骧阁门口都感到吃力。他感到肥大的肚子里装满了他所不想要的厌恶的垃圾，尤其是刺眼的日头打进他的眼睛，就像对他刺了一刀。他热泪盈眶地站在那里，仿佛刚刚出生一样地注视着陌生的琉璃瓦顶，我怎么会是这座房子的主人？他想。云骧阁的人几乎不认识他们的舵爷了，他们看见肥胖的刘老板还没有越过云骧阁的门槛，就跌倒在那里。

从地上爬起来的刘浪看见了人们注视他的奇特目光，他们看主子的目光就像观猴，令他感到非常陌生。滚！他恶狠狠地骂道。

我要回房里去，再也不出来了。他对唐松吼起来，他的眼神让唐松不寒而栗。

昨晚，刘浪又梦见了那个人。在深水上的独木桥上，那人与他狭路相逢，刘浪又一次看到他苍白、温顺的脸就像被风吹动的花。刘浪说，我不会害你，你为什么老跟着我呢？那人说，鬼才相信你。随即那人的脸变成一张阴阳脸，刘浪大叫一声跌进河里，醒来后全身湿漉漉的。他盗汗了。

虚症折磨了刘浪很久，使他几乎无法去管蛇帮的事，刘浪知道反正宝都押在那几枚铜钱上。他一连几天遭到耳鸣的袭击，铜板在柚木桌面上滚动的清脆声夜夜响起，这种声音一到，他的心就被刺一下，战栗不已。刘浪现在把所有精力都放到一个人身上，这个老迈的人无时不在影响着他，使他莫名其妙地变得毫无主见。

如玉在云骧阁的地位变得异乎寻常起来，这是指对刘浪而言，因为她毕竟是他的妻子。当蛇帮的人对刘浪感到疑惑时，如玉总是挺身而出，细心料理丈夫的起居和饮食，表现出女人天然良善的本性。她对丈夫说，你看上去很消瘦，我不在你身边，你总有一天要出事。

刘浪心不在焉地说，你要等我死吗？这也不会算在你手里，连我自己都不知道。如玉对丈夫的讥诮不在乎，她开始履行隐藏在内心的欲望。不过她变得聪明了，一改过去唠叨的习惯，只是悄然无声地做着她想做的事：遍访名医，收集药草，亲自下厨做药膳。可是刘浪越吃越不对味，他用一种怀疑的目光注视着药膳汤的颜色。有一股怪味，他说。

药总有味。如玉说，要不它能养人？

我是医生，你可以闭嘴。刘浪说，这药让我恶心。

　　果然他把胃里的全吐出来了。刘浪现在到了一个地步，只要一想到这东西有问题，或者闻到稍微一点哪里传来的异味，胃马上就痉挛起来，把里面的东西吐得干干净净。如玉抽泣起来，我害你做什么，我是你的老婆。

　　刘浪对如玉的关心十分不舒服，一看见她为他整理衣服，事无巨细地为他倒马桶、挤牙粉和洗脸，他就会感到极端地不自在。如玉的举动使他尴尬的是——侵犯到了他的自由，这种自由是保持个人生活的安定，不受滋扰的自由，现在刘浪无法充分享用这种自由。看着如玉扭动柔韧健壮的腰肢为他左忙右忙，刘浪悲哀地看到他的这种自由怕是保不住了，一想到他必须为她这种努力付出笑容（他实在不想笑），甚至可能要做出回报时，他就极其痛苦，这比让一根长矛粗鲁地刺入他的肚腹更难受。有一次，如玉为他更衣时，手触摸到了他的颈项，当她纤细的手从他腮上拣下一根头发时，如玉嘴里的热气喷在他脸上，刘浪先是有一下迷惑，随即马上醒悟了，忍受着一种翻胃的不适，烦躁地推开她的手，说，你不要逼我了好不好？

　　如玉奇怪地问：我逼你什么呢？

　　看着刘浪厌恶地转身离去的背影，如玉感到自己和这个男人看来是永远的陌路人，她的心里一片冰凉。这个男人自绝于他人的行为预示着他在走向末途，而且他的末路也就是如玉的末路。从百乐堂的戏台上退出后，如玉成了男人的女人，先是马大的，以后是刘浪的，就像年轻时她属于票友一样，她从来不是自己的。

刘浪的怪癖并不是针对如玉一个人的，如玉已经渐渐感觉到这一点，但这反而使她心情更沉重，她不敢想如果刘浪死了之后自己的前途会怎样。当晚，刘浪对药膳的抱怨终于找了个机会爆发出来：你整天弄这些东西给我喝，可是我的身体越来越坏，比过去都不如，从前我只是气短，现在我连路也走不动了。

如玉说，我在这里下了毒？

刘浪瞥了她一眼，仍然抱怨着这些汤药，在他的怀疑里有许多尖刻的成分，使如玉不堪忍受。刘浪总是把一件简单的事弄得很复杂，只有当他把一个人或她所做的一件事解释成一团乱麻，符合他多疑的本性时他才会善罢甘休。

不是我多心，他说，因为事情不会像我想象的那么简单，总要防着点，以免一失足成千古恨。

如玉的口气第一次真正变得淡漠：你说得连我自己都不相信自己了。

说完，她把那汤药统统喝了下去，刘浪紧张而饶有兴趣

地看着她喝，嘴巴张着。小心点，他说，不要意气用事，会
送命的。

如玉逐渐衰弱的神经就是在这一天彻底变坏的。她喝下
汤药后，神思变得有些恍惚，直到傍晚，她没做一件事，连
给鹦鹉喂食都忘到了脑后。她对肚里的汤药很在意，那里发
出的咕噜咕噜的声音磨砺着她的神经。入睡时，这种声音终
于使她不堪忍受了。她觉得肚里在发痛，越想就越痛得厉害，
三更时，如玉终于抵抗不住了，趴着床沿哇哇大吐起来，一
颗蓬乱的脑袋挂在那里。

下人慌作一团。刘浪数月来第一次走出卧房，他脸色严
峻地出现在如玉面前，用手掩住口鼻的惶骇神情使如玉绝望
地号啕起来。

刘浪一言不发地回了房。

第二天，刘浪离开了卧房，把床搬到了后花园的一间耳
房里。这是一间过去花工居住的潮湿的房间，现在用来放修
枝的工具和废弃的花钵。那张雕花大床一放进去，几乎把房
间占满了，不过这让刘浪觉得更舒服，他可以整天躺在床上。
随之而入的有几本关于八卦的书，几枚铜钱和一管箫，加上
一个汽油炉。这个医生要自己动手做饭了。不过他可以一连
七天吃同一种东西，比如莴苣。现在的刘浪对吃的兴趣变得

十分淡漠，他讨厌肉食，一想起肥肉上的颗粒就恶心。他就像吃长素的人那样，又像一头与世无争的牛一样对青草着迷，他觉得蔬菜是这世上最好的东西。

花工能目睹舵爷操劳自己生活的忙碌情形，肥胖的刘浪为一顿饭而手忙脚乱，气喘吁吁。起先花工很费解，但后来他被他逗笑了，他觉得舵爷并不像人们传说的那样坏，为人也算随和。刘浪对云骧阁的人都没有好口气，唯独对花工态度温和。在花园住的这段时间，他饶有兴趣地看花工修枝，花工娴熟的手势和温和的表情让他上瘾。刘浪经常和他探讨花的药用，这使花工渐渐消除了拘谨，他会选择上好的茉莉和菊花给刘浪泡茶喝。

你干花工多少年了？

三十年了，花工说，令尊在时，我就开始拾掇这个花园。不过他好像不大到花园里来。

刘浪想自己也不大到这里来的，否则他不会连花工的名字都不知道。他问花工：你一辈子养花不寂寞？

前世修了福这辈子才能来养花。花工说，花期是有季节的，看着四季变化，花开花落，还有什么好求的呢？花工说到这里又补上一句，不过老爷对我好，我心满意足，从不误我的工钱。

　　刘浪连花工一月赚几块钱都不知道。他用奇怪的眼神看着花工，从身上摸出十个袁大头扔在地上，说，歇着点吧。说完，就走回屋子。花工手上拿着钱，听到了突兀而起的箫声。在清越而有力的箫声传过来时，连花茎都被激得发抖。

　　花工受了鼓励，有一天竟想去帮刘浪摆弄炉子，他的手还没有触及，刘浪就把它抓住了，他像扔一块烫手的烙铁一样把花工的手甩开，齿缝里只挤出一个字：滚！

　　花工被老板的反复无常吓得不知所措，一连十天他再也不敢多吭一句话，只是埋头干活。这时他才知道为什么除了送菜的使佣，没人敢上这儿来。十天后，刘浪又和花工聊上了，他说，你教我一手如何？

　　老爷也喜欢这活？花工受宠若惊，老爷肯学，还不是几天的事。

　　我学好了，还有你吃饭的份？刘浪隐忍地说，他的笑意里有一种讥诮的成分。

　　十几天后，花工收拾铺盖，悲哀地离开了云骧阁，直到他临走时，还不明白到底发生了什么事。他不知道他离开这个待了几十年的花园的原因是什么。刘浪甚至没有再掏几块钱给花工作回老家的盘缠，他仔细地清点花盆的数量和护花工具，对花工招招手：快走吧，快走吧，我知道怎么弄了。

花工离开后的半年，刘浪也离开了后花园。他离开的时候是春天，但花园里的花除了龙舌兰之外几乎快死光了。满园狼藉的碎花被腐沤在春雨浸淫的土里，发出酸涩的恶臭。整个花园笼罩在一片死亡之后的静寂之中。

这一年春天是转折的标志，刘浪开始被一种最没有生命的东西包围，走向寂静无声的末路。

有一天他对董云说，我要修墓了，要用很多的钱。

你修墓做什么？董云这一回没有看透他的心思，年纪轻轻，这不是个吉兆。

说不准哪天我就死，我可不愿被抛了野地喂狗。刘浪说，我早就料到了，我这人只有自己给自己送终。

董云叹了一口气，连云骧阁都是你的，你爱怎么花钱就怎么花，我不过是管账的。

当然，我是跟你说一声。

董云起身就走，明天我给你找块地方，测测地势，不要败了风水。

刘浪对着他的背影说，不必劳你大驾了，你还是留点力气给自己送终吧。

第二天阿金就把修墓师傅请到了云骧阁，这个姓丁的风水先生一看见刘浪，有些惊骇地说，老爷的气色很好，会冲了这一带的地气，不如过些年再修墓不迟。

我想造墓。刘浪十分厌烦他的多嘴，你快去测地脉吧。

墓址选在狐山南坡，面临深水，正对云骧阁的龙头。董云到狐山看过一回，说了一句让刘浪十分不舒服的话：令尊和你命脉都在火，深水断了这脉，日后会招来灾祸。刘浪说，管家你管得太宽了，我做梦都想在狐山睡一回，看不到云骧阁，我死也睡不安生。

墓做好后，刘浪却大发雷霆起来，看来他很不满意，但大家不知道他到底对哪里不满意。这座墓用花岗岩砌成，装饰着从福建运来的石板浮雕，有一块活动石门用来日后推入棺材，十分堂皇。从云骧阁看过去，一眼就能看到它像门牙一样在狐山闪耀。刘浪的不满引起了丁姓师傅的恐慌，他们合计把墓门改了又改，结果遭来刘浪更激烈的喝斥：我就知道你们这帮人的本事，尿也不上壁，这墓差一点，就差一脉风水，想败我家世怎的？

这"差一点"把一帮人弄得奄奄一息，他们不知道哪里差一点。刘浪每次在云骧阁的回廊上，一眼就看见了自己的墓，这种感觉实在太坏了。他看到远远的墓穴，就会想象一队人披麻戴孝地为自己送终，在招展的旗幡中有一只硕大的棺材，有如一块垂死的鲜红的舌头。这种想象终于耗费了他的元气，刘浪找上了董云，说，我看不得自己的墓，还是你来吧。

你现在的昏聩超过了你父亲。董云悲伤地说，我是看着你长大的，我以为你的病已经好了，但看来没有，你的固执秉性总有一天要送掉自己的命。

由董云择了新的墓址，从狐山南坡转到了北坡，刘浪从云骧阁看不到那门牙一样的墓门之后，心情好了许多。他居然搭上了徐大头的连襟邱志，调了工程兵开凿隧洞。墓修好的时候，里面大得能停一架飞机。这个硕大无朋的墓是用避震拱顶砌成的，能防飞机轰炸。邱志对刘浪说：刘老板真是下棋看三步，可以高枕无忧了，这年头谁不保命呢？

刘浪说：我就不保命，我修这墓纯粹是消遣，避暑用的。

进墓穴避暑？邱志快笑破肚皮了。

第二天邱志就因为修墓费用的事和刘浪翻脸了。邱志嚷着钱不足数，刘浪说先前就淡好这个价的，于是两人吵到几乎要动武的地步。刘浪最后说，邱团长，你不要再争了，我是一个快入土的人了，什么都干得出来，我连墓都修了还怕什么？跟我抬杠你必定输。

算了，碰上你算我倒霉。邱志泄气地说，我就不明白你家财万贯，怎么抠着这百十两银子不放？

事后刘浪显得极其痛苦，四处逢人就说：我是抠那百十两银子吗？不，我刘浪从来不是这种人，可是我凭什么要多给钱？刘浪一想到这些就委屈，仿佛已经吃了大亏。我认为该给多少就给多少，凭什么就是他说了算？不是我抠门，百十两银子我像下水漂似的，凭什么他说的就公道？我有我的价，我的公道，我决不会让步的，我一想到要多给他钱心里就难受，比死还难受，我没有亏待谁，但谁也别想多占我的便宜。

为了表示他的处世方法，刘浪竟然当场莫名其妙地奖赏阿金一百两银子。他为这种荒唐举动解释说：瞧，这人曾经要过我的命，我现在奖赏他，看我愿意，我刘浪从来就是好人，你们要看清了，我有我的章法。

大家看出刘浪真的未老先衰了，他那匪夷所思的一系列举动不仅可笑，而且含着某种悲怆的成分，这分明是一个行将入土的老人才会有的荒唐念头：对几块钱斤斤计较，行为乖张，心思捉摸不定，习惯于把一件简单的事情弄得过于复杂，同时又将一件复杂的事想得过于简单。从前刘浪曾用这话来评价女人，现在在他身上得了这妄为当得的报应。

刘浪发脾气的第二天，云骧阁的金条、银器、大洋和古董，包括房契地契以及一部分枪支都运进了墓穴，次日刘浪也以清点财产为名目住进了这个最可靠的地方，开始了他的穴居生涯。这件事连唐松都不知道，刘浪早已把这位老朋友忘了。他住进安静和空旷的墓穴感到很惬意，因为这实现了他从童年开始的梦想——独立生活，不受滋扰。刘浪实际上是一个极端自私而胆怯的人，他追求一种完全不受干扰的生活，这种生活要排除包括父母兄弟妻子在内的一切人，直到完全变作一个"孤老"才甘心。刘浪觉得被人们关注甚至关怀是一件很难受的事，一想到报答简直比死还焦心，正如小时候他一听到别人叫他的名字会自然发抖一样。直到现在，他一听到有人叫他还会有一脚踩空猛然下坠的感觉。

　　穴居人头一天晚上莫名其妙地想起了女人，他为这种重逢的陌生欲望付出了手淫的代价。当刘浪在飓风般的颤抖中结束这件事的时候，有了一个奇怪的感觉：这个偌大的墓穴几乎是当年医学院那个废弃碉堡的翻版，只不过里面的东西起了变化：由肮脏的旧棉纱变成了金银财宝，而它们的主人却没有任何变化，一切都和当年一样。即使对着闪耀的金条，他唯一的办法还是把手插进裤裆，一成不变地重操旧业。这种联想是摧毁性的，刘浪绝望地看到在自己完全没有意义的生活中，身体的机能却在不可抑制地滑向衰老，宣告一个无用的人的寂灭和死亡。他蹲在那里，压抑的哭声在空旷的墓穴里制造了很大的回声。

　　这是一个只适合在墓穴中哭泣的男人，他的哭泣不会在光天化日之下发生，也不对他的亲人和朋友构成意义。所以当他哭完醒悟之后，庆幸自己的哭泣发生在这个无人知晓的地方，这至少保住了他封闭的心迹，以便走出墓穴继续战斗的余地，人们将接待一个从来只会愤怒和开怀大笑的男人，那个哭泣的男人的秘密将永远留给刘浪自己。

　　这一夜他睡得很安稳。

　　唐松得知消息刚好是刘浪迁居的第二天，他赶到墓穴时表现出了极大的惊骇和恐惧：你疯了？你的做法越来越荒唐，我看你该吃镇静药了。

　　刘浪只消一句话就使唐松对自己过于夸张的忧虑和无知感到羞愧。刘浪说：别大惊小怪，这年头兵荒马乱，我多留一手有什么不好？这些东西我不管着还能交给别人？

　　唐松被噎得说不出话来，但他还是觉得这事有些不对和出格。我看你还是清醒一点，我总觉得你这人越来越古怪了，我们是知交，我才过问你的事，这事传出去要遭人嗤笑的。

　　知交？刘浪笑得险些岔了气，不过这笑容收得像水纹一样疾速，教授，你还是管好你自己。

　　刘浪极其陌生的眼神和冰冷的语调摧垮了唐松的自信，

他被羞愧淹没了。直到今天他才明白，刘浪从来没有相信过任何人，自己的劝导完全是自作多情，刘浪把他弄到身边只不过是一时兴起为了排遣寂寞罢了。想到当时刘浪与他情同手足相抵而谈，现在被证明这一切都是肥皂泡。唐松遭到这种惶惑的袭击，一切都变得靠不住了。这次经历成了唐松个人生活趋向没落的重要转折。

你总不相信人，这实在让人害怕。唐松有些痛苦地说，这使我也不相信自己了。

刘浪陷入了回忆，脸上那种耽于思虑的阴郁表情冻结在一个点上：小时候我相信有一个主宰，后来我相信父母，相信他人，长大后我相信自己，随后发现自己也靠不住，就相信机缘，瞧，我现在能占卜了，我算了今天你要来说一通废话。

现在你只相信自己的疑心了。唐松说。

只好这样。刘浪漫不经心地说，相信疑心比相信自己来得可靠，你说说看，我为什么要相信你的话是真的呢？你这人拿不准也能放人黑枪。

唐松几乎吼叫起来：你连我这话都不信，那我何苦跑到墓穴里来呢？我来这里找死吗？

刘浪看猴一样看唐松安静下来，脸上挂着宽容的微笑：

你是一个书生，不过书生也会害人，这可拿不准。我就是一个书生，不是照样杀人放火。

我要走了。唐松再也无法忍受刘浪那拒人于千里之外的目光，那目光是冰冷的，不带任何感情的，如同近视的蛇那无法转动的僵硬的眸子。

刘浪望着风中东倒西歪的唐松的背影，眼睑上起了变化，那里挂着两滴眼泪，他流泪总是两滴。在他深邃的目光里，多年的往事在浩渺的樟坂重演，几乎可以看到一个奇怪景象的出现：自己和马大在这个城市的晷气中争斗和翻腾，它的结局对樟坂无动于衷，反而带来一种变化。在风云变幻中，刘浪和马大成了樟坂最孤单怯弱的两个人。

恶念头的成长

穴居人的生活被死亡之气所笼罩，悄然出现的蝙蝠搅动着墓穴中已沉睡千年的滞重空气，从墓穴尽头传出古老的回声，连寂静都是腐朽的。穴居人告别那个世界来到的这个地方，充满了这个时代具有的一切颓废特征：庞大、坚硬、空洞和令人窒息。他生活在这里就像被堵住了喉管，面对空荡荡的飘着粉尘的空气，张着嘴可是无法发出声音。期待着一只兀鹰飞进来，捎进一些属于天空的东西，但这是徒劳的。蝙蝠夜夜都在飞翔，他有时就被它扑棱棱的翅膀搅动空气的声音惊醒，蝙蝠就这样在午夜唤醒一个人，他已经习惯了。虽然午夜从洞穴的岩壁上渗透出来的冰冷空气会刺激他孱弱的皮肤，但是这个人不可能真正地醒来，他寻找可能的机会重新睡去，直至天亮。穴居人是十分害怕在半夜突然醒来的，他的眼睛无法适应扑面而来的沉重的黑暗，更不愿意点起灯，去问一下遥远的心缘：我为什么与世隔绝，居住在这个墓道里？那孤独的从洞壁上滴落的雨水落到水洼上，敲打着沉睡昏聩的神经，使他在奄奄一息中有所惊觉。他已经退到一个地步，需要通过水洼上的积水来计算时间。在独居的生涯中，时间出现了一种变化：他看见水洼像一个漏斗，时间就从这里漏掉了，像一把掬不住的水。可怜的穴居人，他只处在洞穴之中，处在时间之内的一个环节上，从他的生到死，他永远无法知道时间之外的永恒是什么，他不具备时间之外的性情。

独居者感到惶恐，就像那众多的洞穴蝙蝠搅动空气制造的恐怖一样，他是一只蝙蝠，只在夜间出现，因为忍受不了阳光。哦，那会使他流下泪水，不是感谢的泪水，而是哀怜的泪水。穴居人永远是属于自己的，永远只能顾影自怜。他挨着可怕的冗长的时光，在时间的刀刃上消失。穴居人被自己的黑暗惊呆了，那些有生命的东西一跟他接触就要死去。他回忆起自己的经历，在他身边已经死了两个人和一条狗，这种毒液一样的东西是从洞穴这个庞大身躯的某个腺体上分泌出来的。充满恶臭，到处流淌，跟一切上好的事物无关，跟阳光无关，属于洞穴的性质：黑暗、阴郁、潮湿、寂静和死亡。他垂死的身躯现在就散发出这种臭气，未老先衰，只有一个空洞、庞大、沉重、精细、柔软和苍白的躯壳，用手指敲击就像蒙上牛皮的鼓。

还有谁会在我身边死去？他反复地问自己，这个索魂的身躯还能保留几天？穴居人躺在洞穴的中央，滴落的水溅在他的脸上，使他在冰冷的回忆中看到，小时候从胸口飘出来的黑色火苗现在已经燎原，这个叫作"念头"的东西是一个小兽，它会行走和飞翔，从这个洞穴直飞到外面，它完全是一种奇怪的东西，形如一只水蛭，有很大的吸盘，牢牢地吸附在身体上。他的归入身体，就像他归入墓穴一样。

他已经痛苦不堪。有时他会支起耳朵，听听墓穴外面的动静，寻找枪声和喧嚣的踪迹。他怀念云骧阁，怀念司前街，甚至怀念马大，怀念一切斗争，可是一旦有稀疏的枪声震动墓壁，他就会战栗不已，像发疟疾一样用手围绕自己。他的恶行已经把他的身体蛀空，剩下一些经过消化的完全无用的粪便和垃圾，充塞着这个空空的躯壳，最后充塞他的大脑，使他的想法趋于荒诞，由垃圾制造出来的思想问道：为什么穴居？

樟坂。与孤山遥遥相对的这个城市被发黄的裹尸布一样的深水所穿透，这个时期这里发生着有史以来最严重的纷争。穴居人只要竖起一只耳朵（残缺的耳朵并不影响他敏锐的听觉）就可以谛听到那里的动静。有时董云、阿金和如玉会来孤山看望他，看望这个行为荒唐举止怪诞的家伙，并且捎来一些他听了心惊胆战的消息：他那些在黑夜想出来的恶念头变成了现实。在漫长的夜里，失眠搅扰得他焦躁不安，他想了许多使自己安静下来的办法，比如数数，看书，看那些十分乏味的书，或者想象自己躺在一艘飘荡的船上，但这一切都无济于事。这个男人已经不适合想太遥远的东西，他只能想想手头的事，那些纠缠住他的十分具体和琐屑的事。他那过了清醒和敏锐的头脑已经丧失了起码的想象力，变得像洞穴里的磐石一样坚硬。每当洞穴的寒气把他冻醒，他会愤怒地想象那些仇人，他认为是这些人把他逼到这里的。这个男人的智慧像干柴一样被点燃了：他只要动半个脑子，就可以给马大难堪，他为自己的智谋兴奋，他被它迷住了。

他的拟想在樟坂被准确无误地复制出来，"念头"是可以穿岩破壁的。当阿金把近日发生在樟坂的战绩报告给他的时候，这个男人惊讶得目瞪口呆，一切都合他的心意。他几乎看到"念头"从半夜的洞穴飞翔出去，在樟坂各处作恶，代表着他的心思意念。这可真是一件怪事，他问阿金：你相信神游吗？现在我相信了。

在刘浪退隐的时期，樟坂到处流行一种恐怖的传说：有一个人要来这里索魂，它临到哪一家，那一家就要倒霉。那些混饭吃的术士说：九十九年一次，阎罗王的簿子上缺一个人头，鬼魂在樟坂找人投胎，这个人已经在樟坂了，天要降灾了。

这个传说传到刘浪耳边已经是一则过时的消息。不过他被这个子虚乌有的传说弄得无所适从。他说：我相信有这么回事，在我的家乡霍童，街上走着各式各样的鬼，只是看不见它们罢了。他说着脸上出现惊悸之色，到处都是鬼，在樟坂，白天就可以看到它们，我每天晚上都听到那里的嚎叫，一清二楚，我知道出了什么事。他对劝他回去的如玉、唐松说，你们叫我回去是要我死，我看得出你们心恶，却装得慈眉善目，我差点相信你们。如玉对医生说，你再在这里住下去，我看你要变成鬼了。刘浪说，我是死了半截的人了，樟坂我看透了，你们走吧。唐松叹了一口气，说，你说得有道理，不过你要是不回去，云骧阁可就是别人的了，我看你最好到我们学院住一段日子，总比这里好。刘浪走上去，对唐松说，教授，你以为我发病了吗？愚蠢。

拒不承认自己有病是患者的一种正常反应。入冬的时候，刘浪变得安静多了，农历年临近的一天，刘浪终于回到了云骧阁。从狐山上回来的刘浪像变了一个人，随和甚至沉默寡言。他从不提及自己发病的事，仿佛没有在那洞穴住过一样。人们偶尔提到洞穴时，他脸上会掠过一丝尴尬。对刘浪莫名其妙的痊愈大家都觉得奇怪，人们从蛇帮几乎要散伙的恐惧中回过神来，觉得一切又和先前一样了，年轻的舵爷又恢复了一种自信、理性和果断。狐山的墓穴成了蛇帮的仓库，但谁也不知道那里到底放着什么东西。

农历大年过得比较热闹，云骧阁上下流动着爆竹发出的呛人的硝烟味，以至于司前街上空都浮游着这种硫磺的气息。一些挑礼担的人和红顶轿子在云骧阁进进出出，这种祥和气氛带来了暂时的安宁。大年初一，伙计们都领到了刘浪发的红包，今年是红利最厚的一年，许多人用它可以在乡下买到一块不错的地。

刘浪对唐松说：说不定他们能从买下的地里挖出一钵元

宝。说这话的时候，刘浪脸上有一丝隐约的讥诮。

隐　痛

　　生化教授唐松有一个隐私是人们无从知晓的，那就是对刘浪的仇恨。令人奇怪的是，这种仇恨是以一种温情的方式出现的，或者干脆说，他被老同学迷住了。

　　在医学院那个草坪上与刘浪重逢以前，唐松是很孤独的，或者干脆说是一个乏味透顶的人。大学毕业后，由于天如的骤然消失，唐松身上的活跃、幽默甚至促狭的脾性也随之消失，他变了另一个人，变得十分乏味，缺乏情趣。除了专业他几乎什么也不会干，既不会打麻将，也不会打桥牌；既不玩赌马，也不爱跳舞，更不爱看戏。他对打网球、打壁球都缺乏兴趣，甚至连个性都变得僵硬：玩笑也不会开了，显得极其刻板和拘谨，要揣摩这个人的内心就异乎寻常地困难起来。据说有一次同事替他物色了一个女人，这个女人第一次与他相约就发现自己撞上了个怪人：这个男人话少得令人烦闷，对她的一切提议只是喏喏，她怀疑他几乎都没把她往心里去。晚间上百乐堂看戏，唐松竟不肯为她付买戏票的钱。此事告吹之后，唐松并不见得有什么烦恼，知情人说唐松不至于那么小气，他这类荒唐举动只不过为了驱逐他厌恶的女人罢了。

这是一个循规蹈矩的男人，在漫长的独身生涯中，他没有跟任何一个女人有稍微亲密的接触，他在妓院门前经过时要掩住口鼻，以免呕吐。唐松最不能容忍的就是操皮肉生意，他唯一的前科就是在红楼门口殴打一个拉皮条的，被监禁了三天。人们对这个白皮细脸的书生竟对人施以老拳感到匪夷所思。

唐松的确变成了一个极端乏味的人，甚至看上去有些愚蠢。他和刘浪毕业后彼此像换了个性：刘浪显示了他放荡不羁的本性，唐松的热情却熄灭了，有一段时间他怀疑自己有病。唐松的业余爱好消失殆尽后，对专业的敏锐却异乎寻常起来，好像他的所有精力都聚集成了智慧，为此他还受到了奖赏，到剑桥走了一趟，不过半年后他就回到了樟坂。谁都不知道他回来的原因是什么，他只淡漠地说：没意思，那里的雾我不习惯。

在遇见刘浪之前，唐松的精神已经到了分裂的边缘，但他的病即使发作起来，也不会对别人造成麻烦，他只是被忧郁浸透罢了，同事们的一切活动与他无关。唐松对毒气的研究是一个冷门，他的个性更是冷僻，人们经常可以看到他往返于实验室与宿舍之间，并且有着十分刻板的时间表。唯一的例外是唐松有时会到草坪上踱步，那里有一个网球场，外国人在那里兴致勃勃地打球。唐松在草坪一角冷漠地注视着捡球的中国少年，脸上阴郁得像黑云一样。

外国人知道他的大名，有时会招呼他密斯脱唐，唐松对他的邀请报以干笑。

唐松知道自己的脑子快坏了，因为这个脑子现在除了工作，容不下任何东西。他到了一个地步：要在本子上详细记下自己每天的日程，这些他想要做的事包括事无巨细的琐屑，却围绕一个中心：工作。他一天的日程可以一览无遗：早上，刷牙洗脸吃饭，读半小时专业英文；上午去实验室，中午阅读，下午去实验室；晚上阅读专业书籍，临睡前再看半小时英文。有时他甚至规定阅读书籍的页数，僵化得令人吃惊。由于他安排的事项总是过多，所以总有一些事要推到明天去做，这种负担反而成了他活着的唯一动力。正如他经常回绝朋友邀请时说的一句单调的话：对不起，我还有很多事要做。

这些所谓的事情牢牢地控制了唐松，他也乐于被这些事缠身，一本日程手册成了他从今天挨到明天的唯一理由。他除了热衷于做计划之外，日记是从来不写的，谁也不知道这个人到底想些什么。在医学院，唐松孤僻到令人难以启齿的地步，以至于许多同事半年后才知道这个苍白的人就是那个名声赫赫的唐松。在生活中，他完全属于可以被忽略的那一类。有时，同事只能与他保持一种最简单的职业对话，他们觉得和这个人多说一句话都十分吃力。

一天，主任对他说：有个不错的女人，见一见如何？

唐松只是笑笑，并没吱声。

很奇怪的是，唐松竟和这个幼稚园女教师有了一些时间的交往，这可是一个奇迹。后来据幼稚园老师说，唐松实际上是一个十分不错的男人，他温和得几乎没有脾气，对人很体贴，有时会蹲在幼稚园门口长达一小时等她出来。一个下雨天，他为了给她送伞，居然摔进了臭沟。唐松十分喜欢听她讲幼稚园的趣事，这时候他会露出笑容，有几次甚至开怀大笑。唐松拥抱小孩的情景至今使女老师不能忘怀。

但荒唐的事终于发生了。幼稚园老师有一天突然发现唐松完全变了一个人，他竟然因为她无意间弄痛了他的胳膊而大发雷霆，随后拂袖而去。老师觉不出自己错在哪里，她看出唐松纯粹在找个理由离开她。

后来从唐松自己口中透露出了秘密，他说：我看错人了，有一天我在幼稚园见她在领操，屁股上竟然挂了一大串钥匙，太煞风景了。

　　这次短暂的艳遇终于因一串钥匙而告结束，他的事逐渐在学院成为笑柄。此后，人们对这个乏味的人失去了兴趣，因为关于他的笑话不会太多，唐松又与外界隔绝了。那个教师来找过他几次，他都避而不见。有一回在顺义街邂逅，唐松对黄包车上的她居然视若陌路人。不过，很难说唐松那空洞的眼睛到底有没有看见她。

　　又过了半年，唐松在草坪上遇见了一个人，这个人的出现是他始料不及的。

　　起初，唐松对刘浪的行为感到奇怪，刘浪总是用汽车把他接来聊天。唐松说：我很纳闷，你为什么不带我看看你的房子和财宝，你现在是大财主了。

　　刘浪懒怠地说：财会迷了心窍，总有一天我会遭人暗算，我整天都在担惊受怕，这种日子我受够了。

　　刘浪买下云骧阁不远的一座房子，这里做过教会的唱诗班。刘浪让唐松搬到这里来住，唐松起先很奇怪他这么做，不肯搬进去。刘浪说，就算帮我的忙，我们聊天有个清静的地方，我对那里烦透了。他瞥了一眼云骧阁的飞檐。

　　刘浪的抱怨像潮水一样倾倒出来，这种无目的的抱怨里夹杂着咆哮。他似乎对什么都不满意，但这些又是他自己招来的。唐松有时看见这个人额上耷拉着一绺头发，脸上的肉抽搐着，嘴角泛出泡沫，一副病态的样子。最严重时近似癫痫：刘浪先是感觉到自己飞起来，双眼逐渐浑浊，脾气焦躁，最后全身发抖，昏厥过去。唐松对此大为惊异，可是他束手无策，无可奈何地等待刘浪的颤抖过去。清醒过来之后的刘浪全身无力，衰弱地蜷缩在那里。唐松受到很大刺激，他喃喃地对刘浪说：羊角风……

刘浪说：要是告诉别人，我杀秃了你。

唐松忘记了自己的阴郁心情，他被眼前这个人的激烈行为震惊了。唐松变得十分温和，竟有能力安慰刘浪。他对刘浪说：你的身体坏了，你的负担超过了你的身体，最好找个地方静养一段时间。

刘浪衰弱地说：等到我进墓穴的时候再说吧。

唐松注意到：刘浪完全被他的生活困住了，唯一可以透气的地方是来和唐松聊天，可是连这种聊天都免不了争吵。这个男人有时毫无主见，惶恐不安；有时固执己见，令人惊讶，非要为他的生活找一些荒唐的理由，好像他来这里是专门来找理由的，然后继续从事他那奇特的职业。有一天，他们就此争吵起来了。唐松说，我非常害怕，如果我不知道我做的事究竟是为什么，这太可怕了，还不如去办一个饲料厂。

　　刘浪说：这种事情说不清楚，既然说不清楚，说也白搭，什么都要弄清楚，我就啥也别干了。

　　唐松说：你总有自己的理由。

　　就像你有你的理由一样。刘浪说，我的理由只适合我。这世上找不到一个人，能说大家该干什么。

　　唐松讥讽道，杀人放火也不足为奇了？

　　刘浪就是在这时候突发羊角风的。他很大声地说：你无权来说我，少管我的闲事。这年头说不清楚，我今天产业这么大，有了这么多人，你能说这事不好？

　　照你这么说，法西斯也在行善？唐松说，你也想上绞架？

　　刘浪陌生地注视他，你这样说话还像我的朋友？

　　一谈到朋友，气氛就僵了。唐松很虚弱地说，这太可怕了，我想总有一天，人可以把着一个理由论断善恶，即使你是多数人，我却愿做少数人。

　　刘浪讥诮地说：那个理由在哪里呢？

　　刘浪话刚说完，突然抽搐起来，他发作的样子相当可怕，像中了魔怔一样。唐松睁着骇异的眼睛看着刘浪在地上打滚、抽搐，像一条狗，有病的狗。刘浪的眼睛变得非常空洞，让人看了陌生，里面发出寒气。唐松从这个人身上找不到一点老同学的踪迹，他完全变了，他中邪了。

刘浪安静下来后，唐松倒了一碗水给他喝。唐松说，这种病找不到断根的药，你最好放弃你现在所做的一切，回霍童当寓公，说不定还有指望。

这可要了我的命。刘浪说。他说着眼里透出一种悲戚，我也想不到自己会弄到这步田地，我只想当一个本分的医生，可是我的命不在那里。你说的有道理，我的确该回霍童一趟了，我已经把那地方忘了，我想去看看我的母亲。

刘浪流下眼泪来。

我一直打算回去看她，我担心等我成行她已经死了，来不及了。白天我总想不起她，有时在夜里才会梦见她，梦见她已经死了，躺在一口棺材里，我想做的都来不及了。这个梦经常搅扰我，让我害怕。可是第二天一起来，那些事一临到我身上，我马上把她忘得一干二净。当孝子是很难的，是不？如果这世上本来就没有完全的孝子，那就算了，我讨厌虚情假意，我是什么人我自己最清楚。算了算了。

这次争吵使唐松刻骨铭心，不过他无法说服刘浪，他觉得自己跟他是半斤八两，一路货色。唐松对这个人莫名其妙地仇恨起来，与他交谈一次，他就糊涂一次。唐松渐渐对专业研究松懈下来，心情比原先更糟。他常常感到自己有病，胸口总是隐隐作痛，为此他到学院全面检查了一次，并没有发现什么问题。唐松不认为自己是心理作用，他的确感到胸口发痛，这种痛楚有时会穿透到整个后背，由酸胀而至麻痹。唐松甚至会想到自己可能在某个时刻突然死去。他不怕死，但他会想到一些奇怪的事情，比如担心自己的抽屉被人翻寻，遗物中是不是有一些见不得人的东西。想到这些对唐松会急匆匆地乘马车回宿舍，仔细检查自己的东西，证明并无什么难以启齿的东西才放下心。这种荒唐的举动过后，唐松的精力仿佛被抽空一样。他想：活着有什么意思呢？为什么自己老对死后的清白耿耿于怀呢？如果仅仅是害怕，为什么不在活着时过得清白一点呢？

　　唐松往往是在这种时候陷入黑暗的，他最怕遭遇"清白"一词，他感到自己完全在黑暗中，白天变作了黑夜。这个勤勤恳恳、并未作过恶的本分的教授现在竟然无力自拔了，罪孽压得他喘不过气来。半夜他惊醒时会冒出一个古怪问题：如果自己处在刘浪的位置，会不会像他一样呢？答案是明白的：也许自己会做得比他更绝。

　　这种答案使教授吓坏了，内心的污秽折磨着这个沉默寡言的人。这个看上去温和的读书人竟然想象过强奸幼女的情景，他为此恶心，于是对人更温和。同事都说他是一个勤勉的好人，只有他自己知道，在这世上企图做一个好人只能是一种自欺。

好人是做不成了，唐松感到全身都是病。他惊恐地揣摩自己的症状，常常本能地用听诊器贴住胸口，谛听着那里的响动，担心有一天这里突然停止跳动，无声无息。他习惯于用右手按住左胸，摩挲那里，整个夏天都是如此，直到衬衫上永远挂着一块黑黑的污渍。

唐松解脱于这一年的春天，他学会了围棋。自从他迷上围棋之后，一切烦恼都烟消云散了。他的性格也是在这时候发生变化的，变得活跃起来。他常常缠住同事下棋，一下就是一天，中间可以不吃饭、不喝水。唐松逢人就说：围棋实在是个奇妙的东西，最简单的规则隐藏着最深奥的玄机。但这年头兵荒马乱，樟坂下围棋的人极少，这并没有减弱唐松的兴趣。他把过去对专业的热情完全转移到了围棋上，英文也不读了，整天抱着不知从哪个棋篓子那里讨来的棋谱，他的热情是惊人的，暴露了这人喜钻牛角尖的劲头。唐松的智慧再一次在围棋上得到检验，他不久就把樟坂棋社里那些用棋赌钱的高手打得落花流水。不过他从不要钱，那些跟他对弈的人根本不知道他是一个教授。

围棋使唐松的专业一落千丈，他在学院变成了一个无用的人，完全是靠过去的名声勉强待在那里混口饭吃。不过，他也把病忘记了，衬衫上的那块污渍不见了，变得十分洁净。

刘浪被吸引到棋盘上完全是可以预见的。他对唐松说，这东西果真蛮好玩的，就是费脑子。

唐松和刘浪有一段时间完全沉在棋局里，他们很自然地无心再争论那些使两人都尴尬的问题。开始唐松可以让刘浪五子，但刘浪也是一个绝顶聪明的人，两人渐渐下到平手的地步。当唐松兴趣盎然时，刘浪突然不再陪他玩了。他说：这东西太费时。

唐松很寂寞。找不到人下棋的时候，他又会感到胸口发痛，这使唐松暗暗叫苦，只得一头扎入棋社，与那帮棋篓子混在一起，别人下棋是混钱，他是祛病。那段时间，一感到胸口痛他就奔棋社，几乎下到了樟坂头几名的地步。

在唐松棋艺日益长进的时候，刘浪得到了母亲的噩耗。第二天，他踏上了回霍童的路。

田　园

母亲的噩耗传来之前，刘浪已经汇了一笔款子到霍童的救济会，因为那里遭受了水灾。这笔款子的数目很大，足可以盖两座庙。刘浪出于什么动机汇这笔款子，谁也不知道，但这似乎是一件积德的善举。那一天他望着瓦楞上面铅灰色的天空，对如玉说：霍童出事了。

前来报丧的人刚把话说完，刘浪的脸就换上了一种奇怪的表情，他吩咐用人留下他吃饭，然后独自走进卧室，人们听到了压抑的哭声。暮色沉落之时，刘浪才从里面出来，吩咐明天起程回乡的事。如玉忧心忡忡地说，你汇出那笔款子是个凶兆，明天我也一起回去吧。刘浪小声但坚决地说，没有你的事。

他携上大笔的钱，不乘汽车，包租了一条乌篷船回乡，因为从樟坂通霍童的路只能走马车。随从只带一人。

船在深水向上回溯时逆风，所以船速特别慢，两岸的杨树和胡桃从船舷移过，刘浪感到这次回乡像一次闲适的出游。当年从这条河往下走时，他还是一个年轻的有雄心和抱负的医生，而现在变成了一个沉默寡言的帮主。在漫长的旅途中，船经过水头、湖里、星村和郭坑，他没有说过一句话。刘浪有选择快捷的马车弃丧，而是选择了木船——这种覆盖着破旧竹篷的木船在水上走，几乎没有声音，只有单调的木桨搅水的声音。他喜欢安静。

船靠上霍童破旧的埠口时，天色已经走向昏暗。刘浪突然感到这个地方变得出奇的安静，他觉得陌生，只有几个鱼贩子在那里拾掇早已死去的鱼虾，埠口上充满了鱼腥。刘浪踩着点点发亮的鱼鳞，走上滑腻的石板路，侵入眼帘的安贞堡蹲伏在沉重的暮色中，没有人注意到他的特别，霍童已经很少人认识他了，他们以为这是个来霍童收购便宜瓷器的商贩。

在刘浪眼里，霍童已经完全衰微了。这里的田地瘦得可怜，间或能看到几头牛在吃力地犁田之外，那里几乎没有人，徒剩一些被雨水侵蚀的稻草人在风中飘荡。破旧不堪的街上有一些裹着衣服玩纸牌的人，更多人靠在结着盐硝的墙边发呆，唯一热闹一点的是剃头店，三五成群的人坐拢着不知在说些什么，他们也没有向穿长衫的刘浪投去一瞥。一条烂蹄子的黄狗在祠堂边莫名其妙地刨着土，在它身后，风吹起了一些烧黑的纸钱，大约是从安贞堡飘出来的。大水过后，有些地方还堆着河里冲上来的淤泥，泥里夹杂着草屑，一些被冲垮的房子现在倾圮在低洼里，只剩下个空空的架子，连椽子都不知去向。

刘浪在经过它们的时候，心里涌上一股隐忍的辛酸，这种心酸实际上在漫长的行船途中已经渐渐积累。他先是想到了家乡的水灾里饥肠辘辘的村民，但他还是无动于衷，只有当他想到劳累终生的母亲也是其中一人时，辛酸才涌上喉头。

这种由母亲身上播散开去的普遍的伤心覆盖了他，使他流出了几滴眼泪，它们很快被风吹干。刘浪想：一到安贞堡，自己一定会号啕大哭的。他要用哭泣来结束对一生劳苦的母亲陈氏的思念。

但事情并不如他料想的那样。刘浪一看见安贞堡门外挂着的举丧的白灯笼时，心里涌上的却是另一种十分奇怪的感觉。灯笼上写着：七旬祖妣刘。他觉得祖妣这两个字很费解，因为陈氏没有孙子。

刘浪带着心情走进安贞堡时，几乎所有人都转身看着他。这些知道刘浪要回来的穷亲戚已经从刘浪的捐款中看到了隐隐预备的好处，纷纷前来料理后事。刘浪看见刘成业趴在棺材边，呆滞地望着里面。他已经认不出儿子了，他完全疯了，头发已经花白，人瘦得脱了形，孝衣穿在他身上像一个麻布袋。

亲戚见了刘浪都说：回来啦？回来就好。

刘浪一眼就认出这口棺材就是父亲原来那具柚木寿材，他为自己的记忆力感到惊异，这种吃惊的感觉妨碍了刘浪在见到母亲遗容时应有的那份哀伤，他对自己的无动于衷揪心。他注意到陈氏躺在棺材里那种祥和的表情，她的嘴唇很红润，也很异常，看上去像个上了年纪但仍很妖娆的媒婆。

这种感觉弄得他很不舒服。刘浪从棺材边站起来,对灵堂行了大礼。亲戚们费了很多周折才为他穿上了麻衣,刘浪为这身偏瘦的孝衣有些恼火,他的腋间像被卡住一样很不舒服。

他对亲戚们宣布:我要盛殓母亲。

当即就给亲戚们发了钱,他们为刘家大少爷出手的大方而吃惊,脸上有了红潮,纷纷向刘家道了节哀,各自回家。

这一天就这样过去了。

棺材边只剩下了两个人。这对多年不见的父子相对而坐的情形是很奇怪的。刘成业根本不认识儿子了,他连看也不看他一眼,只是呆呆地注视着陈氏。但在这个衰老的男人脸上看不到特别悲伤的表情,它被麻木呆滞代替了。刘浪偶尔会涌上一股渴望,想开口叫他一声,看看他是否会突然醒过来,但这种欲望是徒劳的,刘浪实在无法对这个男人开口。在闪烁的烛光中,刘浪的目光一旦遭遇刘成业那一头雪一样的白发,心里会像针扎一样,他几乎看到了坐在棺材对面的这个衰弱不堪的男人就是自己,双眼空洞,像两道干涸的河床,在这两眼枯干的洞里,流不出泪水了。这具干瘪的躯体只适合于注意某些最简单的事,比如毫无意义地守在棺木旁,既不哭泣也不说话,像一具完全凿空的木偶,与棺材里的人差别已经不大了。

十几年前，这个衰老的男人完全是另外一副模样。他刚从樟坂返乡时，给儿子留下的印象是惊惶、虚弱、毫无定见，甚至怯场和怕生，这跟有着显赫名声的刘成业的暴躁个性是很不相称的。刘成业在霍童的头一年里，有着让刘浪很费解的许多怪僻举动。他常常找理由把刘浪从陈氏身边支开，陈氏出于母爱对儿子的关怀也让刘成业感到不满。他抱怨道：这么大的一条汉子，还能抱着娘找奶头？刘成业打量这对母子的目光里已经明显地透露出嫉妒。有一次，因为陈氏在喝汤时先为刘浪打了一碗，刘成业竟然为这一点小事生气，两天不吃饭，陈氏被弄得很尴尬，说：你还真跟儿子斗气？都一把老骨头了。刘成业气咻咻地说：是呀，我老了，老人就不要吃饭？老人也要吃饭。这一年，刘成业不足五十岁。

刘浪直到临离开霍童时才发现刘成业怂恿他去下游的隐秘原因，他为此觉得既无聊又可笑，他可不愿意和父亲争宠，连想想都觉得丢脸。刘浪感到揪心的是，他看到了一个让他害怕的事实：衰老竟然是一件如此可怕的事，它吞没了正常的感觉、节制，包括起码的羞耻心。想到人无可避免总要走到这一步，他就像坠进了深渊。

临别的一天晚上，刘浪想找母亲说话，刚走到门口，一阵奇怪的笑声拉住了他。刘浪从破败的窗纸里看到了奇特的一幕：刘成业像婴儿一样蜷缩在陈氏的怀里，依偎在敞开衣襟的乳房上，嘬着奶头，陈氏满脸怜爱地哼哼，手拍着刘成业弓一样绷起的后脊梁，这个老男人居然叫陈氏"妈"。刘浪一阵恶心，他觉得在那张衰老枯皱的脸上出现天真娇嗔的表情是令他不堪卒睹的，但他不知道为什么会这样。刘浪掉头就走了。在此后漫长的孤独生涯中，每当他心情悲凉，把如玉和陈氏比较时，就特别警惕自己那压抑不住的娇嗔。他多次为叫如玉抚摸他的身体而感到后悔，如果持守不住一个男人的自尊，他会觉得是一种彻底的失败，比死还难受。但他又的确常常涌起嘬如玉奶头的欲望，这种内心的交战使这个男人心力交瘁。

蜡烛终于点完了，刘浪为了避免使灵堂陷入黑暗，必须重新续接一支。在他做着这一切的时候，刘成业还是呆呆地僵在那里，刘浪对这个无动于衷的男人失去了兴趣。在添香的时候，风几次把烛火吹灭，刘浪感到一阵寒冷。

蜡烛再次燃尽时，光明渐渐从黑暗的灵堂外渗进来。天亮了。

天亮以后，料理后事的亲戚们又拥到安贞堡，实际上这里并没有那么多事可做，杵工已经请好。他们忙碌的只有两件事：无休止地剪纸钱和缝制麻衣，亲戚们试穿孝衣时的大声嚷嚷使刘浪皱起了眉头。新请的号班已经在灵堂前胡乱地调琴，这些嘈杂混乱的声音汇聚在一起，使挂满挽幛的灵堂乱成一团，影响着刘浪的情绪。那些因着芝麻大的事而讨好地征求他意见的亲戚使他烦恼，对他们刘浪只是喏喏。本来他是感到有些哀恸的，但这些混乱琐屑的事使他应该有的哭泣欲望荡然无存，他对自己的孝心都起了疑心。一看到那些宏伟夸张得怪模怪样的丧幛和刺痛眼眶的大字，刘浪感受到的不是悲痛，而是恐惧。他因为自己盛葬母亲的诺言弄出这么吓人的阵势而感到后悔。

上午，刘浪躲开了灵堂，到霍童的救济会视事，当即捐了一千大洋。他很关切地询问了水灾的情形，甚至露出了伤心的表情。真是可怜，他说。刘浪惊异于自己在母亲面前心肠坚硬，到这里反而伤心起来。不过，刘浪看着自己捐出的钱白花花地放在红绸布上，感到十分愉快，他是爱他们的，跟当年趾高气扬在马上耀武扬威的刘成业完全是两种人。

正当他准备带着这种好心情回安贞堡时，稍微良好的心境消失殆尽。这个由懒惰的农民，破产商贩甚至乞丐组成的救济会根本对他询问的水灾不感兴趣，为首的一个瘦得赛猴的男人说：这点钱不够填牙缝，霍童上万人都在等饭吃，老爷是从霍童走出去的，是我们祖上积德，也该报答报答一方土地了。

这种公然无礼的话把刘浪可怜的怜悯打得一干二净。他从这帮外表寒酸但心里精明的穷人眼里看出了掩饰不住的诡计，这使他非常恼火。刘浪并不在乎钱，他的确想用这些钱去施善举，他认为自己是个好人，他要证明这一点。但现在他的心情变得很坏，尤其是这帮衣衫褴褛的乡下人竟然想用这点蹩脚的小诡计来蒙哄久经沙场的刘浪，实在愚蠢。这种贪婪和笨拙激怒了刘浪，他对这帮人说什么也爱不起来，马上暴露出本性，竟用手杖抽了那瘦狗一下，这些人立即惊呆了。

愚蠢！他说。

按他的吩咐，随从在众目睽睽之下把一千大洋倾倒进深水。那帮人炸了窝，争先恐后地抢进水里，像一群湿了羽毛的鸡，狼狈不堪。刘浪一阵揪心，掉头就走。在回安贞堡的路上，刘浪感到委屈。他并不是对这伙人伤心，因为他已经很快把他们忘在脑后，他伤心的是自己：他觉得自己想做好人去爱一帮乞丐的想法是幼稚可笑的，他本来就不是善董，他回乡是来奔丧的，不是来行善的。刘浪为自己不知从何时冒出来的想做好人的念头感到费解。

　　回到安贞堡后，他看到母亲的棺木时突然有点悲伤，这种悲伤看来不是出于母亲的死，而是出于委屈，好像一个被那帮乞丐欺负后的人回到母亲面前时的委屈一样，但他终究没有掉泪。刘浪想起自己回家整整一天居然没掉过一颗泪，不禁有些惊慌起来。

　　按照霍童的乡俗规矩，母亲出殡时长子要显出极其哀恸的样子，哀恸到无力站住，只好由两名亲戚来搀扶。而且必须号啕大哭，必须哭出十分冗长的鼻涕，这鼻涕是不能擤掉的，鼻涕越长孝心越重，出来看丧仪的霍童人会用同样冗长的鞭炮来对鼻涕进行报答。刘浪想起这些事时十分惊慌，他知道自己实际上很爱母亲，她的死让他有一种隐忍的悲痛，但总是找不到合适的机会把它哭泣出来。不要说那么冗长的鼻涕，他怕到时候他连哭都哭不出来。这种不祥的预感立即攫住了他深邃的内心，使他恐惧。

　　这念头可真要了他的命。一连几天，刘浪的心情都被弄得很糟，他的脑子一直被它所纠缠。面对热闹的灵堂，他像个局外人一样在门外走来走去，无所事事，陌生地注视着里面忙碌的人。他越想出殡的事，越感到自己哭不出来，心里就越烦恼。灵堂里浓重的香火和尖锐的唢呐声使他透不过气来。刘浪孤单地立在门外，支着文明棍，注视着莫名其妙的灵堂，像一个很吃惊的人，更像纸鸢。

　　令人煎熬的时刻终于来临。出殡的队伍蛇阵一样在霍童的麻石大道上布开，前头接着剃头店，后头接着祠堂，一眼望不到头。刘浪对一下子冒出这么多亲戚感到吃惊。刘成业像个死人一样被两个人架着往前拖，亲戚们哭得惊天动地，内容比较丰富，里面有一半人是花钱请来哭丧的。这些专门哭丧的人有些本事，先打听好死人生前的功德，所以这时候哭得很让人鼻酸。她们的哭诉中叙说着死者的往事，有些事连刘浪都不记得了，他从她们的哭诉中感到母亲的确是个好人，是个很可怜的人，但他还是哭不出来，因为这种阵势把他吓坏了。这个在樟坂叱咤风云的人现在完全沦落成了一个可怜不堪的弱者，连哭都哭不出来。

　　丧队已经走了大半程，刘浪还是毫无办法，他的难堪彻底地摧垮了他。他想，如果到了墓地自己还是哭不出来，那可真是玩完了。这时，刘浪突然找到了一个办法，开始搜寻记忆中的伤心事。他想到了陈氏给他喝莲子汤的事情，母亲看他吃完后，用嘴舔尽碗里的残渣；他想起了母亲为了塞给他一块钱，忍受着刘成业刻毒的咒骂和皮鞭。但纵然他想到了这些，还是无济于事，这些往事不能使他伤心落泪，勾起的却是对刘成业的仇恨。

　　刘浪迷惑不解了。临近墓地的时候，刘浪异乎寻常地想起了樟坂，想起了自己十几年的苦心经营，可是到今天还找不到一个可以说话的人，这时候他的伤心立即像潮水一样涌上来。他想到自己的可怜正如母亲的凄苦如此类似时，眼泪几乎就要夺眶而出。但糟糕就糟糕在，刘浪突然看见了前面刘成业的白色孝帽，它像大兵的船形帽那样高高耸起，并有两个轻佻的角，这顶形状古怪的孝帽立刻吸引了他的目光，使他感到好笑，好不容易积累起来的哀伤被冲刷得干干净净，功亏一篑。在抵达墓地的短暂时光里，刘浪无法再顾念哭泣的事了，他那点可怜的精力已经完全用在抵挡促狭，以保证不因为那顶荒唐的孝帽而笑出声来。

　　棺木落土的时刻，刘浪对自己的哭泣已经绝望。他按部就班地抓了一把土扔进墓穴，说：娘，土来了。随后在杵工胡乱的锹下，沉重的黄土淹没了母亲。

　　风吹过来的时候，刘浪一阵哆嗦，差一点被风刮倒了。他感到寒冷，起了一身的鸡皮疙瘩。

　　母亲落葬后的当天，刘浪就离开了霍童。临走前他给亲戚们分了钱，丧幛也被瓜分干净。他要亲戚们照顾好刘成业，还特地让一些没有房子的亲戚住进了安贞堡。临走的时候，刘浪又到救济会走了一趟，把身上的钱都搜出来，放在他们面前，只剩下够回樟坂的盘缠。那些人这回老实了，大约是文明棍给抽的，刘浪没走，他们只是看着那白白的光洋，不敢动弹。

后来随从问刘浪，你给他们那么多钱干吗？这些人是人心不足蛇吞象。

刘浪淡漠地说：我不可能对这种人发善心，我只是不欺负弱者。

临走的时候，刘浪再次站在父亲面前，他久久地看着这个几近衰竭的老人，内心有一个潜藏着的愿望：希望在他离开时父亲能认出他来。

但他失望了，这个当年不可一世的男人仍旧像一根木头一样。他用一种麻木到极点的目光看着刘浪，连瞳孔都是僵死的，似乎刘浪也是一截木头。刘浪几次想开口叫他一声，说不定能唤醒这个人，治好他的病，但他终于没有开口。他内心的亲和愿望又被隐约的仇恨甚至厌恶代替了，他觉得自己犯不着开口，根本找不到理由，让这个人这么睡着更好，刘浪会觉得更安静。

走吧。他对随从说。

上路的时候又是黄昏。霍童的阡陌在夕阳的余晖中显示出比较美丽的样子，只是很寂寥。深水上泛着波光，有人在河上放鱼鹰，一切都是安静的。但刘浪没有什么特别舒服的感觉，他觉得他的回乡之行是失败的，没做成一件事，只赶上了一次混乱、荒唐、令人窒息的出殡。想到过去自己竟然产生隐居故乡的念头，刘浪只觉得好笑，这些不可靠的怪诞想法只有在樟坂极端无聊时才会冒出来。现在他只有一个念头：尽快地回到樟坂。他截住了一辆过路的马车。

整个旅途都是在夜间度过的。

虚　伪

就在刘浪回乡奔丧的时候，樟坂发生了一件事。阿金率领弟兄们在杜村通往樟坂的路上截获了马大的一辆装烟土的车，他们有了一个意外的收获：车上居然有马大的母亲。这个老太太是进城看儿子的，她很冬烘，以为阿金是儿子派来接站的，直到车进云禳阁她还不知道究竟发生了什么事。多年来，她一直以为儿子在城里做正经买卖，因为马大从来没向她透露过真情，他诳老母说他只是樟坂的一个药材商。

马大是出名的孝子，他在杜村为母亲盖了一幢带飞檐的房子，雇了一批家丁和奴婢陪伴马氏。只要路过杜村，他总是回家看看，陪母亲说话。马大陪伴母亲的情形是很奇怪的，一言不发，只听母亲聒噪，听完了说一声：娘，我走了。马大对母亲出手很大方，他的钱通过马氏的手源源不断地落入家丁和奴婢的腰包，所以他家的食客越养越多。马大知道这些钱到哪里去了，只装不知道，因为他清楚母亲乐善好施的脾性，只要母亲高兴，马大就心安。

一到采玉楼，马大就换了一个人。年纪越往上长，他吝啬的毛病就越严重，最后到了登峰造极的地步。这种古怪的脾气使手下人不堪忍受，于是他们只好想办法私下捞钱，一车烟土运到采玉楼，只剩下半车。采玉楼的进项越少，马大赚钱的欲望就越疯狂，也就越吝啬。他已经昏聩到不能判断这些流失的原因。这个人老了。

我得为我日后养老着想。他说，马总有嚼不动草的时候。

这根本不是个理由，因为他囤积的钱财早已够他再过一辈子，但马大总是担心哪一天这些财宝会不翼而飞，就像当年如玉突然失踪一样。如玉失踪后，马大再也没有续弦，他把全部的精力放到了积攒财宝上。他对赚钱很有一套，包括对从古董到名人字画行情的涨落都一清二楚，一夜之间可以翻它五倍。每一次得手，人们都可以听到从采玉楼突兀而起的山歌，他们凭借歌声就明了：这个像老猴一样高踞采玉楼顶的人又赚上一笔了。

　　多年以后，当董云接管采玉楼时，发现地下有很多地窖，里面堆满了古董、金银和字画，只可惜那些字画已经被老鼠的利齿弄得残破不堪，分文不值了。这时马大已经疯了，他坚信这些巨大的财富的价值还在随时间增长。马大在比较清醒的时候，曾经把财宝藏在一个不显眼的仓库里，只有阿三知道里面放着什么。可是马大老是不放心，他对守仓库的家丁三番五次地盘问：你们知道里面有什么吗？你们不知道吧？这样多次的重复之后，马大自己的疑心反而战胜了他巩固的念头，觉得一定是少了什么东西，而且认定那些狡猾的家丁窥破了他的心思。马大进仓库仔细地清点它们，似乎没有错，一连数了五遍还是没有错。但这些举动几乎无法消除他的疑心，因为里面有一个声音告诉他：后院起火了。马大就听从了这句莫名其妙的警告，三番五次地进仓库清点，这回他垮了，他觉得少了一把银壶和一张宋画。他一旦有这样的感觉，立即认为这是事实，他怀疑过去自己清点时计算错了，现在的结果才是对的。这个念头一巩固起来，几乎就要了他的命，使他大发雷霆起来，有贼！有贼！他大吼道，家贼难防，真可恨，白养了你们这一帮畜生！两颗可怜的泪珠从衰老起皱的眼眶冒出来。

现在，人们才知道仓库里装着什么东西。

两个家丁在一个烟雨蒙蒙的早晨离开了采玉楼，临走时问马大要盘缠，这可把他惹火了：你们还没有吃饱？娘的，要不是我发善心，你们早就吃枪子儿喂狗了！

马大为这事几天寝食不安，根本无心做正经事儿。每天半夜他都会被噩梦弄醒，梦中总是出现一个没有脸的人从旷野上走来，把他的衣服一件一件地扒光，最后连裤衩都丢了，自己光着腚站在风中却无法动弹。这个梦实在使他讨厌，马大只得再一次起床，忍受着寒冷摸到仓库里，并不敢掌灯，只用枯干的双手触摸那些他心爱的东西。这时候，他对数字的概念是模糊的，正如一只正在哺乳的母狗，只要叼回一只小狗就心满意足了。多年以后，阿三回忆道：从仓库的事情开始，马大爷已经疯了。

马大被这件事搅扰得疲惫不堪。他对仓库无法信任了，于是想出了一个荒唐透顶的办法：把它们分别隐藏起来。一个夜晚，马大做成了这件事。神龛下，墙缝里，屋檐上，棺材里，炉膛灰里都塞满了这些东西。有一招真绝，在采玉楼厢房门口的落脚木台里，也藏了一只陶器，这是谁也不会想到的，在天天落脚的地方竟然有一件值一万大洋的宝贝。

马大的心思平和了好几天，嘹亮的歌声又在采玉楼上空飘荡，但这种欢乐是短暂的。一天黄昏，马大突然不安起来：他发现自己的记性不可靠了，他无法记全那些地方，要这个年事已高的人记住每一个老鼠洞是不大可能的。人的财宝在哪里，他的心也就在哪里。现在，这个古怪老头的心显然已经四分五裂，不知所云了。

他想弄个名册把它们登记在案，但可怜的是他已经记不全那些地方了。马大眼看着这些东西白白地在他无法找到的地方沤土，心里像撕裂了一样，脾气变得十分暴躁。花名册带在身边怕丢了，放在箱底怕撬了，连睡觉时塞进枕边也只能闭半只眼，弄得马大疲惫不堪。但他没办法抛弃它，因为他对自己的记性已经绝望。

三天后，他说出了第一句疯话：我是一只老鼠。

马大的心已经交给了一个东西，这个东西现在不在他身上，它们分布在采玉楼的各个局部，隐藏在这座盘踞在地上的古老的建筑之中。这个老人被抽空后，已经无法与它脱离干系了。

马大的疯病刚开始的时候时好时坏，坏的时候会说一两句让人莫名其妙的话，好的时候却像豹子一样敏锐，这种敏锐被用在敛财上。终于有一天，他把名册一把火烧了，东西都转移到了地窖里。这个隐秘的地窖只有他一个人知道，所以，他现在只需记住地窖就行了。马大终于过上了一段比较单纯的日子，并开始料理龙帮的事。

但很遗憾，马大无论走到哪里，都必须把地窖带在身边。他无法不时刻地念起那个阴暗、腐臭、老鼠成堆的地方，以至于有一次到杜村探家，他觉鬼使神差地指着自己的家对阿三说：你瞧，它多像个地窖！

他的心基本上是黑的，充满了地窖的性情。马大在随后的时光中对一切妨碍他的东西毫不留情。有一次他看见阿三多点了一根蜡烛，心里就过不去，你为什么要多点一根蜡烛呢？你告诉我。阿三很迷惑，这是他无法回答的问题。马大就说，你心里老是打着鬼主意，你以为我不知道？仓库的事情我还没有找你算账，我瞄上一眼就知道，家贼难防。

把蜡烛跟仓库的事情连在一起，阿三就哆嗦了。他心里发虚（实际上他不应该发虚），嘴上说：我其实不想点两根蜡烛的。

那么是你的手想点两根蜡烛啰？

阿三的食指被剁下来的时候，杀猪般的嚎叫穿透了采玉楼的屋顶。不过，是阿三自己把指头剁下来的。事后他回忆道：我是跟他二十年的人，我实在受不了他，我宁愿不要这该死的指头。起先我认为他只是小气，后来觉得没那么简单，他的眼睛我看了都害怕，以前他不是这样的，他完全变了。

终于，阿三在一个深夜举着残指离开了采玉楼，这时马大还在熟睡中。阿三临走时没有要钱，他恨透了这东西，他认定是那上面的眼砸掉他的指头的。

使马大暂时走出地窖的事终于发生了：他的母亲落到了刘浪手里。马大在刚听到这个消息时，几乎目瞪口呆。

刘浪从霍童赶回云骧阁后，一看见马氏，很奇怪，他立即对这个老太太产生了好感。老太太看见刘浪后，知道他是个管事的，以为是儿子的帮手。她说：他没来接我总是没闲着，跑买卖去了吧？刘浪说：是呵，他到云南进当归了，歇几天我就把您送去。

刘浪吩咐手下好生款待老太太，给她让了上房，有新的褥子和绣了龙凤的府绸踏花被，三餐还有人送好菜好饭。老太太说是吃长素的，刘浪立即让人从樟坂的素菜馆临时雇来一个师傅。马氏身边添了两个丫鬟，专门侍候她的起歇。马氏说：我儿子孝敬我是出了名的，你们都跟着学，积点阴德。刘浪说，是呵。

这几天刘浪经常往这里来，他的耳朵里塞满了马氏对儿子的颂辞，不过刘浪对这些并不在乎，好像没有听见。他常常一言不发地听这个老人说话，有时会很长时间地盯着她看，他发现这个老人和自己的母亲陈氏有些相像，不过很显然，她只是跟躺在棺材里的陈氏相像。这个发现使他感到很新奇，毋宁说正是这个吸引刘浪来到这个人面前的。面对着旁若无人、滔滔不绝的老太太，刘浪会冒出一个古怪念头：要是人老了都会变成这样多好，慈祥，宽容，想法简单得令人惊讶。可是刘成业怎么就不是这个样子呢？自己今后会变成这个样子吗？他问自己。不会，我不会变成这样。他回答自己。这是不是男人和女人的不同？善良是女人的天性？他又回答自己：不是，小缎就不是，这个女人不死，一定比我还恶。他想。

刘浪对马氏既感到亲切又感到陌生，并不是马老太太有什么变化，而是刘浪对自己的好恶吃不准。当他认为她像陈氏时，他就感到亲切，有时甚至会和老人聊上几句杜村的风水，其实他对那块地方一无所知，只知道那里养出了一个叫马大的混蛋；当他断定马氏原本就是跟陈氏毫不相干的人，而且是马大的母亲时，他就会觉得十分陌生，他很费解这样一个慈眉善目的老太太居然会养出一个恶劣成性的儿子。不过，他很快就找到了根据，如果马大也有一个像刘成业那样的父亲，那么就万事了了。刘浪都不敢往上想，一往上想就会得出一个结论：人天性就是恶的。正如我姓刘，这是一个很普通的姓，刘成业也姓刘，刘继堂姓刘，他的父亲刘云松还姓刘，这是无法更改的，你就是想改姓马也没有用，你还是姓刘，这是注定的。想到这里，刘浪不寒而栗。

照料马老太太的具体事宜落到了如玉身上。这个早年的戏子一眼就看出这个老人是她过去的婆婆，这种巧合在十几年前她是万万无法预料的。但老眼昏花的马氏早已认不出她来了，这个女人的花容月貌已经随时间一同逝去，现在像一条烂黄瓜。如玉第一次接近她时，心都要蹦出胸膛，让她激动的不是意外的相逢，也不是对婆婆感情的补偿（她甚至除了成亲大礼再也没有去过杜村），让她激动的只是勾起对往昔年华的回忆。当年她在戏台上摆着水袖时，台下有一个人死死地看着她，一连几天从不落场，不住地往台上扔首饰的也是他。这个人就是马大。

十几年后，这一切已灰飞烟灭。如玉似乎看透了世事繁华，也看透了男人。她已吃了一年的素，整天除了喂鹦鹉，照顾刘浪的生活之外，就是敲木鱼。如玉在马老太太进云骧阁后，伺候她出奇的勤快，丫鬟端上来的菜她也要自己先尝一口。马氏说：你是吃素的，难怪你男人心好。这几天，她们混得特别好，几乎整天待在一起，一起诵经，木鱼声在云骧阁传出很远，显得十分怪诞，看上去一座庙似的。

如玉一勤快，刘浪就少去马氏房里了。间或进去遛遛，会说一句：我还以为媳妇伺候婆婆这么热心，原来是一对老尼。他说，你不要太热心，过不了几天她就要回你丈夫那里去了。

如玉听惯了刘浪的冷言冷语，并不在乎，不过她的确也害怕马大有一天会突然出现在云骧阁，和她打个照面。她已经十几年没见他了。

其实，马大要劫母的声音已经响了两天两夜，每一次刘浪都放进一个龙帮的人来，让他看看马老太太到底怎么样，但就是不让带走，要马大亲自来领人。马大想了一圈还想不透：真是活见鬼了！他到底安的是什么心？说完又派出一个人，回来的消息还是一样：刘浪对马氏出奇的好。

想摆鸿门宴吗？马大自言自语。为此他一夜未眠，到早晨他想明白了：就是鸿门宴我也要闯，他要敢动我娘一个指头，他就要改姓马了。

消息刚过去，那边的话就回来了，说刘浪改变主意了，要亲自送马老太太回采玉楼。这一下马大彻底疑惑了，而且慌了手脚。他从来没有想象过刘浪出现在采玉楼会是怎么一种情形，难道要设大宴款待吗？他越想越荒唐，但还是想不出一个办法，只吩咐家丁迎接。他说，我是叫你们接我娘，不是接刘浪，不要搞错了，对他给我防着点。

枪手都埋伏好了，云骧阁的两顶轿子已经在采玉楼门口停下。在众目睽睽之下，刘浪连保镖也没带，穿着一件长衫，就像当年遭遇马大和如玉的黄包车时一样，像个书生。马大发现这个人一点也没变，还是那样年轻，除了眼睛变得深邃之外，额头上连一根皱纹也没有。

马大爷，我把令堂送回来了。他说，手下糊涂，看花了眼，以为是一袋烟土。

马大有些尴尬。他既没有吩咐上茶，也没有请坐。刘浪就自己坐了，从袖筒里捉出一把折扇来。马老太太嘴碎了，说着刘浪的好处，马大第一次对母亲的唠叨厌烦了，话一出口却是对着刘浪说的，刘爷，我看你不要再玩这种让人生厌的把戏了，这很蹩脚。

刘浪说：你难道要我为你母亲出殡你才痛快？

你这样让我很为难。

为难什么？刘浪感到很奇怪。

马大无言以对。刘浪替他说话：很抱歉，弄得你不敢对我开黑枪了。

马大被揭了底，一反常态起来：你以为我不敢开黑枪？

我告诉你，整座采玉楼都是枪手。

刘浪脸上露出倦色：这才是让人厌倦的把戏，我们在樟坂你来我往十几年，谁也没有伤谁的毫毛，越来越让人生厌了。

今天我就可以要了你的命。

我就盼着吃颗枪子儿了。刘浪说，我这辈子什么都尝过了，就是没尝过枪子儿。

气氛一下子就僵了，马大知道自己是一定不会开枪的，他也不信奉不欺弱者那一套，但他知道自己下不了手，他感到在这场游戏中，这个人渐渐赢了。

我输了。他说，你走吧。

你这个人最没有出息的地方，就是把一切都看成有输赢的牌局。刘浪说，你还没有赢够吗？要是你愿意，我把整座云骧阁都送给你，我保证一点儿也不心疼。

越说越离谱了。马大心绪纷乱，总之你让我很为难。

直到今天马大才发现，他最不能忍受的就是现在这种场面，所以他无法应付，手足无措。刘浪从那个地位一下子变到这个地位，居然要称兄道友，这实在是要了他的命，不如让他死了好。他似乎已经疏于客套，那些东西离他极其遥远了。

这时刘浪说了一句：前几天我母亲死了。

马大就说，哦？

刘浪一起身，马大马上吩咐：送客。

死不了与活不成

如玉怀孕了。

一天早晨，如玉正准备给鹦鹉喂食的时候，突然对着天井干呕起来，云骧阁的几个佣人看得清清楚楚，他们惊愕得张大了嘴巴。十几年来，如玉的肚皮总是风平浪静，以至于人们怀疑她有什么毛病，当年被马大打坏了身子。如玉扶着屋柱干呕了一阵，脸色苍白，几乎要站不住了，这时刘浪正好从厢房出来，其实他已经站在门口好久了。刘浪及时地走过来，扶着如玉的腰，很大声地对佣人说：

夫人有喜了！还不快放炮。

在炮仗声中，如玉喝下了第一碗红糖姜蛋，刘浪甚至一口一口地喂她。喂完后他对如玉说：好好歇着，给我生个儿子。

十几年来，刘浪从来没有动过生儿子的念头，他一想到儿子就会去回忆童年，他一旦觉得自己无法摆脱从刘成业身上承继下来的秉性，生儿育女的念头就会顷刻打消。刘浪自己活得一团糟，根本不会去想当他有个儿子时他会怎么样，只要这个儿子日后有一点像他，刘浪就会受不了。如玉曾经几次要生个孩子，他总是说：我还没有做好准备，等我有条件之后我会下这个决心的，我可不想断后。

但事情总不会顺着他的心思走，刘浪的家业越做越大，生儿子的决心却越来越微弱，他一想到未来的儿子只为继承他的云骧阁和金条时，刘浪马上就会觉得荒唐，因为这让他想起自己初入樟坂时手中装了金条的漆盒，心里就不寒而栗。如果儿子还得从头走一遍他自己走的路，那还不如不要走，这无耻的重复使刘浪彻底打消了生儿育女的念头。家业越大，越觉得生儿子的理由不足，使得刘浪自己都怀疑起来，人的心思真荒唐。

奔丧回来后，刘浪再度发病，并发了一些奇怪的症状：他在跟客商谈生意时会突然呆滞，目光发直，弄得旁人不知所措，以为他走神走得太离谱了，一笔生意就此了了。事后刘浪说，那时候我的耳边突然一片宁静，你们还在说话但我听不见，我只听到一阵仿佛丝弦的铮响从耳边掠过，消失在很远的地方。有时他听到的是一阵哨声，非常尖锐和刺耳。有一次他正在和如玉说话，耳边骤然出现一个人的嗥叫，那种撕肝裂胆的嚎叫使刘浪全身颤抖，他死死地抱住如玉。如玉大惊失色，她从怀里那蜷缩成一团的刘浪身体上，感受到了落叶般的颤抖。我没听见什么在叫。她安慰丈夫，你是耳鸣了。

医生知道自己在耳鸣，但他听到的声音让他害怕，他认为这是幻听，但很真实。从耳边螺旋般进入又呼啸而出，那声音里从来没有好听的东西，比如音乐、流水和松涛，充斥的都是怪里怪气的尖锐嚎叫，或者莫可名状的飞翔的声音，它会不断往返，就像长了脚一样。刘浪对如玉说：我从来没有听过这种声音，它从我的右耳进入左耳飞出，我的脑子就乱成一团。如玉看得出，这种声音显然是一种让他十分烦躁的声音。如玉安慰他说，你不用害怕，你把它想成驴叫马嘶，想成人的声音，你就会心安，没有什么可怕的。我们过去唱戏，曲儿绕来绕去，都不一样，总要绕回到原来的地方，让人一听就明白这是京戏，听着就舒心了。

刘浪忧虑的眸子在闪着光：不像，这声音你没听过，它没有一个解决的地方，只在你耳边经过一下，让人摸不着头脑。

如玉看他是中邪了，他的话同样莫名其妙，但从刘浪如此紧张的情形看，她无法断定丈夫在扯谎，也许真有这种声

音，恰巧让这个人听到了。既然如玉听不到它，她的安慰也
是无用的。

让如玉真正感到震惊的是另一件事。有一天他们到药铺
收账，远远地看见一块门匾，刘浪奇怪地说：那家店有蜜饯，
我们去买几斤吧。如玉找来找去没找到买蜜饯的店。她说，
哪里有店？你看花了眼吧？刘浪说，这不明明写的"河西蜜
饯"吗？他指的是那家店的门匾。如玉一看，门匾上写的是
"河西客栈"。如玉要笑了，她说你再看看上面写什么。刘浪
已经在门匾下面了，仍固执地说是卖蜜饯的。直到如玉把这
四个字读出来，刘浪才没吱声。

刘浪的眼睛历来好使。如玉已经看出丈夫出了毛病。刘
浪大约也知道事有蹊跷，从药房回云骧阁的路上，他在车里
一句话也没说，气氛十分沉闷。

从"河西蜜饯"开始，刘浪幻视的毛病日益严重。他在
云骧阁看见佣人向他走过来，会以为这是如玉，有时还把董
云当成刘成业。董云从大门进来，他看见的却是刘成业走进
来，刘浪吓得魂不附体，他不知道老爷子怎么会突然出现在
这里，这种不可思议的景象使他手足无措。直到董云走到他
面前，刘浪才羞愧地意识到：这是老管家。老管家用一种奇
怪的眼神打量他：你把我看成什么人了？少爷，我看你的眼

神不对了。

董云的话像冰块一样落到他心里，那里渐渐被凉意侵蚀，泅湿一片。刘浪很清楚自己看错了人，只要他当时脑子里在想什么人，就很可能把来人看成那个人，他知道自己有毛病，但他根本无力在当时把两者分开，它们是重叠的。因为他明明看见的是刘成业，怎么知道他是董云呢？唯一的办法只有当这种感觉退去时，他才敢论断来人。这使刘浪感到十分痛苦，自卑几乎把这个昔日自以为是的男人压垮了。当真假难辨时，刘浪只有一个十分愚拙的办法可以使用：让来人先叫他再说。这时他就会看明白这是什么人。

这样一来，有一件荒唐的事就发生了。一天，如玉到他房里收拾东西，她一声不吭地干着，待了好久。刘浪明明看见是如玉，但他不敢肯定，他说：谁呀？如玉说是我。刘浪又问："我"是谁呀？如玉很奇怪，你是谁？你还不知道？刘浪火了，你没有名字吗？如玉被吓得站在那里不会动了，不知说什么好。后来，她才小声地说：我是如玉，你有什么事么？刘浪才松懈下去，说，没有什么事，你出去吧。

傍晚，董云走进了他的房间，他已经很久没有来了。刘浪一看见有人进来，就问谁呀？董云说是我。刘浪又问：我我我！我是谁呀？董云笑了，你是刘浪。刘浪脸色立即变得苍白。董云走到他面前说，你的眼力比我还差。刘浪这才认出是老管家，让了座。他说，最近我眼不好，可能是白内障。

你这种年纪不会有这病。董云说，我看你气色不好。

管家不是通灵吗？给我看看吧。

也好。董云看着刘浪的脸，直看得刘浪不自在起来。他说，我又不是妇人，管家这么瞧我干吗。

你这张脸不对，阴气太重，阳气出不来，气滞内心，藏了祸根。我怎么看你有二心呢？一心左，一心右，你不可妄动，一动恐怕就要送命，一年内要绝房事，调养一下再说。

你是在吓我吧？刘浪道。

你摸摸你的心。董云说。

管家一走，刘浪抓起听诊器就听心音，他几乎快被自己的发现击倒了：他在左胸听到了心跳，右胸也听到了心跳，左心七十五次，右心六十次。刘浪一连听了几遍都是这样，他把听诊器扔了，人却无法自主。他脸色发白，慢慢地移到床前躺下，一种十分可怕的感觉攫住了他，他躺在床上不敢动弹了。刘浪疑心自己听误了，怎么会有二心呢？莫不是听一遍就以为是一颗心，算了两遍，一边听出七十五，一边听出六十了。他下床再听了一遍，这一回更可怕，他的确听到了两颗心在跳，互相混杂，十分紊乱。

　　刘浪有祸了。这个可怜的男人被自己的心吓得不知所措，他只得很慢地走路，不敢轻易发火，也不敢提重的东西。如玉感到很奇怪，你病了吗？病了就到床上躺着吧，我去叫医生。刘浪制止了她，不要去找医生，医生治不好这病，我自己就是医生。如玉看着他，你这样哪儿成，跟老人似的。刘浪脸色很难看，叫你不要咋呼你就别咋呼，你知道我不能发火，却来惹我生气。

　　刘浪在云骧阁的这一段日子过得非常平静，他深居简出，沉默寡言，但人们从他脸上看到了一种阴沉的力量。他把业务都交给阿金去代理了，阿金只回来向他讨个喏。刘浪总是对他说：看着办吧。有一回阿金问他是不是把一个小偷给剐了？刘浪就重复了一句：剐了。

　　这天晚上，刘浪开口了。他把如玉抱在怀里，如玉觉得他全身冰冷。刘浪说：今晚我想做那事。如玉把头塞到他怀里，说，你要做你就做吧。刘浪说：我做不得这事，但我想生个儿子，你听好了，我想生个儿子。如果我出事，你要把他带大，你要带他去杜村住，不要住在樟坂，钱只要够买一块地就可以了，你就告诉他，父亲是个教书的，肺痨死了。

　　你说什么啊。她说，你总是说一些事儿吓我。

　　愚蠢！刘浪说。

　　事做完了，刘浪并没有送命，但他感到无比虚弱。我好久没做这件事了，他说。

　　如玉挺着大肚子在云骧阁走来走去，很荣耀的样子。她的脸上渐渐出现了水色，神情也轻松了许多。许多过去粘在手上的家务不做了，遵了刘浪的命整天只在保胎，她的手总是在肚腹上摩挲，脸上露出了十几年来少有的笑意。在刘浪的勒令下，她居然开荤了，致使她一年多的修行功亏一篑。

　　刘浪对如玉表示了从未有过的热情，他甚至亲自订她的菜谱，搜肠刮肚地找寻自己的医学常识：小孩长腿时吃牛筋，长脑时吃核桃。刘浪把核桃放在门缝里咔嚓一声挤裂，脸上有着愉快和专注的神情。

　　他总是用手探索儿子的四肢，在如玉的肚皮上摸来摸去。他对如玉说，他在跟我较劲，腿力很大！接着更加兴致勃勃地抚摸，直到疲倦为止。

　　这个人生出来不是好惹的。他说。

　　跟如玉（毋宁说跟儿子）相处时刘浪的心情就转成轻松，一离开她，刘浪就换了一副面孔，脸上有持续不退的阴郁表情。他总是躲避着董云的目光，有什么事只叫阿金去传话。董云说，夫人有喜，中药不伤人，可以做些药膳补补。刘浪立即说，我自有安排，管家别费心了。刘浪觉得董云有一种不怀好意的念头，甚至想象他会在药膳里下毒，当然这种心思只藏在心里。有一次刘浪看见如玉在吃珍珠粉，就说：你吃什么？谁给你吃的。如玉说是管家的意思，可以补胎儿的肝胆。刘浪一听就冒火，抓了统统扔出窗外，如玉被丈夫的凌厉动作吓得不知所措。刘浪恶狠狠地对她说：你要死等生完了孩子再死，我看你是中邪了。

　　董云的确成了刘浪的一块心病，这个人让他觉得莫名其妙地不舒服。有时他会很专注地想一想这个人，立即觉得不可思议：这个人总是在不经意的时刻出现，送上一两句让他悚心的话，让刘浪十分难受。他为这个老人长住云骧阁而迷惑不解，他记得自己无数次有过想驱逐他的念头，但不知道在什么时候都无影无踪了。这天傍晚，刘浪下了一个清晰的决定。

　　刘浪把如玉弄上床后，摸了摸她的肚子说，你好好躺在这里。如玉依了他，刘浪又说，你要好好躺着，不要动了胎气。如玉觉得他今天很啰嗦。刘浪烦躁地在屋里走了一圈，又在床边坐下，说，我要做一件事。他说完又站起来，走来走去，居然破天荒地抽了一根烟。我要做一件事，他说话时被烟呛了。如玉说，你要做什么事就去做吧，我不要紧。刘浪又走回床边说，你不要动了胎气。他用耳朵贴着如玉的肚皮，仔细谛听里面的动静。他还活着，他说。如玉说你快走吧。刘浪茫然地捻灭烟蒂，移出屋去了。

越走近董云的屋，刘浪越不自在，他居然觉得心跳得厉害，一下一下捶着胸壁，十分难受。看见那扇门时，刘浪有一种偷鸡摸狗的感觉，这荒唐的感觉不知打哪儿冒出来的，让他脸红。他在心里骂着自己，但这对于制止他的羞愧毫无作用，当他站在那扇雕着麒麟的门前时，脸上已经通红，烧灼感几乎使他抬不起脚，他真不知道如何开口。

这使医生太为难了。董云见到他时，他的心倏忽就沉到了底。董云问他来干什么？刘浪说来拿一样东西。你要什么东西？董云问道。

刘浪实在想不出他要什么东西，尴尬了片刻，突然想起了《推背图》，就说：我想看看你那本《推背图》。

董云找了《推背图》给他，刘浪不走。丫鬟上茶时，董云仔细地看着刘浪的脸色。刘浪胡乱地翻着书，这本书很奥妙吧？

是很奥妙。董云说，一时半会儿很难懂的。

刘浪说：管家年事已高，不想回家去看看？

董云说：少爷不知道？我是一个孤儿。

　　刘浪心里一沉：他到今天才恍悟过来，自己从来不知道董云的籍贯在哪里，家里有什么人，也就是说自己对这个人一无所知。正当刘浪克制着莫名其妙的心跳，想把那一句话说出口时，董云说：你的气色不好，看这本书要当心。

　　刘浪一愣，随即说，你又在吓我了。

　　欺言不足信。董云说，少爷还是当心点好，说不定什么时候他就来了。

　　刘浪没听明白：你说什么？

　　我给你占一卦。董云掏出铜板，在桌上摆弄了一下，好久没有吱声。刘浪被他的沉默弄得很不舒服。我不想占卦。他说。

　　三年后有牢狱之灾。

　　刘浪很不自然地笑了，我不相信这鬼名堂，管家，我看你老糊涂了。

　　刘浪一言不发地走出了屋，回到如玉的房间，如玉问他事办完了？他很含糊地哼了一声，突然坐到床前说：你看我像个进班房的人吗？如玉被他搞得莫名其妙，以为他又犯病了，就安慰他说，没有的事，你是富贵命。刘浪一听显得很不满足，站起来说，妇人之见，你是让我宽心，瞎热乎。

　　不过我不怕。他拎着那本书说，我最不相信装神弄鬼的事情，妖言不足信，可笑！他用一种很异样的目光注视如玉，说，谁也不知道以后会怎么样，只有我知道。我在全城都埋上了炸药，我说了算，我一动指头，他们全完蛋。我怕什么？

如玉认为埋炸药是丈夫在胡说，但刘浪那股眼神让她不安。刘浪不再跟她说话，他很烦躁的样子，回了自己的房，把那本书扔在案几上，后来又抓了来看。里面有一些莫名其妙的图画，还有一些不知所云的诗。他读不懂，因为读不懂，所以心里更烦躁。他又把书扔开，但是放在那里又碍眼，于是他想把它丢到窗外去。他刚要扔时似乎有一只手抓住了它，刘浪的心抖起来，这时他才相信自己没有扔的胆量，因为他不能断定书里的意思，所以对扔出去后是否会遭报应没有把握。刘浪十分后悔去拿了这本书，就像憋了一口痰在喉咙里，上不上、下不下，十分难受。刘浪把它放在柜子上他看不到的地方。

他躺上床时，丫鬟来请用饭，刘浪说：滚滚滚！

医生再一次陷入了一种十分奇怪的恐惧之中。他虽然知道牢狱之灾的预言十分荒唐，他的确也不怕坐牢，但这个说法使他很不舒服。这种不舒服首先使他对吃饭失去了兴趣，那些珍馐佳肴在他口里变得索然寡味；后来这种不舒服转成了不安，失眠再度侵入他的夜晚，使他退回到那个洞穴。云骧阁里似乎飞满了无数只黑色的蝙蝠,他一夜接一夜不能合眼,睁着眼睛挨到天亮,好像一合眼,有个东西马上就会出现,他必须一直睁着眼,才是最安全的,所以只好透夜点灯,通宵达旦。亮堂堂的灯光使他更无法合眼。七天下来,刘浪的脸已经脱形了。

如玉看他这个模样,说,这样倒像个犯人了。

刘浪吼道:你给我闭嘴!

他的声音里显然中气不足。刘浪整天想着子虚乌有的牢狱之灾,连他自己都厌烦了,但厌烦并不等于解脱,现在这个人心里空空荡荡,找不到任何东西可以抵挡这句莫名其妙的话,所以它就显得很致命。他被这个念头缠住的时候,曾经去找过唐松,他问唐松:鬼这种东西到底有没有?

你不是个医生吗?唐松笑道。

到底有没有?

唐松说:你不是早就跟我讲过安贞堡闹鬼吗?

刘浪说:我是说另一种不一样的鬼,不是人死后变的鬼。

唐松最近已经把兴趣从围棋转到了气功,他说:气功这东西很奥妙,我相信有一种灵界的东西。

刘浪听了,脸上更忧愁。

第二天早上,刘浪悄悄地出了门,在司前街瞎转,他很忌讳别人看出他在找术士。后来他终于在顺义街的巷口上拦住了一个算命先生，那个算命先生穿得很破烂，举着一把被雨水浸蚀发黑的卦幡，很吃惊地注视他。

先生，你要占一卦？

占一卦。刘浪说。

算命先生再看一眼，掉头就走。刘浪心一紧：拉住他说，你干吗走？是不是看出我有牢狱之灾？

算命先生很含糊地说了一句什么，挣脱了刘浪的手，转眼就消失在巷口。

医生可怜了。他拖着空布袋一样的身体，深一脚、浅一脚地走回云骧阁。回到如玉房里时，他看到了衣镜里自己的一张白脸，白得没有一丝瑕疵，连眉毛都淡到几近于无，五官在里面模糊成一团。

打胎！打胎！他对如玉吼道，别生了！

如玉半天才明白他的意思，当她终于知道刘浪的话并不是一句戏言时，竟失声痛哭起来。

此后的一个月，如玉房里传出了令人胆寒的尖叫。巫婆在屋里作法，弄得乌烟瘴气。用人弄来的打胎药一帖一帖地下锅，送进如玉的房里，然后换出来成堆乌黑的药渣，发出一股十分难闻的气味。最后抬进去的是一块大石板，用来绑在如玉身上，让她使劲。当屋里的惨叫传出来时，刘浪躲在自己房里，浑身颤抖，尖叫声穿过他的耳朵，他又耳鸣了，听到了一种胡琴调音时十分刺耳的杂响。

用人来告他：夫人流血了，要不要去看看？

不看不看。他摆着手。

刘浪知道只要用一剂进口西药，胎儿马上就会打下来，但不知为什么就没有用，听凭他们折腾。

一个月过去，胎儿还没落地，徒流了三天的血。接生婆说，这孩子命硬，要能生下来真奇了，闹了血崩，只怕日后是不能生养了。

算了，让他生下来吧。

刘浪说这话时，脸上突然出现莫有名状的恐惧。

焦　虑

儿子降生时的第一声啼哭震动了云骧阁的琉璃瓦顶，刘浪清楚地看到几块五颜六色的瓦从上面掉下来，在炫目的阳光中摔得粉碎。他蜷缩在自己的房里，支起耳朵听那边的动静，他从未听过这么嘹亮的啼哭，简直不知是在哭，还是在笑。在这种哭声里找不到任何与哭有关的理由：悲伤、哀恸和绝望。刘浪躲在房里不出来，直到报喜的接生婆把他拽到儿子面前。他望着湿漉漉的儿子，突然痛哭起来，说饮泣更恰当些。

如玉疲倦地看着落泪的丈夫，她的脸上有喜悦，宛如一个收割后的农妇的喜悦。可是丈夫哭得太久了，使场面有些尴尬。接生婆说：我还没有见过这么喜欢儿子的父亲。刘爷，这孩子天庭饱满，地阁方圆，将来一定是大贵之人。刘浪收住了哭声，说，逢此乱世，小儿有何大贵可讲？接生婆就噤住了声。

刘浪执意要给儿子取名叫刘荡，如玉有些不高兴，怕那冤魂会来索了他的命。刘浪说，妇人之见，他要不叫刘荡，我倒会被索了命。儿子一生下来，刘浪立即疏远了妻子，整天抱着他在云骧阁上下游荡。云骧阁是一座占地很大的房子，有五进，厢房三十间，耳房六间，套房二十四间，天井四个，大堂一个，前中后厅各三对，还有一个高踞的屋顶，几可当个操练台。刘浪整天抱着儿子在云骧阁走来走去，儿子睁着一对大眼睛，陌生地注视着庞大的云骧阁，被它搞迷糊了。刘浪拍着儿子：别盯着个眼睛，这不算大，哪一回带你回安贞堡，看你个贼死。刘浪抱着儿子，把如玉丢在一边，自有下人张罗月子的事。如玉整天不见丈夫的影子，仍然很高兴，她认为丈夫爱儿子也就是爱她。

刘浪度过了心境最平和的两年，这两年外面已经闹得天翻地覆，但刘浪充耳不闻。他糊涂到一个地步，手下人已经在劫他的财他都不知道。有一回他带儿子在司前街看大兵过境，问人：发生了什么事？对于刘浪来说，外面发生的一切与他的关系不大，因为十几年来樟坂传奇般的兴盛和衰微绝对不如他内心的搅扰。所以，樟坂一夜死了几十人在他心中没有引起震惊，但生了一个儿子却完全可能成为他的一件大事。

唐松在这段时光里经常来找刘浪，这个人已经完全蜕变成另外一种人：他不再是一个衣冠楚楚的阴郁的教授，而完全像个神仙。唐松永远穿着那套在英国买的西服，粗麻的袖口十分肮脏，扣子也七零八落，衣服套在他身上如同一摊浸了水的布。唐松的脸上有一种奇怪的表情，不喜不怒，不卑不亢，没有哀恸也没有惊异，十分模糊，是一种中和的不知所谓的表情。刘浪看上去觉得他刚刚从另一个世界回来，带着那个地方奇怪的性情。唐松第一次归来时，似乎根本没注意到他的老朋友添了个儿子。刘浪说：我有了一个儿子。

唐松说：哦。

接着他开始兴致勃勃地给刘浪描述他的气功。这都是一些刘浪听上去十分陌生和费解的东西，他知道这是灵界的东西，对蛤蟆功、翻浪功也略有知晓，但他不明白唐松为什么对它迷恋到这种程度。唐松说：气功不是世俗的，它是一门宗教。刘浪就笑了：我儿子就是我的宗教，过去是钱、手枪、女人，现在轮到儿子了，我不管明天会有什么让我喜欢的东西。

他从唐松的脸上看出了一种掩饰不住的鄙夷表情，但他并不计较。唐松说，你是一个自以为是的人。刘浪马上反驳，错了错了，你错了。

唐松说：我想给你发发功。

刘浪就说：好呵。

唐松站在刘浪身后，一只手放在他头上，另一只手放在他背后。刘浪闭着眼睛，忍耐着长久的寂静，他像是睡着了。这时他听到唐松说，你不要太用心，你在抵抗我。刘浪说，你说胡话，我连你想做什么都不知道，抵抗什么？唐松说，对了，你什么也不知道。这时刘浪感到心里一阵空虚，很像饥饿的感觉，身体旋风般地向后退去，摔进天井。

刘浪披着一身青苔，忍受着全身疼痛从天井爬上来时，脸上布满了尴尬，甚至有一种对唐松隐约的仇恨。他看见唐松脸色苍白地站在那里，对他说：这不是我干的，我觉得肺腑被抽空了，另一个人进来，代替了我，这不是我干的。

我饿了。刘浪说。他显得很不高兴。

唐松的到来破坏了刘浪苦心经营的好心境。他对气功不感兴趣，又觉得它有些怕人，不得不相信它，他为自己与唐松合作完成那羞愧的一幕感到后悔。医生宁愿把它看成一门医理，这样他会舒服些，如果不仅仅是这样，不安就攫住了他的内心。刘浪甚至想象他的老朋友哪一天会操纵他干出一些十分难堪的事，比如脱裤子，使他蒙辱，这不是不可能的。

唐松一进云骧阁，刘浪就托病，谁知唐松更要进来，说气功可以疗身，刘浪只好干脆让下人说不在。他整天和儿子泡在一起，但奇怪的是，原先那股对儿子的眷恋像抓不住的水一样渐渐消失了：这个孩子越变越古怪，他极少哭，也不开口学话，两岁多了也没喊过他一声爹，这让他很不自在。他对如玉抱怨道，莫非是我投胎？可我还没死呐。

儿子是个沉默的儿子，只有一对眼睛是活的，可是从这对眼睛里看不出什么把握得住的东西。两岁生日时让他抓运，摆在他面前有笔、尺、墨斗和刀，他就抓了刀。大家都很尴尬，刘浪看见如玉用一种异样的眼睛看着他。像你。她说。

儿子突然开口说话是在一天的晌午，他正吃着用竹棒粘着的麦芽糖。刘浪无意间接过来用嘴舔了一下，儿子凌厉地一把夺过来，冷冷地看着父亲：我不给你吃。

这就是他钟爱的儿子说出的第一句完整的话：我不给你吃。刘浪所有的好心情被冲决得干干净净。他冷漠而烦躁地离开儿子，对如玉说，你儿子终于开口说话了。

你不高兴？如玉抱着儿子。跟儿子摆什么脸色？

我很高兴。刘浪疲倦地说，他会出息的，你放心好了。

如玉只装着没听见，低头亲儿子。不料儿子把糖棒扎进如玉的眼里，她惨叫一声，捂着右眼疼痛地在厅堂里乱窜，满手血泊。下人乱作一团，被这一幕惊呆了。如玉的哀号在云骧阁飘荡：我是你娘呀——儿呀，你怎么害你娘呀——

刘浪站在那里不动，说，我缺了耳朵，是父亲给打的，你瞎了眼，却是儿子造的孽。

娘。儿子开口了。如玉怔在那里，冲过来抱住儿子大哭起来。

"刘荡"死于一个酷热的下午，那一天刘浪正在大堂拥着蒲扇睡觉。他觉得自己睡了很久，似乎已经超过了整个下午的冗长时光。在这冗长的时光里，他做了一堆糊里糊涂的梦，一个梦做完睁眼看一眼屋顶上缥缈的燕巢，又沉沉睡去，继续他的第二个梦。他在梦中想做哪个梦似乎就可以做那个梦，梦实在太多，充满了整个下午。最后他来到深水上的独木桥，儿子站在风中，有力地把他推进河里，他在深水游呵游呵。我要被淹死了，他想。但他游不到头，也无法靠岸。刘浪最后的上岸办法是：他想着我这是一个梦，这么一想，立即就醒了。

他究竟是被吵醒的还是自己醒的已经弄不清楚了。他醒来的时候云骧阁上下已乱成一团。刘浪呆呆地站在厅里的青石上，还没有从整个下午困乏的睡意中自拔，只是木讷地注视着那些乱窜的人，也听不见他们在嚷什么。

儿子的尸体被抬来的时候，满脸是血。刘浪注意到他天灵盖裂开的情形，那里似乎蠕动着微微泛白的脑浆。儿子小时，刘浪喜欢用手去摸这块软肉，直到它渐渐长硬，才松懈下来。他的手常常让他回忆刘成业一拳砸开他脑壳的情形，而且对自己居然能活下来感到吃惊。刘浪看着儿子的小尸首，连哭声都出不来了。他很奇怪儿子的身体这么脆弱，就像一尊年代古远但又十分易碎的古董，一触即溃。

儿了是从云壤阁的屋顶上摔下来的。一个送布的裁缝看见上面有一个东西飞下来，还以为是有人在捡漏。小孩的头先在门口的石狮子上碰了一下，然后有鲜血飞溅出来。

他到屋顶上去干什么呢？刘浪沉默不语地爬上屋顶，看着被苍茫的暮色锁住的灰色的樟坂。他想在这里看什么呢？

这里能看到什么呢?

他哭起来了,浑浊的哭声哀哀地在琉璃瓦顶上飘荡,但没有一个路人注意到屋顶上有个男人,更听不见他的哭声。

哭完后,他转过身看见了一个人。这个瞎了右眼的女人顶着一头蓬乱的头发,站在他的身后。你为什么不跳河呢?她说。

他还没有反应过来,女人就捎着一种十分刺耳的笑声,像一头母牛那样撞过来,刘浪被一下子撞到屋檐上,双手徒劳地抓着飞鸾,腿在空中乱蹬。刘浪大叫来人呐——可是他的叫声被风过滤了。他费了很大的力终于爬了上来,把如玉的脖子紧紧卡住了。刘浪已经忘记这人是谁了,好像不卡住她的脖子,自己马上就要重新掉下去。

如玉的身子开始发软时,刘浪松了手,谛听着妻子游丝般的呼吸。他哀伤地叫道:我卡你脖子干什么?我一卡你脖子干什么?连儿子都没有了,什么都没有了,我卡你脖子干什么?

当天夜里,如玉被塞进了小缎死前住过的房间。

北方军队过江的消息使整个樟坂城陷入一片混乱,街上昼夜不停地响动着大兵过境时马刺踏地的声音。司前街和顺

义街的路面被驰过的坦克压出很深的辙印，那些蒙着帆布的
炮车经过时，市民纷纷从窗户探出头来，一些谣传已经弄得
他们夜不成寐。有些人趁机囤积居奇，大发横财，一张过海
的船票到了要花费几块金条的地步。街上到处是饥民，他们
坐在树荫下或临时搭起的帐篷里发呆，菜色的脸仿若干燥的
石像，从霍童到樟坂的路上经常可以看到吞吃观音土后肠翻
肚裂的毙尸。一些地主因地契、房契无法脱手而哀号。活络
的人手上都是硬通货，用美金和金条购进急需的进口面粉，
然后高价脱手大捞一笔，一切利益都是从中间环节产生的。
这些商人大都花钱买了外国护照，所以可以高枕无忧。剩下
平头百姓在抓瞎，为三餐下锅的米发愁，至于生死已经置之
度外，人们常常可以看到一些衣衫褴褛的人背一麻袋金圆券
在米铺为换一斗米而争吵。街头巷尾出没的术士却越来越多，
有人对这个几乎崩溃的城市还能养活一堆妖言惑众的术士感
到惊奇。

　　这段时间刘浪分成两个人活着。其中一个人看着门外，
另一个人瞧着里面。终于有一天，里面的人战胜了外面的人，
刘浪不打算再赚钱了。他听任物价的飞涨，用囤积的面粉换
来一麻袋一麻袋的金圆券放在大厅里示众。垂垂老矣的董云
说，你打什么主意呢？要败家还是要积德？

　　刘浪不吱声。他感到云骧阁已经压得他喘不过气来了。他既无法飞翔，也无法入地，只能吊在半空。他仿佛看见云骧阁的墙石正在被人一块一块地卸走，就像渐渐脱去他的衣服一样，最后得以轻松。

　　你的算盘打错了。董云说。

　　董云的话应验了。蛇帮的人不吃刘爷这一套，他们是云骧阁墙体上、椽柱上的蛀虫，一离开这只蹲伏着的巨兽，会立刻饿死。所以，他们依旧打着这面发黑霉烂的旗，在樟坂城招摇撞骗，大捞一把。以阿金为首的一帮人用刘浪的名义在食品生意倒手中就赚了个饱，但这些进项被技高一筹的董云统统纳入云骧阁的户头。有一天刘浪去查账时吓了一跳，他不知道在他不理事的这一段时间居然有这些出色的进项。他嘲讽道：樟坂人要饿死了，过不了冬了。

　　董云说：你要开仓放粮吗？

　　我已经很累了。刘浪答道。

　　他的确是足够疲倦了。为了抵御门外潮水般声讨的声音，刘浪只与唐松过从甚密，他把这个人视为他唯一的朋友。唐松整天住在云骧阁，但很奇怪，他已经不大谈气功了，而是常常发魔怔。刘浪看出他的朋友脑子坏了，不过自己也好不了多少。唐松经常在云骧阁突然间引吭高歌，唱一些老掉牙的曲儿，但总是不能终曲，就尴尬地说，我把词儿忘了。让刘浪觉得更有趣的是：这个人总是对他讲一些极其无聊的小事，比如在剑桥遇见一个番女的事，讲了一遍又一遍，他完全忘记了这个故事他已经不厌其烦地讲过无数次了，讲完后总是问刘浪：你猜最后怎么着？刘浪极其无聊地代他回答：没成。

对。唐松很高兴，因为我是一个有洁癖的人。

有时候这个老掉牙的故事可以支撑他们整整一天的时光。刘浪渐渐地入了迷惑，也开始讲一些无聊的往事，他重复着安贞堡闹鬼的故事，说那个鬼实际上就是刘成业，在安贞堡的水牢里整夜地游荡，发出马嘶一样的叫声。他神秘地告诉唐松：你猜那里面有几个鬼？唐松很有兴趣，三个。

不对。刘浪说，除了刘成业、刘荡和小缀，还要加上我儿子。

以上对话可视为刘浪精神病（妄想症）的早期征兆，但他的病不像唐松那样持续，有时刘浪显得极其清醒。

这两个人在云骧阁鬼混的情形被人看在眼里，有人看见他们一关进房里整整半天不出来，间或有一些笑声从窗纸上透露。厨娘对丫鬟说，他们笑起来怎么跟女人一样？

刘浪和唐松在房里的大多数时间实际上是沉默的，他们相对而坐，酷暑中却感到寒冷。他们完全变得无事可干，一无兴趣回忆，二无兴趣探讨医理，他们已经不是医生了。他们对赚钱都不感兴趣，也无心下棋，更没有心情练气功。那些老掉牙的故事终于倒空，喉咙又唱不出歌，周围没有一件事值得他们议论，没有一个人值得他们品评，外面发生的一切事与他们无关，更不想迈腿出去走走，因为他们没有力气。他们说话像打水漂，走路像斗空气，一切了了。略有起色的是焦虑的心情，像漫无目的的旷野，走在那里不知道要的是什么，一切实在被抽掉了，只剩下最后一样东西：心情。

进入初秋的一天，云骧阁传出了一件事情。这件难以启齿的事情是厨娘通过破裂的窗纸上的窟窿看见的，在她的嘴里被处理得简明扼要、让人难以置信：

我看见刘爷脱了客人的裤子，趴在他的屁股上。

绝　望

你觉得如何？

很好。唐松答道。

刘浪和唐松在专门为烟霞癖准备的大榻上相对而卧，一人面前摆好了七把烟枪，这些烟枪都是上了年纪的老枪，闪动着黑油油的光。刘浪和唐松各有一个丫鬟侍在一旁，麻利地点好七个大烟泡，等待着主人下嘴。刘浪吸完一回，通体透达，嘴上只是嘀嘀地叫着，这是一种十分奇怪的叫声，里面充满了幽怨的兴奋。

我下不了床了。他对唐松说。

我也是。唐松说，他已经瘦得完全脱了形，用干枯如虬枝的手在丫鬟衣服里无聊地探一番，发出空洞的叹息。他被一只大吸盘紧紧地吸附在大榻上，不能动弹了。到了今天，唐松已经很少进餐，佣人送上来的饭菜他只能勉强尝上几口，多吃一口就要呕吐。实际上，这个人已经完全虚弱了，被抽空了内脏，唯有一团从烟枪里腾出来的气充塞其间，在那里作一种回荡。

我是不是快死了，他说，我总是感到饿，但又吃不下东西。

刘浪说，你不会死，我也不会死，别想活着的事，你就会舒服一些，沽着就可以了。

鸦片烟滋养着这一对烟霞癖。刘浪贩了一辈子的烟土，由于医生的本能他从不沾它，可是到了晚年，终于爬上了烟榻。情形立即起了变化，这一对初尝大烟的医生双双成了烟霞癖。刘浪第一次尝试时，内心立即被一种感觉攫住：有一种黑色的像烟雾一样的东西从长长的烟枪的另一端飘来，这是一种从遥远的陌生地方飘来的带钩子的东西。当他笨拙的嘴堵严了烟管时，毒钩就通过口腔往喉咙里爬，进入身体，然后分散到各个部分，像搬家一样把里面的东西一件一件地搬出来，代替掉，以至于最后彻底腾清。这股黑色的烟雾类似于小时候从他胸口飘出来的那种东西，有点像手，但又不是手，有点像脚，但又不是脚，有点像头，但又没有五官，有点像火苗，却是黑的。刘浪觉得他的内脏被它统统拉走，由盲肠开始，像打开结头的线一样，从嘴里拖出去，到一个地步，整个腹腔和胸腔空空荡荡。他被这冗长的肠子牵着在从霍童通往樟坂的驿道上狂奔，几乎要飞起来，这些如同落叶一样的东西暂时托住了他的身体。刘浪奇异地觉得整个身体被吊在半空，通体透达，这尴尬的感觉有时十分舒服，因为他的脑袋似乎也被两只人手端着一阵猛烈的摇动，直到把里面的脑浆摇匀，他实在用不着再想什么。我像一片下坠的梧桐叶，他说。身体顺风飘飞。吸完一锅，他就会跌回到地上。刘浪因为丫鬟来不及点烟泡而大发雷霆，他完全变了一个人，把丫鬟全身剥光，脖子上吊着烟灯，在丫鬟的哭泣中跳脚，有时也同声哭泣。他对唐松说：真是好东西，这里面啥都有，想女人吸上一泡，就有了女人，你想啥它就是啥。

　　一回我开阑尾，上了一剂吗啡。唐松说，我就觉得怎样才能在刀下无声，但手术很快就完了，我宁愿病了好。他突然紧张起来：我怕是要死了吧？我已经听见他的脚步声，就在门口。

　　刘浪惊叫起来。

　　他们的对话似是而非，完全搅成一团。刘浪惊恐地看到，自己头上已经开始掉头发，先是一撮，后来是一把，接着一块一块地脱落。刘浪徒劳地抓着落发，站在大镜前，看到了一个他从来不认识的人：干瘪、坚硬、起皱，像一个核桃，眼神空洞，莫衷一是。他赤着上身，肋部凹陷进去，随着微弱的呼吸起伏，耷拉着肩胛，如同龟首一样的头已经寸毛不长，闪动着土色的灰黑的光。

　　你像一只镇床的龟了。唐松嬉笑道。

　　刘浪注视着蜕变的镜中人，那个人仿佛要离开他，这使姓刘的恐慌：我没那个寿数了。

　　深水布防戒严的日子，大烟进不了樟坂，遭了殃的刘浪和唐松在云骧阁露出了从未有过的丑态。刘浪从榻上爬上来，气息奄奄地咒骂着他能记起的人，不过这些人大都已经死了。刘浪拖着烟枪，把烟灯一个一个敲碎，但他没有足够的力气，所以要弄坏它们是很困难的。唐松比较安静，躺在床上像死了一样。刘浪用烟枪捅捅他禾柴一样的身体，说：你死了吗？唐松说：没有，我睡着了。睡着了还吱声？刘浪有气无力地骂着，用烟枪支着身体坐在门坎上，他的身体十分轻浮，穿堂风吹得他一阵哆嗦，仿佛枯枝败叶。最讨厌的是从鼻孔冒出来的十分冗长和肮脏的鼻涕，弄得他满身都是。这个昔日威风凛凛的英雄不准丫鬟靠近他，拒绝她们的擦拭：你们没有一个是好人，我瞟上一眼就知道，把我的烟藏哪儿啦？

云骧阁上下战战兢兢，一片惊惶，他们知道这时候刘爷什么事都做得出来，但束手无策。他们特别看不得刘浪一反常态地哀求时的可怜样儿：给我一点烟泡，只要一个，哪怕烟浆也成。这不成体统的哀求启发了阿金，他到春生堂取了入药的烟壳。不料这激起了刘浪飓风般的愤怒，这中看不中用的东西使刘浪更难忍受，他把烟壳填进阿金的口腔，并竭力往喉咙里挤，直到阿金双目暴突，四肢乱蹬。刘浪又松懈下来，夺眶而出的眼泪和冗长的鼻涕把他的全身弄得一塌糊涂。我要死了，他说。我没法子活下去，给我一枪！他叫阿金对他搂火，阿金脸色都变了。给我一枪！刘浪抓住他，我叫你搂火就搂火，云骧阁都是你的。阿金还是不敢动弹，刘浪下了他的枪，指着他：你不搂火，你就死。

就在阿金枪响之际，刘浪被本能催发，从地上高高跃起，有如一只羚羊。气氛全变了，人们看见舵爷冷漠地躲过了飞来的铁弹，竟然站了起来，走到阿金面前：你对我开枪？

阿金立即就垮了，抱住刘浪的腿，痛哭起来。

十几年前没弄死我，现在补上一枪是不是？

这时，董云突然出现在正厅，风烛残年的老管家很硬朗地站在那里，吸引了众人的目光。他像一根坚硬的老竹，不经意是不容易发现他的。老人端着水烟筒慢吞吞地走到刘浪面前：你就那么想吸大烟？

刘浪又坐在地上了，拖着冗长的涕泪和眼泪，我母亲死的时候我都没流那么多眼泪，我想一把鼻涕可把我想死了。

董云谛听着这个人的胡言乱语，说，我给你烟，你把地契和房契给我。

七个烟泡换回刘浪的一条命，只不过这条命现在已经不值钱了，但刘浪无所谓，因为烟泡绝对比命来得重要。在他看来，命是一种已经腐朽无用的东西，上面布满了毒疮，发作着暗病，迟早都要完蛋。但烟泡不同，里面有转动的火轮、飘渺的云团和一些奇怪的瘦马，高可顶天立地，蹄子下流动着有颜色的水，那腔调奇异的呼吸充满了小小的烟泡，通过烟管进入他的体内，改变他的心，这是这个世上看不到的东西。他要它。

　　烟泡也救活了唐松。他苏醒过来后说，我做了一个梦，我飞在半空，肚子流着血，我的头探到了天，不过如此，上面还有天，不过我很轻，可以飘走，我是天梯，你可以顺着我爬上来，看见长长的烟枪一头顶着天，一头支在地上，我做梦都想爬上去。

　　你在说什么？刘浪奇怪地注视着他，有些清醒了。他看出唐松已经不行了，孤单的身影已经接近了一个边缘。

　　刘浪吃惊地摸着自己的身体，感到异常寒冷。他被寒冷吓住了，扔掉烟枪，走出了屋。站在空旷的大堂上，望着云骧阁上四四方方的天，两颗浑浊不堪的眼泪吊在他的睫毛上。

　　后堂传来一阵骚乱，刘浪不知出了什么事。当他赶到时，如玉从白绸的环结上被人解了下来。她伸着直挺挺的身体，双目紧闭，僵硬得像一根木棍。刘浪上前探了探她的鼻息，竟一丝也没有。

　　你死了吗？刘浪问道。

　　如玉睁开眼：你为什么不上吊？

　　马大梦游的毛病持续了一整个秋天，在肃杀的风中，败叶覆盖了顺义街。采玉楼的上空，总是停留着一片乌云，马大高踞在屋顶，凝望着这朵不动的云：要变天了，这不是个好兆头。

　　马大是再也不唱歌了，他的喉咙像被锈住了一样，气滞在一处。一个巡夜的家丁发现他总是在半夜的时候爬上屋顶，像一只猫头鹰。他不知道马大半夜上去干什么，有一次误把他当夜行的贼，放了一梭子，马大从屋顶滚到水槽上，号叫起来，人们才发现这贼是老板。老板的这种变化有一个前奏：马大有一天站在屋顶望天纳凉（他说他要纳凉，浑身热得紧）时，对那朵云说，要变天了，守财奴也该歇歇了，守着那些东西干吗呢？说不准哪天我就死了。马大从地窖里弄出一些东西开始分发给喽啰，不过都是不值钱的小玩意儿，比如一对真假难辨的玉坠、几身衣服和一匹几乎霉烂的缎子。年迈的马大现在似乎荒废了一切技艺，只留下对财产价值惊人的鉴别力。除此之外，马大的所有时间仿佛沉睡在梦中，他可以在白天睡觉，从早上睡到晚上，只在夜半的时刻起床，做出一些让人匪夷所思的行为。马大一般在二更天起床，沿着采玉楼走一圈，走得很慢。巡夜的家丁认出他来，以为他又去地窖了，但他并不下地窖，而是登上屋顶。月光照临采玉楼飞檐的时候，整个瓦顶仿佛覆盖着一层薄霜，暗黑的天上挂着峻峭的月亮。马大高踞屋顶的形状像一只猴，也像一条疲狼，他竭力伸长脖子望着月亮，不知道他到底要在月亮上看着什么。这时候的马大更像一只吠月的狗，整个情形是莫名其妙的。忧心忡忡的家丁悄悄地跟上屋顶，听到那里传来一声叹息：月亮漏水了。

第二天，郎中给马大把过脉后，说，梦游是一种虚症，气滞不调，心虚伤神，要多吃枣仁。马大说，这不算一种病，我小时候半夜常常起来顺着床栏走，不会掉下来，母亲就把我的尿，她已经习惯了，这不算病，人一老，我又发作了，是我老了。

还是小心点好。郎中处了一帖方子，都是一些古怪的药名。你说梦话么？

老习惯了，常常误我的事，险些使我送命。马大说，小时候我睡着了，娘可以跟我对上半宿话。

说些什么呢？

马大就忧愁：她说什么我说什么。

年迈的马大被梦缠住了，他在梦中漏夜修塔，这个干瘦的老人每天夜里都一个人悄悄地做这件事，他用黏土块往上垒塔，要垒到天上，直到精疲力竭。马大汗流满面，站在高塔的顶上，以为看见了天，风使他发抖。在这里他看见了霍童、樟坂和杜村合成的一个马蹄形的地理，中间是一片旷地。上面长满了衰草。当他想开口唱上一曲时，上面伸下来一条杖，土塔顷刻间瓦解。马大坐在倾圮的废墟上，端着一双无所适从的手。

这个梦折磨得马大神思恍惚，他的话越来越少，最后几乎缄口不语了，平时只说一些单音，比如唔，嗯，啊，哦。马大说：真糟糕，我不想说话了，让人烦透了，我啥也不想说。

与此同时，他的对头刘浪也变得沉默寡言，这两个人不过是樟坂平常的一对，并没有因为他们的身份而与众不同。刘浪好久没有打探马大的消息了，这导致了一个奇怪的变化：他对马大的仇恨似乎消失了。他不再有激情来算计这个老人，也无心想出一些诡计来把他送进坟墓。到了这一年秋天，刘浪突然发现，他的对手消失了，举目四望，再也找不到一块可以用力的地方，唯一可以用力的是自己的身体，连发暗病的躯体发出一种必须对付的难闻的气味。这是真正让刘浪感到触目惊心的。在烟泡制造的烟雾中，烟榻上的刘浪会想清楚一个问题：本来与马大这个人素不相识，何来仇恨呢？这个念头使他焦心，因为这将证明他一生白费了，只做了一件莫名其妙的事情。

这件事说明刘浪的神志在某些时候还算清醒，而唐松却已经完全坏了。气功练岔了路使他走火入魔，唐松这一堆烂肉往哪儿搁都一样，他的自尊已荡然无存，脑子坏到一个地步，把白天看成黑夜。那一天他突然觉得吸大烟不起作用了，长期从事毒气研究已渐渐弄坏了他的身体，他对大烟感到麻木了。唐松恼怒地把一个一个烟泡扔出去，说这些都是奸商的冒牌货，刘浪马上就看出了蹊跷。

唐松的最后时刻到了。他被抬到了云骧阁的大厅中央。郎中来了一拨又一拨，一看见这个完全走形的病人都摇头，这个人的眼睛里已经现了散光，瞳孔在放大。郎中用银针扎他的穴位，但他没有反应，郎中就黑了脸。这时，唐松突然开口说了一句话：我不会死。

董云的到来支走了那些自诩医道高明的酒囊饭袋。在他的眼里，唐松已经失去了一切抵抗力，他蜷缩在竹椅上，如同一只寒号鸟。董云说，他寿限到了，要走就快走，免得折磨自己。唐松睁开眼睛，说，我不想死。董云说，你到现在还怕什么？唐松全身在发抖：我不要死，我这辈子连一只蚂蚁也没踩死过，为什么要罚我，我是好人，我犯了什么罪？为什么要我死？我起过坏念头，但我没有害过人，为什么不在我出生时就让我死？唐松诅咒着自己的生日，他的诅咒使在场的人不寒而栗，刘浪简直无法听下去，他不明白一个垂死的人竟然还能说出这么可怕和恶毒的话来，原先那个衣冠楚楚的似乎充满信心的教授已荡然无存，现在原形毕露了。

董云上前，点了他的穴。

不行！唐松叫喊起来，撕扯着自己的衣服，捶打自己的胸脯，眼里放出奇怪的光来，不行，我过不去，我不想死，我干吗要死?! 为什么非得我先死？我还想做事，我还有很多事要做，我没有活够。

你还想做什么事呢？董云说，你做过什么事呢？寿限到了，人没法子跨过这坎。

唐松全身痉挛起来，他烦躁得无法自持，眼睛里的光随着渐大的瞳孔在熄灭，他仿佛看见了一道巨大的包铁大门横亘在他的面前，而他只是一只蝼蚁。董云说：安静点，这样你会好受一些，你要死了，你生不逢时。

我想再活一回。唐松开始大口大口地喘气，我一定好好再活一回，天哪，告诉我，有没有神灵能救我？

董云毫不犹豫地说：没有。别指望太多，你死了，你温顺一点就不会这么难受了。

不料唐松突然坐了起来，眼睛顷刻间变得深邃，这回光返照的短暂时光里，眸子里仍然隐藏着巨大的恐惧。一摊血从他的嘴里溅出来，伴随一声叹息，这个人一动不动了。

刘浪尖锐地惊叫起来。

董云烦躁地说，今天我泄露了天机，会减寿的。

唐松的尸体被抬下去的时候，脸上横着的肉丝一直没有顺过来，看着十分怕人。穿尸衣的时候，杵工发现他身上发青，耳根处有两块地方发黑，好像是被雷电劈过一样。

刘浪裹着寒风出了云骧阁，天已经暗下来了，太阳早已隐没。樟坂城上空笼罩着灰黑的云块，但似乎没有下雨的迹象。

唐松死亡的时光，樟坂城出现了几百年来从未有过的情形，这个城市已经褪去了早年发达时的繁荣，经济衰退，但个人却非常富足。在这个经济空壳里，中间环节上爬满了蛀虫，倒卖美货的人发了大财，经营缫丝生意的人只在哄抬价格，乡下的工厂却纷纷倒闭，等待着坐吃山空的一天和这艘破烂的大船沉没。在樟坂，经营什么生意的人都有，拉皮条的在街头巷尾与术士为伍，有些贩子竟然在树荫下卖一种造旧的瓷器，以次充好，奉为古董。樟坂人对国民政府失去了信心，甘愿接受军阀统治，每天从街上很响地走过的宪兵队，他们身上这种能冒出火舌的钢铁物件似乎使樟坂人几近消失的信心得到保障，暂时安慰着那些惊恐不安的心灵。他们几乎不太关心个人自由了，任凭那些作恶多端的帮会完全介入了樟坂的生活。刘浪独自一人走在司前街上的时候，没有人认出他来。他看见一个捐客在巷口交易，刘浪瞄上一眼就知道这支正在脱手的枪是美国货。

到处是骗子。他裹紧大衣嘟囔了一句，没有一个人在我身边，现在只有我一个人了。

刘浪在一个卖鱼丸的摊子上坐下来。摊主说：来一碗怎么样？祛祛寒。刘浪点点头：都什么时候了，你还在这里卖鱼丸？摊主说，我总得活口。刘浪说，活着还不容易？

不容易。摊主把鱼丸汤递过来。

刘浪刚想喝汤，烟瘾突然发作。他饮泣起来，全身发抖，倒在地上时，眼泪和鼻涕已挂了一脸。摊主不相信这个穿着呢料大衣、头戴礼帽的男人会是一个烟霞癖，他扶住刘浪说，先生，你遇上什么伤心事了？

是的。他说。

妖

这一年秋天发生了很多事，其中最令人吃惊的是马大和刘浪握手言和，《民报》上刊载了两帮要合并的消息。不过，这件事本身并没有真正牵动樟坂人的心，他们还有更要紧的事需要去关心，况且报纸上对于战事的连篇谎言促使他们无法去信任这些不可靠的消息了，他们变得毫无主见，等待着真正的刺激的来临。

　　马大在某个黄昏独自走进了云骧阁，他空着双手，脸色
疲惫。采玉楼莫名其妙地在一次交易中转手，成了董云的地
盘，报纸掩盖了这个细节。董云的人打开地窖时，发现里面
爬满了老鼠，那些残破不堪的字画和变成碎片的古董让董云
失色。暴殄天物……他说。马大很吃惊地看着地窖，但脸上
没有真正被激动过的痕迹。当天夜里，马大的母亲死在病榻
上，奇怪的是他一颗泪都没有掉。掩埋母亲后，马大走出了
采玉楼，临走前他甚至没有爬上屋顶去望上最后一眼，就出
了采玉楼的大门。马大很诧异自己离开这住了一辈子的老楼
时没有一点留恋，连回头再看一眼的欲望也没有。马大经过
大门，走上顺义街时，有一种从阴暗潮湿的地窖中渐渐走上
来的感觉，他的身后飘荡着熟悉的陈年霉变腐烂的臭气，而
自己逐渐暴露在阳光中的时候，眼睛被强光刺激得流下了
泪水。

　　刘浪似乎在云骧阁里等待着这个人的到来。他蜷缩在那
张镂花大床上，寒冷进入肌骨。这个男人现在百病齐发，到
了咯血的地步。他的头倒挂在床头，地上摆着一个痰盂。发
作的时候，他会突然睁大眼睛，对着痰盂一通猛吐，咯出半
盆的血。阿金看着这个可怜的男人：您很难受么？刘浪闭着

眼睛说，不，我不难受，只是我里面很空，我的血都吐干净
了，身上没有血了，我很饿。阿金问你想吃什么？刘浪说不
知道，但我很饿，我现在连吸烟的力气也没有了。阿金脸色
阴沉地走出屋时，听见佣人在议论：他做恶太多了，现在遭
报应了。阿金烦躁地对她们说，滚！他至少没要过我的命，
谁敢说自己是好人，你们迟早也会有这一天！

　　董云在自己的屋里，仿佛在等待着某个时刻的到来。这
个老迈的人现在显得特别年轻，光洁的皮肤就像蛇蜕壳以后
新长的一样。但这个时刻不长，三天前他突然感到全身发痒，
随后烧灼无比，皮肤上仿佛长出了细细的鳞片。他用瓦片刮
掉了它，第二天又悄悄地长出一层，覆盖在这具衰老的身体
上。随后，他的身上开始腐烂，发出难闻的奇特恶臭。我要
减寿了，他说。在董云孜孜不倦地占卦斗法时，他身上的溃
烂已经向全身蔓延，肉一块一块地掉下来，但没人觉察这一
变化，董云穿上簇新的长袍马褂掩盖了他的身体。当从他身
体上发出的腐臭顺风在云骧阁飘荡时，人们掩住鼻息，以为
是哪一只老鼠在墙洞里死了。

　　董云走进刘浪房间的时候，刘浪没有闻出味来，他的嗅
觉完全迟钝了。他对董云说，你还要我做什么？我已经快死
了。董云忧心忡忡地看着这个男人，说，你病得不轻，一时

怕是很难找到治断根的药。刘浪说：你走吧，我想一个人呆着。董云在床边坐了下来，仔细地看着痰盂中的血，连血都是黑的。你这个样子让人不放心，你是前世欠下人的债，到了该还清的时候了。刘浪说，我怎么还？我什么也没有了。

有人要索你的命。董云说，你家里的每一个人都克你的命，幸亏你气旺，他们都进了坟墓，现在又有人要来索命了，就看你能不能挺住，挺不住，你这命就要上阴阳桥了。

刘浪苦笑道：你不是会占卦吗？给我占上一卦。

我泄了天机。董云说，看你自己的了。

你要我杀谁呢？你让我临死还要去害人？

不是害人，是救人。董云说，人不为己，天诛地灭，你的寿限到了。

董云走后，刘浪陷入了彻底的黑暗。他看到的天都是黑的，所以不知道光在哪里。他的眼前突然掠过唐松临死前的长长的叹息：这声叹息围绕了整座云骧阁，让他全身发抖。刘浪吃力地爬下床，居然站住了，他想了想自己的亲人，只有刘成业和如玉。刘成业十分遥远，遥远得他几乎把他淡忘了，只有如玉关在那幽黑的屋中，眸子里闪着破碎的光。

刘浪没有想好用什么法子弄死她，他一时想不出来。但他知道她的死期就在今天，这好像是个定数，他只有朝它走过去。刘浪让脚带着他走，虚弱的躯体在短暂的从前厅到后院的路上东倒西歪，漫长得如同霍童到樟坂的路。当刘浪费尽气力走到那屋跟前，推开门时，喉咙里窜出一声刺耳而浑浊的嚎叫。

如玉已经悬在梁上，僵直得像一根棒槌一样。她大概已经死去多时了，双颊塌陷进去，看上去像个骷髅。老鼠从她的衣服里窜出来，在尸斑上乱爬。

刘浪跟跟跄跄地奔回前厅时，漫天的乌鸦已经笼罩在云骧阁的上空，遮天蔽日。刘浪在刺耳的鸦聒中发抖，他听见无数的人在云骧阁走动，乱成一团。如玉被解下来的时候，乌鸦已经成群结队地绕着梁乱飞，燕子惶恐的尖叫磨砺着刘浪的耳膜。她是冤死的，人们说，乌鸦都为她喊屈。

如玉的尸首在天落黑的时候被装殓进一口白茬棺材，悄悄地送上了山。刘浪觉得身体突然硬朗起来，脑子也异常清醒，但他不知道该干什么。他穿好一身府绸马褂，擎着一把伞走出了云骧阁，迎面看见两个人朝他走过来。在马大的身后，跟着一个举着卦幡的人。

你就是刘老板？术士说，我给你带来一个人。

我早就认识他。刘浪注视着马大。如玉死了。

马大听到噩耗时并没有吃惊，只说，我得去看看她。她是我的女人。

刘浪看着术士：你能为我们做什么呢？

我能做什么？术士说，你们看看街上。

刘浪和马大不明白他的意思，但他们顺着术士的目光转向司前街时，马上变得面无人色，

这条街上的光景全变了，到处走动着缺胳膊少腿、脸上挂着血迹的人。

刘浪和马大称术士叫"师傅"。

师徒三人住进了当年刘浪为唐松购置的红楼，这座破楼里堆放着蒙着尘土的家具，蜘蛛网把它们连在一起，老鼠已经在床上做窝，墙上粘着发呆的壁虎。人去楼空之后，一切都按原样摆着，地板上有粗大的脚印，刘浪可以依稀辨认自己癫狂的足迹。樟坂的凝滞空气已经侵入红楼，钢铁一样浇铸在这里。驻足在这座停尸房一样的地方，可以谛听到深水的流声。刘浪皱着眉头，他嗅到了这座楼里流动着的腐臭气味，到处充满了不祥的预兆。这不是人住的地方，他说，我觉得唐松还在这里，我听到他在喘气。

师傅却说：蛮好。

斗法就是从这幢红楼开始的。在红楼的外面，频繁的消

息不断地传来：他们不用出屋，就知道樟坂出了什么事。当日《民报》上刊载了龙帮和蛇帮正式合并的消息，董云摇身一变成了头。这个老迈的管家说，他已经铲除了樟坂的黑帮势力，要改弦更张，施善天下，拯救樟坂人于水火之中。农历七月十五，董云开仓放粮，赈济饥民，酿成了一次抢米风潮，计四十人被踩死、踩伤，但《民报》上没有刊出惨案的照片。七月十六日，董云的人编入国民保安团，负责对付樟坂随时可能发生的动乱。《民报》记者及时拍下了董云和防务长官徐大头在草坪上碰杯的照片，但他在冲洗这张照片时吓得魂不附体，董云身后的刺树上竟莫名其妙地吊着一个血迹斑斑的人。

这照片终于没上报纸的头版，而是被及时地送到了董云手里。董云注视着照片上吊着的人，脸色越来越难看了。这个人董云一眼就可以认出来，当年这个男人曾在樟坂呼风唤雨，不到五十岁就悄悄地回了霍童。董云不知道他在这个时候出现在樟坂是为什么。他含蓄地对记者说：这个人爬到树上干什么呢？

他死了。记者不知所措地喃喃道。

刘成业的噩耗尚未到达红楼，师傅已经知道了这个消息，他看见刘浪听到噩耗后有一种茫然的神情。他的鬼魂来了，他回到樟坂来了。刘浪说，他要回来讨谁的命呢？

师傅说，鬼是没有亲人的，到处都是它的仇敌，谁都欠了他的债。

刘浪仿佛在梦中又回到了霍童，他乘着游荡的蜃气，深一脚、浅一脚走在回家的路上，但这个家已经荒芜，圆圆的古堡长出了高高的茅草，在风中摇动。墙体上浓重的盐硝发出硫磺的气息，随时有被点燃的可能。这座结构奇特而庞大无比的家园里，分布着无数个房间，旋转的回廊连结了它们，每个房间的门枢里蹿出了疯长的狗尾草。覆盖着厚重尘土的木梯和楼板上，只有巨大的牛蹄印、鸡脚印和像梅花花瓣一样的脚印，但找不到人的脚印。家的上面有被圆圆的屋檐隔出的天，流动着乌云。在房子的中央找不到东西，那对石马已全然不见，所以那里只是一块旷地，但让人无法下脚。安贞堡是无人居住了，但各处的香烟仍在冒气，空气中布满了刺鼻的硫磺气息。大堂中央有菩萨，菩萨是用深水边的一种黏土做成的，里面挤满了稻草，而且菩萨上有无数的手。在大堂的另一侧，有弥勒佛，还有许多拿着古怪兵器的泥像，样子十分凶猛。他们披着一些布片，但显然衣不蔽体。刘浪记得小时候曾对母亲说，这些公公在洗澡。现在他们已经很黑了，积垢掩盖了他们的面目。在这座古堡中还可以找到送子观音、财神和灶神，祭祀的猪头和果品已经在神龛上发霉，吸引了无数的苍蝇，裂开的饭团里蠕动着白蛆。刘浪好像贴着安贞堡的回廊在飞，绣花房传出陈氏嘤嘤的哭声，水牢里透着刘成业的嚎叫，而刘荡早已在回廊上一脚踩空，跌在那对石马上，鲜血飞溅出来。

师傅对战栗不已的刘浪说，你中邪了，现在你面无人色。

接下来樟坂出现了一连串怪事，但只有少数人洞悉它的真相。被公开的只是在传说中为人所知。据说一个妇女无意中踩着了地上的符，竟在霍童到樟坂的路上掀开衣服让人随意奸淫，使得一些二道贩子大占便宜。更奇怪的是，女人得了符灰调和的水，喝了下去居然就治愈了夫妻不和。真正掌握奥秘的人已经把樟坂弄得一团糟，所以什么怪事都有，天天都有振奋人心的神迹异事。有人得了法术赤脚走过火炭堆，有人得了宝书挖到了唐朝留下来的金器，还有人声称他已经受了恩赐，可以用话语为人辟邪治病，但要价高得惊人。一个出名的惯偷甚至有一项秘术可以传授：只要念一句咒语，就可以想要什么就有什么，被偷的人还可以破财保平安。

刘浪和马大的师傅在这天午后突然有了主张，仿佛有一件事已经临到他身上。他捉着一管毛笔，憋着一口气连续画好一个符，一笔成就。这张符上有一行字，四角画了四个小人。师傅咬破手指，在被诅咒的人名和四个小人上点了血，然后吩咐刘浪和马大把它烧了。

八月初七，董云并没有什么不祥的预感，他只是感到身上十分疼痛。董云的肉已经破烂不堪，脓通过衣服渗透出来，他又在外面加了一件袍子，所以没人看得出来。他大多数时间靠用指甲按住右手窝的穴位来止痛。每天董云需要换一件里衣，然后吩咐人拿到后院点火烧了，一股奇怪的气味飘荡在下午的空气中。八月初七傍晚，董云感到心痛，并开始诅咒。

他的诅咒是从腹部发出来的，现在樟坂会腹语的人已经不多。董云诅咒完毕之后，画了一张符，用它包了一块鹅卵石，点火烧了。刘浪和马大的师傅正在红楼洗刷，准备宽衣上床，一块石头从背后击来，正中他的脊梁，当时他就扑倒在天井的苔藓上。

但很快他就起来了。马大惊恐地看着这一切，嘴巴张着。师傅并不吱声，拿着这块石头回房，放在火中烧了。石头松动的时候，他说，是正南方向来的。

他又画了一符，依旧裹了石头，放火里烧了。董云正在云骧阁换里衣，那颗石头正中他的后脑勺，董云登时天旋地转，眼冒金星。家人在厅里到处吆喝，乱成一团，以为来了

刺客。但董云并没有仆倒，他扶住柱子喝住了那些人：我的
罪不至于死。

　　董云带着伤参加樟坂的一次法术表演，居然有一个好听
的名目，为前方将士募捐。但大多数人是为了看新鲜才赶到
南校场的。那里有十盏大汽灯，把整座南校场照得亮亮堂堂。
他先在台子上讲了一通爱国的话，然后就中华易理和气功作
了宣传。听众对这个老迈的陌生人居然能连续讲演两个钟头
而惊诧不已。他的中气很足，话一句接着一句地滚出来，如
果只听他的声音，会以为他是个壮年人。董云的话结束时，
一个铁匠的妻子居然像风中的树叶一样发抖起来，脸上泛着
红潮。若不是铁匠及时扶住了她，她就要软瘫下去。铁匠问
老婆：到底怎么回事？女人不吱声，脸上挂着抑制不住的羞
涩的红潮。

　　董云的法术令人们目瞪口呆。这个七十岁的老人竟然在
钢丝上如履平地。董云说，我不是走在钢丝上，我是走在田
埂上，所以我走得很稳。

　　这时大约已经是子时。刘浪和马大听了师傅的吩咐，摸
黑来到樟坂出杜村的路口，找到了一片田。他们谛听着流水
的声音，不消多时，他们就挖空了那条田埂。

　　董云从钢丝上摔下来的时候，在场的人都没有准备。他

们被这突发的一幕吓呆了，谁也没敢走上去，只是看着董云在血泊中蠕动。

董云被扶起来的时候，只说了一句话：我不是摔死的，寿限到了，我还有一条命。

《民报》次日以心脏病突发为由刊载了他的死讯。

施洗的河

农历八月十五，刘浪出樟坂。他好像听见一个声音对他说：快出樟坂，进小船，到杜村去。

樟坂已经大乱，它的街道上布满了奇怪的氛围，凄厉和惊恐的风暴已经在行人的眼睛里暴露无遗，到处是令人不安的风声，樟坂仿佛变成了一个仅仅由传说支撑起来的城市。其中有一个传说是针对暴发户的：鬼在樟坂使了妖术，使一部分人突然间发迹起来，他们是受了鬼的计算，凡是暴发户，身上都有记号——数字666。这就是恶鬼附身的标志。樟坂是一个相信鬼魅的地方，它的历史充满着妖氛和异事，所以人们对这种传说已经习以为常。但当樟坂进入末世时，传说就变得真实起来——整座樟扳城已经在老辈子人眼里变得异样，因为它出现了当年霍童古城覆亡前的衰微特征：由于富足，人们变得好炫耀和奢侈，一个倒卖古董的暴发户竟大发神经，在司前街当众焚烧古画，不知道为什么他要这样做。顺义街的布商嫁女，筵席摆到司前街，满街酒肉臭，甚至出现了伤兵和乞丐同桌吃喝的奇观。这些人想着法子花钱，在百乐堂竞赛，往台上扔钱取悦戏子，后来就扔首饰，又扔金条，最后竟把房契扔到台上去了。人们说这些人疯了，好像不花钱自尊会顷刻消失，只好用钱来托住恐惧。在这些欢宴的外面是饿殍遍地。在樟坂，似乎有一股令人昏醉之风，妓院比什么时候都多，大家除了吃喝就是上妓院，到了一个地步，甚至怂恿妻子卖淫，实际上并不是因为缺钱，恰恰是因为富足才这样干。可以说，这是一个停止的城市，人人不事生产，只想依靠国家，一切都在混乱中苟延残喘。出人头地的樟坂人只是少数，但他们并没有才能，狂热被奉作才能。有一个穷得叮当响的教师由于发明了一种叫神秘链的游戏，声称只要向五个人寄出一块钱，一年之内就能成了富翁。这个教师马上就声名远扬，他的游戏居然获得了包括教授和军官在内的万人呼应。一部分人的确想从中发财，异想天开；另一部分人是受了威吓，因为那个教师说，你如果拒绝这个游戏，你就会遭殃，这毫无根据的灾祸把这些人吓坏了，以至于完全放弃了起码的理智，加入了这场荒唐的游戏。在樟坂的这个时期，一个人要出名并不难，想一个怪点子，心血来潮把自己倒挂在树上都有可能成了名人，人们不会认为他在发癫。刘浪走在街上，看见满街都是不知从哪里冒出来的把戏班子，或吞刀，或点穴，"砍断"自己的一条腿，或者弄一把刀可怕地"插"在胸脯上，弄得鲜血淋漓，行着各种异能。在这座城市的各处，都在大兴土木，而且令人惊异的是，它们是清一色的酒楼，樟坂到处是酒楼，这已经和霍童当年覆亡前的景象一模一样了。

　　师傅在一个雨夜突然消失，红楼里只剩下了刘浪和马大两个人。刘浪听着风雨敲打窗骨的声音，感到呼吸困难。他有一种十分不安的感觉：好像已经走到一个边缘，只要稍稍一松手，自己就会发癫和疯狂，就会做出意想不到的事。刘浪不愿意自己成为一个疯子，在司前街接受行人的辱骂和嘲笑却浑然不觉。这个预感已经让他害怕得要命，但他似乎控制不住，正如弓在弦上一样，又如一层薄纸，随便都有一不小心捅破的危险。这天黄昏，他突然在自己手枪的柚木枪柄上看见了一个 666 的数字，这个发现令他魂不附体，他对马大说：没意思了，没意思了。

　　你想干什么？马大问他。

　　刘浪深深地吸了一口空气，他这一口气吸得真多，好像

要在被窒息之前，赢它最后一口。刘浪走到卧室，把子弹一
粒一粒地填进枪膛，这种刺耳的金属碰撞的声音磨砺着他的
耳膜。刘浪装好子弹，想对着脑袋扣扳机，又担心太难看。
在心位画了圈，又怀疑自己有二心，一心死了，留另一心不
是折磨自己么？刘浪烦躁地扔掉手枪，爬上红楼的楼顶。他
看着底下的街道，头就一阵发昏，路面仿佛已经向他冲来，
他似乎看见了自己印在那里裹着鲜血的一堆烂肉，让人恶心。
刘浪只好下楼，找了一把镇静药，但他并没有送进嘴里，医
生很清楚自己在药性发作时会有怎样的痛楚和丑态。

死是不容易的。

医生的眼泪已经悄悄地挂在脸上。死到临头他才知道，
人是多么不堪。在死面前束手无策，居然还想着死的痛快和
死后的姿态，人就是这样一种东西。刘浪觉得自己浑身的骨
头正在一根一根断掉，他听到了这种咔嚓咔嚓的声音，随着
骨骼的坍塌，肉萎谢下来。他垮了。

这时，他听到了一个声音。

刘浪用仅有的钱买下一条小船，月亮升起来的时候，他
解开了船的麻绳，开始顺流而下。他不知道他要到哪里去，
他对此行的前途毫无把握。刘浪在近二十年的思虑中，第一

次变得真正的毫无主见，他实在疲倦，实在不想决定什么，他希望有一种别的东西来决定他，决定他的方向和去处，所以刘浪让小船往下漂。十五的月亮升到中天，深水上覆满了银色的光，他突然感到这种奇异的宁静是从另一个世界来的，这个世上不会有这种宁静，到处是喧嚣和嚎叫。刘浪听着均匀的水声，似乎有一只手在摸着他的心，他感到舒服极了，好像当年躺在母亲陈氏的怀里，用不着思想，有一种绝对的安全感。但刘浪一旦懂事之后，它就消逝得无影无踪，仿佛在转瞬之间一切被改变了，一切都需要他自己来作决定，刘浪试图重新缩回母亲的育儿袋已经不可能了，因为他发现母亲同样无能，有着与他一样多的烦恼。刘浪站在一个尴尬的地位，进也不能，退也不能，最后只好硬着头皮走自己的路。但刘浪终于走到某个时刻无法举步了，因为他已经知道自己走在绝路上了。刘浪不知道为什么樟坂的那些人活得那么自在，为什么唯独让他有一个活不下去的感觉，这种感觉一旦被发现，就成了确凿的事实，如同一根绳子开始挤压他的喉咙。

天哪！他喊道：如果真有一个神灵，我要问你，为什么你要把我带到这样一个地步，我不是有万贯家财么？我不是活得好好的么？街头一个卖鱼丸的都无忧无虑，为什么你的惩罚要临到我身上？让我无能！你为什么要拆毁我？你为什么要让我黑暗？你把我送到这个地步，你到底要我做什么？

　　刘浪已经没有路了，他很想当一个医生，但他没当上医生。他很想跟那个叫天如的女孩结婚，但他没有过上那份平静的生活。刘浪在小船的飘荡中想：如果当初我是一个医生，携着漂亮的妻子，我会过上一种平静的没有痛苦的生活。但让他感到毛骨悚然的是，没有如果，这一辈子没有如果。现在，这个曾经在樟坂呼风唤雨的人蜷缩在破烂的小船上，感到自己在一块一块地破碎，留出了一片空旷的余地。这个人逗留在这块空地上，产生了一个恐惧：如果在小船上这短暂的安宁可以留住的话，他不会感到害怕。但可怕的是，连这个也是保不住的，他总不能把下半辈子托付给这条小船和深水，他总得回到一个地方去。霍童吗？杜村吗？樟坂吗？刘浪喊起来：我哪儿也不想去！但他没路。这个可怜的男人在河风中瑟瑟发抖，他留不住时光，一切都像一把手中的沙、掬不住的水。

　　小船漂流是顺水的，所以刘浪可以不花力气。经过水头的时候，他发现了一个景象：这里有一块荒原，夹在杜村、霍童和樟坂之间，上面长满了芜乱的蒿草，几乎有枯死的迹象。无人耕种的田地上，连觅食的田鼠都找不到。这个人迹罕至的地方？有几幢倾圮的木屋，据说是旧日失意官僚晚年退居的地方，他们在这里打坐面壁，但最终都以投河结束。这里风传闹鬼的事，残垣上已经找不到活物，连一只猫也没有。也没有路，到处是齐人高的茅草。

刘浪奇怪地注视着这块地方，它看上去像一个坟场，广阔而寂寥，上面埋葬着一些他认识的人，陈氏、刘成业、刘荡、儿子、小缎、如玉、唐松和董云。这一连串名字使他不知所措，这个时候他才惊异地发现：他身边的人都死光了。刘浪有一种十分奇怪的感觉：自己是一只鬼，来到他身边的人都要死去，他们被鬼附了身。刘浪抓着船舷，他们都死光了，留我一个干吗？为什么不在一出娘胎就让我死？为什么我的生日不变成黑夜？为什么我的苦没人知道？为什么我身边的人都要离开我死去？为什么我呼喊没人答应？为什么要接我到世上又不给我气呼吸让我窒息？为什么我不想活又死不了？为什么让我想活又不给我路？为什么给我钱财又要让我饥饿？为什么给我房屋又不让我安居？为什么给我眼睛又要给我黑夜？为什么不干脆弄瞎我的眼？为什么给我嘴巴想吃好吃的东西？为什么给我长耳想听好听的？为什么又让我食之无味听来无声？为什么给我身体又不让我放纵？为什么给我地上的人又要我过天上的日子？为什么给我头脑又给我一个取死的身体？为什么给我短寿的一生又让我不足？我只不过一粒沙子，我只不过是一堆粪便，我只不过是一阵风，为什么要我挑这么重的担子？为什么要我接受比河沙更多的苦？为什么不让我的口闭上？为什么不放过我？我本来就是个无用的人，我本来就是短寿的人，为什么要让我思想更远的事？我宁愿死，为什么又不让我死？我已经受不了了，我的身体变成了肉渣，我的骨头变成了碎末，我活着还有什么意思呢？我作恶太多，你要计算到我的身上吗？又为什么不让我死呢？不让我死又从哪里得安慰呢？你为我预备了坟墓吗？可是它在哪里呢？为什么我看到的我都不相信呢？看不见的又不给我呢？我的日子为什么不结束呢？你拿凭据给我，好让我活下去！

刘浪的心里说完了这些话，心情突然安静下来。但河面仍然很寂静，连一点回声都没有。他觉得自己的心像石头一样硬，沉重得要撞破船底。船漏水了。

刘浪这才发现自己已经不会游泳了。刘成业伙同鱼鹰教给他的游泳本领已经消失殆尽，他在水重徒劳地挣扎，弄起很多水花。灭顶之灾使这个男人毫无办法，他所有的精力都用来对付一件事：在溺死之前吸足最后一口气。

他抓到了一根水草，接着又是一根水草，然后他看见了岸。岸上站着一个表情温和的人。他伸出手，说，抓住我的手，再用点儿力。

刘浪从水中的淤泥和芦苇中被拔出来，岸上有潮水般的声音传过来。这是什么声音？他问。

他们在祷告。那人说，你该去换一身衣服。

这时，天已经大亮了。

羔　羊

刘浪跟着那人走过那几幢房子时，祷告之声汹涌而至，如同浪头一样击打他湿漉漉的起伏的心。他看见那些低头的人当中，女人头上都顶着奇怪的帕子。他们是什么人？他问。

他们是被主得着的一班人，传道人说，跟神有交通。

刘浪跟随传道人进到一间房屋里面，那里的人正在唱歌。刘浪感到这是一些奇怪的人，他们的脸色平和得令人惊讶，风琴声托着歌声，好像是从另一个世界飘来的：

> ……不要被今生思虑累住
> 不要像世人贪恋前途
> 快出所多玛快进入方舟

天天都过着教会生活

趁这个时候当挺身昂首

多抢救灵魂带人得救……

　　刘浪被歌声伴随，他跟传道人走进另一间房。传道人拿出一套衣服，说，你换上这套衣服，然后睡一觉。

　　刘浪照着他说的做了，似乎除了这样他没有别的念头。他躺在床上拥着干净的被子，没有马上入睡，外面的歌声仍在持续：

……愿主保守你的灵魂体

所有的聚集你都能去

也许那一次我们正聚集

赞美到高潮主突然到

不知不觉中立刻就被提

唱阿利路亚在荣耀里……

　　刘浪在歌声中渐渐入睡，他实在太疲倦了。这一觉睡得真好，在梦中他进入了一个地方，这个地方都是水，旱地还没有露出来，只有一个十字架飘在上面。他突然看到了水里的人群，他们在水中挣扎，一个一个被提到十字架上面，每上去一个人，十字架就大一些，直到水里的人全都上去，那十字架满了水面，早地就露出来。

我这是在哪里呢？他醒后这样想。早晨的阳光临到他，使他感到温暖。传道人已经站在他床边。刘浪把昨晚的梦说给他听，然后问：这是什么地方？

杜村。传道人说。

早饭后，刘浪走出会所，看见了杜村的田野在阳光中渐渐显露的景象，他发现田亩在晨光中十分整齐，外面有流水，牛在山坡吃草。他突然不相信这是杜村，他对传道人说，这里离樟坂有多远？

五十里。传道人回答说。

刘浪的心立刻紧了一下，仿佛有一只手又抓牢了它，使它不得释放。我是霍童人，但我大半生却是在樟坂度过的。刘浪对传道人说，我要对你讲讲我在那里的一些事。

……刘浪的讲述在这个冗长的上午展开，他的叙述充满了惊心动魄的成分，就像一条肮脏的河，里面漂满了死兔子和垃圾，浑浊的泡沫在上面浮游，他就陷在这条河里，在水中徒劳地挣扎。但传道人始终保持着温和的表情，似乎没被他的故事打动，正是这种祥和的表情支持着他把话讲完。刘浪最后说：我身边的人都死光了，我疑心我是一只鬼，一只索命的鬼，我被鬼附了身——他突然愣住了，仿佛被自己的讲述击倒在那里，张着嘴巴。

你要认识神。传道人突然说。

以下是传道人一连串不间断的话：

你要认识神，他是万物的主。你的痛苦叫你要败亡了，你有一个可怜的光景，不认识自己的罪。你为何生在这地上？金钱无法满足，学问无法满足，享乐无法满足，成就无法满足，因为你不认识神。人总要做好，但他不能，你有一个罪，叫你不能如愿以偿。没有人愿意贪婪妒嫉凶杀，没有人愿意自夸狂傲欺诈，没有人愿意暴躁邪淫纵欲，没有人愿意怨天尤人诅咒，但我晓得，在我里面，就是在我肉体之中没有良善住着，因为立志为善由得我，只是行出来由不得我。你有一个罪，它缠累你使你不得释放，叫你的灵死亡，叫你的心思背叛，叫你的身体犯罪，罪在你必死的身上作王，使你们顺从身子的私欲，你作恶不算什么，世人都犯了罪，是罪性不是罪行，只要有机会，人都要犯罪。一个好人走在路上见到一千大洋，只要没人，他就要犯罪。

刘浪被他的话钉在那里。你也有罪？

我有罪，它叫我死。人无法自救，因为那个必死的律在你心中做主，行善不能叫人脱离罪，教育不能叫人脱离罪，道德不能叫人脱离罪，念经不能叫人脱离罪，拜佛不能叫人脱离罪。人有一个罪，叫人死；人有一个缺陷，不认识神。他那里有公义、良善和救赎。你的身体有病可以找内外科医生，你的精神有病可以找精神科医生。

我就是医生。刘浪说。

你的灵里的问题只有神能解决。手套是按手的形象造的，目的是为了盛装手，人是按照神的形象被造，目的是为了盛装神，他是我们的家，我们是他的居所。手不套进去，手套没有用，它只有手套这个名，人不信神也没有用，你被造不是为装食物在肚腹里，不是装学问在头脑里，乃是盛装神在你的灵里，他要进到人的灵里，做人的内容，成为人的满足。

刘浪呆呆地坐在那里。他觉得他被挖空了，但有一种宁静在周围出现。我怎么办？他说。

主已为我们挂在木头上，他的血赦免了我们的罪，只要信他，就白白地得了救恩，归入他的死，并随同他一起复活。

你说得很有道理。

救恩不是道理，相信不是点头，不是同意，不是欣赏。相信就是接受，你要心里信靠，口里承认。

你一定要我开口？

你一定要开口。你若心里信靠，又有什么妨碍你开口呢？

我心里信了，为什么一定要开口呢？

你能对父母开口，为什么不能开口呢？

我回去考虑考虑，我会更明白的。

你不必考虑任何东西，你的魂里的思想永远不会认识神，神要用感动开你的灵，只要你开口，你就可以白白地接受救恩，因为他已经用血做成了。

我怕我做不好，我是一个很坏的人，你不知道。刘浪低下头，痛苦立刻弥漫着他，我要是信了还做不好怎么办？我不知道会干什么。

只要你开口，以后就不是你的事了。谁也做不好，我也一样，但他能够，你的心里换了主权，你把一切交托给他，他已经做成了。

刘浪被逼到了一个尽头，它好像一个悬崖，他无法断定再走一步会飞起来还是会坠下去。他感到自己像一座破房子，正在被一块一块地拆毁。

你要信他，并开口呼他的名，你的重担就可以撤去。你不可再和黑暗同居，人总是这样，喜欢黑暗是人的本性，背着光做什么谁也不知道，你为什么没有勇气转过身来，让你暴露在光里面呢？

刘浪的脸上有一种奇怪的表情出现，他像是快哭了。这位当年声名远扬的人现在面对一个陌生人束手无策。

他突然发问：他真能救我？

能。人是他所知道的，人好像很体面，内心却爬满了虫子，藏满了污浊，只有他能救你。

那为什么他不救被日本人杀掉的中国人呢？他为什么那么残酷无情呢？你让神为此向我道歉，我就信他。

主呵！传道人脸色全变了，他的嘴里只隐忍地吐出两个字：悖逆！

刘浪像木头一样被钉死在那里，他被自己的话吓得不知所措。他预感到这句话有一个极其严重的后果，这个后果现在像利刃一样切开了他的心，那里的血喷涌而出。他目瞪口呆地站了一刻，一扭头就出了门。

这个可怜的男人被扑面而来的痛苦追逐，他失魂落魄地来到河边，扑倒在地。刘浪像孩子似的想哭，但不知道该向谁哭。他那句脱口而出的话像皮鞭一样击打他，使他破碎。他看见河里有波光，但不是他的。眼前有一块光洁的石头，也不是他的。刘浪喊了一声，声音非常空洞。他暴怒地掀翻那块石头，出现的景象使他目瞪口呆：这块石头承受阳光的一面十分干净光洁，另一面却爬满了肮脏的蠕动的虫子。

主呵！他说。

刘浪回到会所时，传道人还在等着他。他看见这个归来的男人已经泪流满面。

以下是刘浪的祷告：

主呵！我相信你！我的眼泪向你流，我的身体被你击溃，我的心思被你破碎，我取死的人得你救赎，我竟活在黑暗中，如此亏缺你的荣耀，羞辱你的名。主呵！我向你悔改，我的感动像大风，我的悔恨像大海，对着世界我闭口，对着你我张开，我要你进来。主呵！我竟不知你的恩典，我如此顽梗，我如此悖逆，现在我向你痛哭，向你流泪。我只不过是垃圾，是微尘，你竟然要救我！我这不配的人居然你还要我，半路把我捡了。主呵！我心里有感谢要归给你，有赞美要归给你，有荣耀要归给你。我是迷羊，走在自己的路上，不想回家，可是你宁可抛下那九十九只羊，来寻找我这一只。主呵！我配得你的恩典么？我是什么人？主呵，我只是一条狗，一条濒死的狗，不认识你。我以为我知道一切，它却送我上死路。主呵，我是要死的人，你却来救我！我要黑暗不想要你，你却白白给我光，救我回家。主呵，我有不尽的泪要向你流，我有感谢要归于你。主呵！你为什么这么爱我？我对着光却要黑暗，站在家门口却不愿回家。我丢弃你却去捕风，却去捉影，我的懊悔像河边的沙子，我的喜乐像满天的星宿，你把我领到可安歇的水边。主呵！人算什么？你竟顾念我。主呵！我厌恶自己！从前我风闻有你，今天我亲眼见你，你显明在我心里，叫我无可推诿！主呵！

刘浪祷告完了，好像一辈子只说过这一句话。

传道人对他说：今天你的眼泪是有用的，因为你向着他流，他会记念你的眼泪。世人已经不会流泪了，他们连说出"爱"这个字都感到羞耻。主上十字架时，人们喊着钉死他钉死他，他们要他们的官钉死一个义人，释放一个罪囚给他们。主说：我心里忧伤得几乎要死去，但他们所做的，他们不知道。

刘浪问：你是谁？

我是你的弟兄。

刘浪的日子在杜村经过，他的经历就像奇迹。他常常在聚集中唱歌，又拿了椅子坐在会所前的草地上，望着整齐的田亩，心情像被一双神奇的手梳理过一样清晰。他完全如一只温顺的羔羊，手里抱着一本《圣经》，让阳光临到身上。刘浪在宁静中会想起一个人，这个人叫天如，他一辈子都在梦中找她。现在她已经来到身边，刘浪一打开《圣经》好像就看见了这个姐妹，那双手会引他来到这个人的身边，看见她脸上的安慰。一切仿佛都在预定之中，让他不能意料。刘浪看着河水，思想着经历，一些新鲜的念头托着他的心。他不能想象竟会有这么一天，他会出现在杜村的河边，坐在一把椅子上。眼前的一切都被改变了，他回忆起自己曾在这里抢劫烟土，寻找弟弟的尸首。现在这个地方完全变了样，田野的布局和普通的树木以及司空见惯的流水，都在眼中改变了模样，体现了一种早已存在的和谐。他呼吸了一口早上的空气，这口气是在万世之前早已预备的。刘浪思想起圣经中的一句话，你的头发都已被我数算。

我可以再活下去了。他想，我没有权利跳河了。

现在他坐在河边，让一种力量管束和保守他的心思，并跟它走。他觉得即使在河边一直坐到永远都是好的，他不再惊慌，也不必为事情挂虑。唯一的负担就是马大，他不知道马大到底是死是活；唯一的遗憾就是他身边那些人的死。他低下头说：你为什么独独爱我？

他对传道人说：我变了一个人，我好像没有打算了。

传道人问他：你又打算做什么呢？

刘浪立刻明白了：我是有福的。

敬畏神是智慧的开端。传道人说，你的钱不在地上，你的钱在天上的银行里。在樟坂你还有多少钱？

刘浪说：我没有一文钱了，我的人都被赎了，还要什么呢？

传道人说：阿门！人的财宝在哪里，他的心就在那里。

在会所聚集的人日益增多，里面有各种各样的人，豪绅、农民、私塾先生、渔夫甚至军官。谁也不知道刘浪是什么人，只叫他弟兄。有一次聚集他刚落座，被旁边一个老太太吓了一跳，那人满脸是天花的疤痕。刘浪一阵反胃，想走出去，但马上有一个声音告诉他：你为什么走出去呢？刘浪立刻呆在那里不动了，他想抗辩，但找了半天也没有找到一点儿离开的理由。他说主呵。回过头再看，那老太仿佛已经像他的母亲。

事后刘浪回忆这件事时对马大说：我终于明白了，那一瞬间已经发生了人一辈子的事，我们活着不要任何别的东西，要的就是这个。人编出再多的理由来搪塞都是没有用的。

刘浪在杜村的日子，好像新的，一切都在重新起头。有一天他在祷告时，突然出来一个负担，好像有一个人在跟他说话，他不知道究竟是谁在跟他说话。他继续祷告，那个人告诉他，你快来，我要死了。刘浪祷告完了，准备明天离开杜村回樟坂，他在这里已经住了一个月了。

但事情突然起了变化。这天早上他起来晨祷时，一句话也不想说。他不知道自己为什么不想祷告，勉强说了几句，一句一句却像打在墙上。他脸色灰暗地走出会所，来到河边，看见一个农民正在使劲抽打不肯走的黄牛。农民打一下，牛就抖一下，暗血从里面现出来。刘浪的心情突然被弄得很坏，他一声不吭地回到会所，这几步路仿佛耗尽了他的全部精力，刘浪觉得全身奇怪地坍塌下来。屋里的破家具在他眼里突然变得十分刺眼：我怎么会跑到这个地方来呢？和这些不认识的举止奇怪的人混在一起，到底改变了什么呢？樟坂不是还在死人吗？

刘浪被自己纷乱的心思弄得不知所措，他根本没劲去翻《圣经》。这厉害的打击使他把一个月来的好感觉击得粉碎，这种感觉真是可怕：他一旦觉得一切都没有改变，只要这个念头一冒出来，他马上就要垮掉，进而想到自己仍归要重回樟坂继续他过去的日子，刘浪立刻就恶心得想吐，就像吸鸦片烟醒来之后的可怕感觉一样。

他居然马上又想到了死。

刘浪在屋里待不住,又往河边走。他深一脚、浅一脚地走着,不知道走到河边的结局是什么,他真担心自己会一头栽进河里。刘浪走到河边的时候,在一棵刺树下蹲了下来,一股哀哭的念头蹿上喉咙。他很清楚自己已经站在一个边缘,一边是黑,一边是白;一边是光,一边是暗;一边是死,一边是活。没有中间地。我怎么办呢?他想。

刘浪又从河边往回走,正遇上传道人叫他吃饭。刘浪说:吃什么饭呢?吃饭又有什么益处呢?

传道人看着他的眼睛,说:你怎么不相信他会供应你食物呢?五饼二鱼喂饱了五千人,你怎么不相信呢?

刘浪说:我觉得我没有得救,我的心情还是很坏,我过不去,我一想到回樟坂我就害怕,我为什么害怕呢?

你"觉得"有什么用?传道人说,不会因为你不觉得他就不在,他说成了就是成了,最不可靠的就是人的心思和感觉,你今天感觉你的太太很好,明天就会感觉她是泼妇,你今天感觉自己爱她,明天你可能就要害她,你依靠自己的感觉要到几时呢?你感觉自己要在樟坂成就大事,为什么十几年后又感觉自己要掉河呢?

不行!刘浪的呼吸急促起来,那种可怕的感觉又临到他

了，空气稀薄，不努力吸一口就会立刻窒息：不行，我看不
到见证，我怕回樟坂，那里还有人在杀人。

　　你现在完全接受魔鬼攻击了。传道人说，只有信心能向
它夸胜。

　　可是我看不到见证。刘浪说，信心有什么用？事情还是
那样。

　　传道人把刘浪领进屋，坐下为他祷告。然后取来《圣
经》，问他：你到底想要什么？你只要事情的成就吗？如果是
这样，你不是已经成就了么？你不是已经家财万贯了么？你
不是名扬樟坂了么？你还来这里干什么呢？杜村有什么呢？
你成就什么事都没有意义，唯一有意义的是信心，他已经预
备的你为什么不取用呢？你难道不知道他早在二千年前已经
夸胜了么？你为什么不用祷告接受他的得胜呢？你靠自己可
怜的智力和心思感觉要到几时呢？你不是在这里已经没有路
了么？你为什么不走新路呢？世人可怜的光景不就是没有信
心的至宝么？什么还能击倒我们呢？靠着他已经得胜有余了。
所看见的，并不是从显然之物造出来的，能看见那看不见的
人有福了，这就是我们的国度，有永生同在，能看见的都是
易朽的，变化的，缺乏永恒的性情，人就是这样。但我们因
着信他，已经得着永远的生命。

　　他让刘浪摸着《希伯来书》第十一章的一句话：信就是
所望之事的实底，是未见之事的确据。信心就是事实，就是
证据，你已经得着了，你不是就要它吗？你还要什么呢？

　　刘浪低下头，说：主呵，我只要你。

　　那个正在扫地的脸上长天花的老太对他说：弟兄，你已
经在车上，快把担子放下。

　　刘浪对她笑了笑，这个平淡无奇的老太太脸上安宁的智
慧顷刻间笼罩了他。

　　刘浪回樟坂的时间延迟到了第二天早上。传道人问他：
什么人叫你回去呢？

　　过去的一个仇敌。刘浪答道。

弯曲的世代

　　樟坂的情形比刘浪料想的还要糟。他再一次从旧码头上
岸，看见了庞大的吊车已经停止和锈蚀，货场变成了上前线
换防的兵员集散地，客车已经停开，只有运载士兵和枪炮的
车在灰色的夜幕下逡动。钢轨上结满了沉重的锈层并被疯长
的草所覆盖。刘浪穿过一阵混乱难懂的口令声，来到司前街。
春生堂药铺已经换了字号，成了一家赌楼。他站在云骧阁的

大门口，看见一只饥肠辘辘的山羊走进了包铁大门，好像走在一片废墟上；刘浪跟着山羊进了大堂，这里已经人去楼空，连梁上的燕窝也全然不见。挂在椽子上的鸟笼开着门，鹦鹉没有飞走，却死在那里，发出难闻的气味。山羊穿过大堂，走进内厅，茅草已经从雕花木椅的下面生长出来，窜起有一人多高。地爬藤居然一反常态地攀缘到了八仙桌上，覆满了整个桌面。刘浪仿佛走在一片秋天的沼泽里，到处都是呼吸的声音，但云骧阁是确乎没有一个人了：它已被彻底腾清。他看见自己卧室的家具原样摆着，但已经朽坏，里面爬出蛀虫，镂花大床上有湿漉漉的人形大印，冒着黄的水池。刘浪跟着山羊，看它到处觅食，但无处可以下口，草几乎都枯萎了，山羊在锅台上踩出脚印。刘浪走到天井上，在台阶上坐下来，摸着山羊的犄角，四方的天空上停留着一朵云。一切仿佛都停滞了，亲人们在这幢古旧的老宅里被风刮走，一个一个地消失。刘浪裹在冰冷的风中，眼睫上挂着两颗水滴一样的泪珠。

他在空荡荡的云骧阁过了一夜，这一夜寒风刺骨。第二天他醒来时，山羊已经消失无踪，这幢空空的大宅留不住一只饥饿的羊。刘浪从司前街走到顺义街，要找到马大，因为马大的声音一直伴随着他。刘浪来到采玉楼时，看见门口站着荷枪实弹的士兵，他对刘浪吼道：这里没有你要找的人，他已经死了。

　　茶楼里布满了关于樟坂的传说，这是樟坂唯一热闹的地方了，街面上已冷冷清清，仿佛在屏息等待着一件大事的到来。茶客们的嘴里传诵着一个让刘浪感到陌生的名字，他是帮会的头，据说是董云从乡下来的儿子。刘浪从来没有听说过董云有什么儿子。这个人正在跟徐大头较劲儿，都说在全城埋了炸药，要惹恼了他，一按开关把樟坂炸飞了事，茶楼里人心惶惶。刘浪问一个短工模样的人，到底出了什么事？那人奇怪地看着他，你说会出什么事？说话间脸上突然布满惊恐。这些关于要出事的议论充塞着刘浪的耳鼓：樟坂的药铺、茶楼、妓院、井台上、马厩里会突然出现一些死尸，有的已经腐烂发臭。甚至在祠堂和寺庙里都会找到布满尸斑的死人，他们死得莫名其妙。无理性的暴动在樟坂地界内屡屡发生，不知为什么杀人，也不知为什么被杀，这城要败亡了。

　　刘浪从茶楼出来，走在顺义街上，这里已经冷冷清清，只有一个铁匠挑着担子在风中紧走，好像被什么追赶。刘浪走在街上，心情有点灰暗，似乎形只影单，突然他的右脚一阵剧痛。他不知道出了什么事，右脚被钉死在地上，全身的血仿佛全部冲到脚掌上——刘浪看见一辆黑色的汽车停在他旁边，前轮整个儿压在他的右脚掌上。

　　司机的脸上布满惊恐，看上去是个老实人。刘浪痛得没劲说话，只是挥手让他倒车。司机半天才恍过神来，车后退了一些，但刘浪仍然抬不起脚来。他不知道里面的骨头是否已被碾碎。司机一动不动地坐在车上，惊恐不安地等待着结果。好久之后，刘浪的脚恢复了知觉，开始东倒西歪地朝前走。那辆黑色的汽车超越他一掠而过。刘浪心里涌上一种十分奇怪的感觉：这个司机看上去是个老实人，但他不下车，哪怕上来看上一眼，他的所有精力已经用来对付另一件事：观察他的脚到底有没有受伤。

　　这人也许是一个孝子。刘浪想。人真是没指望了。

　　一个时辰后，刘浪和马大在一家赌楼邂逅，当时刘浪几乎认不出他来了。

　　马大并不如他想象的那样蓬头垢面，似乎还没有惨到这一步。但马大的脸色已经非常难看了，脸皮发青，时而苍白，宛若一个在地牢里过了一生的人。稍微猛烈一点的阳光就会使他流下泪水。刘浪在赌楼上见到他时，他刚赢了一把。马大已经看见刘浪站在那里，奇怪的是，他没有感到吃惊，直到一局终了才走到刘浪身边：你什么时候回来了？要不要搓一把。

　　刘浪和马大一起住了三天。这三天马大大部分时间泡在赌楼里。他把赢来的钱都交给刘浪，又不时地差小跟班的回来取赌本。刘浪整天在家里为他祷告。有一次马大自己回来取钱，看见他在祷告：你这样子是在干什么呢？是饿了吗？我有的是钱，我带你上一趟川菜馆，让人看看我俩还是好汉。刘浪说：你不赌不行吗？马大一听，脸色立刻阴暗下来：你在说什么？我不明白，我最讨厌人家这样对我说话。说完抓了钱就走，临走时扔下一句：好好待着吧，多吃一点，少想一点，说不准哪天我把这房子也输了。

　　刘浪几乎找不到机会和他好好说话。他到樟坂来最大的负担就是马大。这个人现在看起来比过去头脑正常，实际上只是临死前的回光返照，他赌博已经赌疯了，几乎到了癫狂的地步。钱输光后，马大差人来和刘浪说话：快救救我吧！我再也不赌了，我恨它，我恨一切！可是一旦得到钱，他立即又像陀螺一样旋转起来。两天两夜不睡觉，马大已经脱了形，刘浪见到他时几乎吃惊得站不住了：马大的头发一夜之间全白了？连眉毛都是白的，就像一个可怕的白化病人。刘浪的眼泪流下来，这个像尸首一样的人对他凄惨地干笑道：真稀奇，你还会流泪。

　　房子在这个晚上已经易手。他们搬到打铁铺边上的一幢破木屋里，忍受着铁锤碰击铁砧的声音。刘浪把房门锁了，对马大说：你不能出去了，你需要认识神。

　　马大奇怪地笑一声，他显得极其烦躁。刘浪仿佛看见这个人心里燃烧着一团火，如果他不出去把火引给别人，似乎马上就会把自己活活烧死，他完全不是在赌钱，而是在赌命。在这里有什么意思呢？他问刘浪，你是要我死吗？要我死为什么当初不一枪把我崩了？你不是十几年来总是想我死吗？干吗还跟我交朋友？我知道啦，你现在也一文不名了。

　　一个月以前传道人的话在这间破木屋里又响了一遍，不过在马大听来并没有滚雷的感觉，倒像蚊蝇抖翅。现在，这个毛发雪白的可怜男人不像一个人，却像一个传说中的妖或老怪，在破屋里咆哮：别给我说那一套了，我比你更清楚，我给礼拜堂捐过三千大洋，为什么不救我？告诉你，去你的吧！我只相信自己！你这是发了魔怔，会醒过来的，你刘浪绝不是这样的人，我跟你打了十几年交道还不清楚？这世上没有良心，你把你的心掏出来给我看看，是黑的还是白的，你一掏你就死，还是把心藏起来保险。去你的主呵主呵，不出半年，你就会乖乖地来找我的。不跟你废话了，我要走了。他用脚踢开木门，走了。

刘浪在心里诅咒，他觉得他的心已经裂成两半，一半在自己这里，另一半在这个出走的男人身上。他的血气要他冲出屋去，揪住这个家伙痛骂一顿，但里面有一个声音告诉他：为什么要你来替我抗辩？难道你不相信我做的事已经成了么？

刘浪呆坐在木椅上，泪水充满眼眶，但没有流下来。主呵，我现在明白你是多爱我，让我能开心中灵的眼，你半路把我捡了，要不我跟这个男人有什么不同！主呵，你告诉我，我该不该为此伤心，你需要不需要我替你流泪？

祷告完了，刘浪平静下来。他走出门，叫上一辆黄包车直奔赌楼。他看见了拥挤呐喊的人群，这些人仿佛都疯了，挥舞着手臂，发出让人胆寒的怪叫。这里玩的是轮盘赌，用左轮枪赌命。马大仿佛已经不认识刘浪了，看也不看他一眼。当马大举着左轮枪对脑袋扣动扳机时，人群立刻变得寂静。他们这样安静是因为有可能亲眼看到一个人死去，脑壳破裂、鲜血飞溅，观众的心也随之爆裂，这种奇怪的感觉支撑着命若琴弦的身体。马大扣动扳机前，脸色白成一张纸，双眼立即变得深邃，好像唐松临死前的那双眼睛，空洞、乏味和枯燥。马大只听到轻微的声音，脑袋还好好的支在肩上，就开怀大笑起来，用一种尖锐破败灼声音嘶叫：我的娘呵，又活一回了……

刘浪全身在发抖。他注意到马大在看他，一边洗牌，但没有动弹。玩了几回，马大还好好地活在那里，但他的眼神不对了。这时一个小跟班的走到刘浪面前说：马大爷嫌你碍眼，让你滚蛋。

刘浪不走，只是看着马大。马大又举起枪对准脑袋，人群寂静下来，等待另一个奇迹出现。这种起死回生的游戏多么有趣呵！不用脑瓜去思想，只用相信一把手枪，相信它的转轮。简单到一个地步：相信扳机和手指。

马大突然间不动了，莫名其妙地放下手枪。主呵！他说，径直向刘浪走过来。

刘浪在众目睽睽之下取下了手枪上的子弹，这颗黄澄澄的子弹像麦粒一样。

事后刘浪问马大为什么突然放下手枪时，他说：我发现你脸上有安慰。

十月初七，刘浪和马大离开樟坂，乘船沿深水上溯霍童。

早晨，万物都在阳光中显出它们本来的面貌。河水在光斑中流动，这是一种不间歇的流动，当黑夜暂时覆盖它时，仍能听到河水清晰的流声，预备着迎接晨曦的显现。阳光又临到狐山和山上的树木，那里的紫荆和杨木郁郁葱葱，那是因为承受了阳光的缘故，若不是阳光的辨别，它们不会显出本色。就是这样，一切都在太阳逐渐升起的时候再现出来，那河边的房屋、草地和觅食的牛羊，树梢栖息和飞动的鸟，羽毛在闪烁着光辉。而且还有田野的绿色，被笔直的田埂所分割，并在阳光中呈现秩序。这一切都在早晨的阳光再现出来，空气中充满了温暖，它们井井有条，在各自的地方生长和延续。阳光是没有颜色的，但它照临眼见之物时便使它们呈现了本来的颜色和面貌。阳光是一种里面深藏着的眼睛，只有在这双眼睛注视的时候，万物才得以清晰地显现，变得可靠和真实。它们是万世之前由一双看不见的手创造出来的，本来就存在于它们该处的位置，现在出现在阳光之下，不过是一种彰显，让我们知道阳光和土地以及人的亲密。眼见之物不是由显然之物创造的，乃是借着属天的主的言语造就的，他使光运行在地上，运行在水面上，并使各样的活物和青草以及蔬菜从地上生长出来，承受阳光和风雨。这些青草和树木在黑夜和白昼中经历和穿行，死了又复活，一次又一次地行走和生长在光中。当人站在它们之前就有了可以呼吸的空气，叫人不至于窒息。事就这样成了。

　　刘浪第一次发现河水是如此清晰，它透澈得如同人本来有的面貌，让光进入水里，呈现出河里洁白的鹅卵石。在这样清晰和温暖的光中，捡起一根草都是美的。刘浪仿佛活在另一个世界里，从那个世界里可以清楚地看到这里的树木和河流，以及觅食的牛和羔羊，从那里他可以把一切交托，因为万事都已预备。站在那个地方，他要看见病牛回生，哑巴开口、荒野生长、枯草歌唱。

船沿着浑水上溯，刘浪在接近霍童时想起了樟坂。云骧阁在他的记忆中已经完全倾圮，剥落的墙体上结着沉重的盐硝，爬藤完全笼罩了檐角，老式排水槽已经滴不出水。一切都是干燥的，似乎在等待着火，点燃墙角的盐硝，硫磺的气息混合进云层，整个樟坂变成一片火海。他看见了哀哭的人的黑影，在破败的街面上窜动，但他们的哭声被火舌卷没，眼泪被风收干。大片房屋在火中坍塌，椽子断裂，火团在空中飞来飞去，裹着残缺的布幡。哀哭切齿的黑影只能盘踞在地上，并同火在无谓地蔓延，似乎一切都要废去。这场大灾难不是人能预料的，但人借着光可以看见，它在预定的时刻到来，直到樟坂成了一片废墟，火光暂时代替了阳光，使黑夜中发生的一切显得更清楚。

异象在刘浪眼里是这样的清晰，以至于连他自己都感到惊讶。在缓慢的河水的流速中，他们的船接近霍童。刘浪在冗长的旅途中读着《圣经》，忽略了两岸的景色。他不知道什么时辰能到霍童，但他知道一定能到霍童，而且时间不会太晚。马大在船尾已经睡着了，他醒来的时候问：这是到哪里啦？

刘浪说：你怎么总是睡觉呢？不能醒一会儿吗？

刘浪读到《以西结书》第三十三章：

> 耶和华的话临到我说：人子啊，你要告诉本国的子民说：我使刀剑临到哪一国，那一国的民从他们中间选立一人为守望的，他见刀剑临到那地，若吹角警戒众民，凡听见角声不受警戒的，刀剑若来除灭了他，他的罪就必归到自己的头上。
>
> 他听见角声，不受警戒，他的罪必归到自己的身上；他若受警戒，便是救了自己的性命。
>
> 倘若守望的人见刀剑临到，不吹角以致民不受警戒，刀剑来杀了他们中间的一个人，他虽死在罪孽之中，我却要向守望的人讨他丧命的罪。
>
> 人子啊！我照样立你作以色列家守望的人。所以你要听我口中的话，替我警戒他们。我对恶人说：恶人哪，你必要死。你以西结若不开口警戒恶人，使他离开所行的道，这恶人必死在罪孽之中，我却要向你讨他丧命的

罪。倘若你警戒恶人转离所行的道，他仍不转离，他必死在罪孽之中，你却救自己脱离了罪。

人子啊，你要对以色列家说：你们常说，我们的过犯罪恶在我们身上，我们必因此消灭，怎能存活呢？你对他们说：主耶和华说，我指着我的永生起誓，我断不喜悦恶人死亡，惟喜悦恶人转离所行的道而活。以色列家啊，你们转回，转回吧？离开恶道，何必死亡呢？

……恶人转离他的恶，行正直与合理的事，就必因此存活。

……

刘浪看见了故乡霍童的轮廓。这时已到了晚上，月牙从天上发出亮光，使河岸和河岸上的树木呈现，霍童的河滩和坞口也依稀可辨。月亮银色的清辉洒在河滩上，篝火在那里闪耀。刘浪在朦胧中看见很多人站在水里，他们唱着歌。歌声击打着水面，一切都是和谐的。

那是什么地方？马大问。

霍童。你可以在那里受浸。

一九九二年十月至十二月写毕于福州

附录

一部小说和一个时代的精神坐标

——首发责任编辑手记

文　能

　　1993 年 5 月下旬的一个下午，北京市张自忠路 7 号——这座清朝乾隆皇帝三女固伦和敬公主下嫁时的赐第——斯时的中纪委招待所二楼会议室，二三十位在京的重量级评论家和作家，就着会议室椭圆型长桌密密匝匝地坐了一圈。依稀记得：京城初夏午后的阳光漫过窗帘，斑斑驳驳地洒进会场，在光线明暗对比的衬映下，整个会场平添了某种油画般的光效。那天的与会者们都相当认真、投入，时而侃侃而谈，时而唇枪舌剑——一个由《花城》杂志组织的、专门为当时两位文坛新锐作家吕新和北村召开的作品研讨会，正在这里认真而热烈地进行着……回想起来，当年那种较真而恳切、深入并且不乏交锋的作品研讨会，现今已几成绝响。

　　上世纪 90 年代初，坐落在北京市二环内张自忠路上的中纪委招待所，因其交通的便捷，价格的适中，以及闹中取静的清幽和古色古香的情调，成了我们花城出版社的编辑们进京出差的最佳落脚点（当然那地儿也不是一般人能随便住进去的，需要得力的关系介绍）。记得在那里，我和当年的莫言、余华、格非、王小波、阎连科、刘震云们，以及陈染、林白、徐小斌们有过多次的交集、长谈和聚会。乾隆老爷子当年赐下这座宅第时，肯定想不到，他们家宝贝闺女的香巢，日后竟成了京城文人聚会的一个场所。记得有一次，当时还寂寂无名的王小波，跟我谈起他正在创作中的长篇小说《红拂夜奔》时，我望着院中古色古香雕梁画栋的屋檐，仿佛看到了早年的红拂女衣袂翻飞，在这座皇家宅院里鹊起鹊落，飞檐走壁，身姿妖娆，夜遁无形的身影……

那天的研讨会轮到北村发言时，也许是出于某种机缘巧合，一缕斜阳正好穿过窗帘的缝隙，罩在北村的头上（也许那只是我的幻觉），使得这位沐浴在光中、已然虔诚地皈依了基督教的青年作家，充满了圣洁的光感。那年的北村只有二十八岁，按今天的说法还是一枚标准的"文青"，但1986年就发表小说处女作的他，斯时已然名满天下。从1988年开始发表的《逃亡者说》等一连串"者说"系列作品，以其强烈的探索意识和鲜明的文体风格，使北村跻身中国先锋小说作家行列，成为中国当代先锋小说的代表作家之一。时年二十八岁的北村因为虬髯满腮，须发浓密，看上去显得比他的实际年龄更加老成，颇具"胡人"之相的北村与他的基督徒身份之间，似乎有着某种说不出的神秘关联。

我曾参加（也主持）过多次作品研讨会，但在公开的作品研讨会上，听一个有着坚定宗教信仰的中国作家，如此虔敬而认真地讲述他的创作与宗教信仰之间的关联，在此之前我没有遇到，在此之后也极少遇到。

那天北村的发言很长。与吕新简短而略带结巴的言说相反，北村的发言系统而流畅，作为一名基督徒，北村或许也想借这样一个机会，把自己创作中的这种变化，和与会者分享。在我的印象中，这与其说是一位作家在阐述他的创作主张，还不如说是一位坚定的信徒在布道，在作家和信徒的身份之间，北村更看重后者。在北村看来，他的创作，如果没有"神"的指引，悖离了"神"的道，那就毫无意义可言，尤其是在当下这么一个金钱至上欲望无边的时代。北村在那次会上具体说了些什么，我已记得不太清楚了，但我记住了北村发言时，因为有了信仰的支撑，而呈现出的那种在一般作家身上罕有的清澈、圣洁和坚定的表情！我还记住了北村在发言中屡屡提到的什么什么"律"，北村说：我们生活和创作中，都应该依照这种"律"的规约和引导，唯有如此，方能抵达精神的彼岸（大意如此）。

我想在一个作品研讨会上听一位作家如此庄严而不苟地"布道"，对于众多评论家来说，也可能是第一次，北村的发言曾被多次中断，就他所说的那个"律"，评论家们七嘴八舌地给予评述或质疑……毕竟，在一个信仰缺失，或者信仰只是一个不及物动词的时代，谈论信仰并且身体力行，是需要勇气和睿智的；而对于不"信"者，要接受这样的"说教"，也是需要理性的追问，独立的思考和善意的包容的。好在，这样真诚的言说，耐心的倾听，求真的严谨，多元化的价值取向等诸多的优良的品格，那会的与会者们都兼备着。尽管作为基督徒的北村及其文学主张，在会上仅是绝对的少数，甚至多少有些显得"异端"，但与会者们对此都表现出了高度的尊重和包容，并在彼此的诘难和论辩中，碰撞出耀眼的思想火花……作为亲历者，我有幸见证了这一幕。

那次作品研讨会的举办，缘由之一是北村在当年的《花城》杂志第三期上，发表了他的转型之作——长篇小说《施洗的河》。该小说讲述了一个浪子回头的故事：小说的主人公刘浪，二十世纪四十年代，毕业于南方的某医科大学，在历尽了俗世中的罪孽生活之后，最终走向灵魂的觉醒。刘浪的孩提时代，生活在一个缺少温情的家庭，正值乱世的他，子承父业，在南方的一个小镇上以恶抗恶，不择手段地贩卖烟土，杀人越货，成为地方上的一大祸害。他虽然妻妾成群，但却丝毫感受不到亲情的温暖；他虽然富甲一方，但精神上却贫瘠得如同乞丐。刘浪在读医科大学时的一位奉读《圣经》的女信徒，一直对他产生着某种潜在的影响。在经历了大奸大恶、大风大浪，面对了周围无数人的死亡之后，刘浪终于趟过那条"施洗之河"，找到了精神的皈依之所。刘浪生活中的最大痛苦，是他和他生活的那个时代在精神上脱钩了，这是一种存在意义上的痛苦。

这篇小说甫一发表，就因其鲜明的精神指向性，以及与时代精神症候的暗合，引起了广泛的关注和如潮的评论。这和几乎同一时期发表在《花城》上的吕新的长篇小说《抚摸》，形成了鲜明的对比，吕新的《抚摸》因为一般的读者和论者难以找到进入其文本的"密钥"而至今评论寥寥。

《施洗的河》遭遇的关注和热议，固然与小说的基督教背景以及小说所涉及的时代精神的沉沦与救赎的话题有关，让诸多的论者觉得有话要说，有话可说，但作家北村皈依基督教这一带有鲜明时代印记的个体行为，亦成了当年中国文学界的一个重要的"精神事件"。评论家南帆在他的一篇评论该小说的文章中，开宗明义地写道："将《施洗的河》看成一次文学事件，这大约不是夸张之辞。这部小说的出现不仅是一部作品的发表，它同时迅即地为文学带来一系列的不容回避的追问。存在与信仰之间的关系如此迫切、如此明朗地显现在眼前，以致人们再也不能含糊其辞地绕过去。人们被迫郑重其事地正视这个问题，这也许是《施洗的河》的首要意义。"

南帆接着进一步剖析道："《施洗的河》断然中止了一切语言游戏，北村扭头撤出了昔日精心周旋的语言方阵，回到了拙朴的话语风格之中……《施洗的河》的叙事话语不再闪烁着诡谲的面目，语言本身的激烈骚动隐没了，所有的词语开始遵奉常规的语义，诉说某种生存的真谛，仿佛听从了神的启迪，每个词语都平静地返回自己的位置，在一个权威声音的安抚之下安详地履行职责。"

应该说兼为北村的好友和评论家的南帆，对这部小说中呈现出的精神指向，以及隐匿在字里行间的精微要义的洞察和解读，是相当精准而到位的。作为好友，南帆见证了"北村个人的生存状况由于信仰的关系而发生一个剧烈的震撼"，而作为评论家，南帆感受到了"这个震撼如今正陆陆续续地

传导到他的小说之中"，"北村将自己和文学同时交了出去，
交给他心目中的神圣"。

作家北村对基督教的皈依，以及由《施洗的河》呈现出
的创作转型，何以成为一个时代的精神坐标？我个人认为至
少有两个背景是不能忽视的：其一是始于上世纪九十年代初
的商品经济大潮对当时社会的冲击和席卷。在经历了几十年
的计划经济的沉抑和循规蹈矩之后，商品经济的春风，骤然
间把国人沉睡并压抑在心底多年的各种欲望唤醒，并迅速予
以释放，一时间欲望的旗帜迎风猎猎——金钱至上，声色犬
马的肉体狂欢，成了这个信仰缺失时代人们的终极追求。这
种情形，多少有些像北村小说中的刘浪那样——穷奢极欲之
后的空虚与茫然，会在一个个耿耿难眠的长夜，碾压、拨弄
那颗不甘沉沦的心扉。我猜想那时的北村，也一定有过类似
刘浪那样，肉体生存与精神持守相脱节的痛苦与彷徨。正如
《施洗的河》中昭示出的那样：人的理性何以自立尺度的追
问，人性中的卑下成分使人无法自救的焦虑，让此时的"刘
浪"们寝食难安。其二是彼时盛极一时的后现代主义思潮对
各种经典和神圣事物的颠覆及解构。既然"上帝已死"，于是
人生便可以"怎样都行"，信仰和神圣这样沉重的问题，如同
过时的遗物，被许多同时代的人弃之如敝屣。然而让北村无

法释怀的却是人生的终极意义的寻觅与追求，"北村力图告诉人们，这个生存维度不该被遗忘，理性未曾解决这些问题，不等于这些问题可以放弃"（南帆语）。或许，我们在这样的一种背景之下，去理解北村的精神皈依和创作的转向，才能指认像《施洗的河》这样类型作品的出现，对整个中国当代文学创作的意义！

　　记得大约是在 1991 年的岁末，作家韩少功在回首那一年的文学创作时，曾发出这样的感慨：那一年的中国文坛，因为有了史铁生的《我与地坛》和张承志的《心灵史》，就不能说是一个欠收年。韩少功所说的这两部作品，和《施洗的河》一样，对于中国新时期文学的创作，都具有某种精神坐标的意义。在我看来，这些大致在同一时期出现的作品，标示着部分当代中国作家，在那个信仰缺失、物欲横溢的年代，不甘沉沦的身影，不向世俗功利妥协的决绝，和勇攀时代精神高地的雄心！

　　促使北村这种在精神和创作上的转向，除了上面谈及的背景，我们还可以在他的作品中捕捉到更多的蛛丝马迹。记得当年我在阅读《施洗的河》手稿时，小说中的一个情节让我印象极深：刘浪在医科大学毕业后，待在老家霍童闲荡了一年。在这期间，他目睹了父亲的日渐衰老、颓唐和怪异，而同时，一起突如其来的变故，让刘浪从此走上以恶抗恶的不归之路。那天晚上，一阵来历不明的枪声，让刘浪兄弟俩惊恐万分地在炉膛里猫了一夜，本以为躲过一劫的兄弟俩，天明时发现，一颗流弹击穿了他们母亲的两个乳房。小说中这么写道：

> 刘浪突然心酸起来，这对他童年用来催眠的乳房现在不堪入目，那用来喂养他的乳腺被铁弹击碎了，就像一摊下水。刘浪感到原先看上去那么神圣的东西原来这么脆弱，这一枪把他和童年勉强维系的一丝温馨击得粉碎。

毫无疑问，小说中的这个情节，有着极强的历史和现实的隐喻——曾经，我们以为的神圣而恒久的东西，在现实中其实不堪一击；而那对长久以来一直哺育着我们、曾给予我们生命甘泉的母亲的乳房，在外来暴力的击打下猝然爆裂——"血泊中暴露出被打烂的胸腺组织"，这也许就是近一百多年来，国人在东西方文明碰撞的过程中，所经历和必须直面的处境：精神的故乡已然沦陷——母亲那对曾经丰盈的乳房不能再给我们提供养分，那么流浪也许就成了生命必不可少的过程——刘浪谐音即是流浪，刘浪在小说中生命的起伏波动，在俗世中的欲海浮沉，也就有了特定的指代。生命的意义何在，未来的何去何从，也就成了刘浪生命中无法绕过的问题。"天国近了，你们应当悔改！"小说一开头所引用的《圣经·马太福音》中话，也正是在这样的情形下，如同天启般，回响在刘浪的耳际。

作为一部小说，《施洗的河》获得关注和评论，大大地超过其他作家在同一时期发表的作品（在网上百度一下的结果能吓你一大跳），这其中除了它作为一部小说所具备的优秀的审美特质的原因外，还因为小说的基督教背景给予了评论家们施展拳脚的巨大空间（有相当数量的评论文章是以基督教文化作为切入点的）。在我看来，《施洗的河》作为北村生命和创作转型的开山之作，在信仰和文学创作关系的处理上，并没有达到水乳交融的程度，也就是说，它在小说的叙事艺术上，并没有达到类似题材的作家，如托尔斯泰、陀斯妥耶夫斯基们的创作所呈现的高度，把宗教和信仰的精髓，天衣无缝般地渗透到其创作艺术中，因而这部小说在小说叙事上的某些欠缺，明眼人还是能多多少少感受到的（当然我这样的指责，多少属于吹毛求疵了）。

正如我看到的一位网友对小说所发出的感慨："你似乎不相信自己，怎么会这样被动，好像被牵着鼻子，跟着北村似乎没有丝毫逻辑的叙述绕来绕去，但是就是抓不到他接下来要干什么。你多少次想到刘浪要死了，但北村就是不让他死；你多少次想到他发迹、兴旺无比，可北村也不让……北村到底想干什么？这叙述真够狠，逆着读者的惯常思路来……你似乎会觉得，北村是不是太理性了？不错，北村实在是太理性了，故意创造了自己的叙述风格，刻意地玩弄主人公的性格变化……（最后我们终于）知道了他为什么要留着刘浪那奄奄一息的生命，不是为了讲故事，而是为了教诲读者，表达自己对上帝的虔诚！"

这位读者说北村"故意创造了自己的叙述风格"，这对于一位作家来说，并不是一种毛病（其实是一种赞美），问题不在这里，问题在于北村在这里确实"太理性了"，理性到他让小说想呈现的主题如同一个坚硬的内核，无法有机地融入小说的肌理之中，以至于读者能一眼洞穿小说想要表达的主旨，这不能不说是一种遗憾。

但即便这部小说有着这样或那样"先天性"的不足，仍无法遮掩《施洗的河》在中国当代文学史上所显现的精神标高，也幸亏有了像《我与地坛》《心灵史》和《施洗的河》这样的作品的出现，中国新时期文学的创作，才显现了不一般的精神高度！

写作能回家吗

——北村和他的《施洗的河》

谢有顺

一、先锋小说的分化

小说进入 20 世纪 90 年代之后，作为群体的先锋派，内部出现了明显的分化。这个事实的发生，不仅在于当下先锋作家在各自的艺术道路上越走越远，其原因还可以追溯到更早的时候——最初对先锋派的界定便是含混而模糊的。多年来，小说界将一批富有艺术个性的作家集结在一起讨论，已经是勉为其难的事情了，我们又怎能奢望他们一直走在同一条道路上呢？分化是必然的。当然，我这里决非想轻率地预言一个时代的结束，但我确实看到，一些先锋作家用他们的近作向过去的写作群体举行了告别仪式。

　　从格非、苏童、余华、北村等人近来发表的长篇中，我们可以清晰地感受到这一点。尽管有关先锋小说行将解体的预言在文坛流行了多年，但直到今天我们才实在地亲见了这一节日。据我的初步考察，先锋小说至少分化成三股不同的艺术潮流在文坛挺进。一是苏童与叶兆言等人倾心于"新写实主义"，通过向传统的归化来表达他们的日常生活经验；二是余华、北村等人力图在作品中重获一种心灵深度，以超越世俗图景，实现对人的本真生存的追问；三是格非、孙甘露、吕新等人仍旧想在作品中持守一种有独立审美意义的形式力量，并用这种眼光来审视世界。当然，这不是科学主义的严密划分，它只是先锋小说分化后的一种新的可能性。这种分化并不意味着全面的进步，而是呈现出世俗化与超越性糅杂在一起的复杂面貌，现代主义的深度中心与后现代主义的平面性并行发展。

　　苏童与叶兆言等人在新近的写作中，放弃了早期那种对超越性价值标向的苦苦追寻，而更多将目光转向市民生活那无奈、庸常的生存景象。这种转型，在苏童的"妇女乐园"和"男人杨泊"这两个系列中篇中，体现得非常明显。文坛有人将他的小说称为是"高级通俗小说"，苏童则自称是"半流行小说"。与这种写作姿态相伴而生的是他在写作观念上的转化，苏童说，他写作时不想知道作品背后的东西，因为一个作家若为背后的东西而写作一定很痛苦。或许可以这样认为，苏童拒绝了写作中的痛苦性，而转向了轻松的写作？轻松的写作是一种消解性的写作，也是一种危险的写作，因为满足于事象形态描摹的作品，将缺乏与当下人类精神境遇互为同构的可能性，这样的文学，也就失去了与生存之痛相对抗的精神状态，以及在此之上的救度之路；如果一个作家向我们出示了一堆我们耳熟能详的生活事象之后，便从人类的精神境遇里抽身而去，这样的写作显然是有限度的。叶兆言在他的《人类的起源》《爱情规则》等作品中，也写到了这种日常性。这和他们早期的先锋姿态是大相径庭的。

继续循着先锋小说的形式探索轨迹前行的是格非、吕新和孙甘露等人。像《锦瑟》《边缘》（格非）、《忆秦娥》（孙甘露）、《抚摸》（吕新）等作品，尽管有向故事回归的迹象，但总的来说，格非等人还是坚持了先锋小说对形式高地的占领。相比之下，余华与北村多少有点接近，他们都从技术迷津中突围出来，小说面貌变得异常朴素，他们在写作中，坚持用心灵的质量打击世界。余华的长篇小说《在细雨中呼喊》，就重返了现代主义的绝望主题，进而审视我们当下空洞的生存境遇。包括《活着》，余华仍旧延续了他内心那种悲凉而忧伤的生存感悟。而北村的长篇处女作《施洗的河》，我却把它看作是对余华的绝望呼喊的应答之作。《施洗的河》通过刘浪这一人物，清晰地展示了人类精神从空虚→害怕→焦虑→绝望→救赎的全过程，它以个体生命中匮乏到重生这个角度，写出了一个时代精神溃败的真实面貌。有人声称《施洗的河》是我们时代的"精神报告文学"，这显然是符合作品实际的一种说法。应当承认，北村在这个长篇中，对人类精神匮乏的开掘达到了令人吃惊的地步，并且，小说后面救赎情怀的实现，是《在细雨中呼喊》中所没有的。《在细雨中呼喊》和《施洗的河》共同构成了当代小说的动人景观，也是先锋小说分化之后的一个新的起点。

先锋小说的分化虽然暗示了某种群体性的危机，但我们并不必为此而悲哀。分化也意味着一种新的开始，在这个相对松散的局面下，先锋小说完全有可能酝酿一次更大的飞跃。余华、北村、格非等人的写作，都蕴含有一股与我们这个贫乏时代相对抗的精神力量。当文学在抵达了一个"无深度的平面"的临界点之后，如何将一度消泯于语言游戏中的精神价值与生命意义重新解放出来，值得每一个作家思考和探索。

二、写作是撤退

　　先锋小说与形式探索是相伴而生的。然而，形式还未保证先锋小说家取得的预期的辉煌，他们就已经感到疲累。不少先锋作家从纯粹的形式探索中抽身而出，原因就在于此。先锋作家毕竟不是纯粹的后现代主义式的文化游戏者，他们显然无法承受无限度的形式自娱与语言的狂欢。写作一旦从表达意义的维度中挣脱出来，成为福柯所说的那种只指涉自身的语言游戏，它就必然带来精神意义的极度匮乏——一种灵魂的虚空。这种"生存的零度"状态，将取消写作的根本意义。或许，先锋作家已经及时地意识到：在一个意义丧失的技术平面里，人类无法长久地居住下去。在此之前，先锋小说一度沉迷于技术主义的叙述策略之中，想通过文学形式的花样翻新来吸引公众，这令人想起韦伯所说的"工具理性"对人文精神的丰满性的压榨。比如，孙甘露的写作，创造的只是一个可供写作主体彻底消失的语词空间，在这个空间里面，孙甘露陷入到语词自身的缠绕与辨析之中。孙甘露的写作实践，包含了后现代式的消解冲动，它在一定程度上应和了德里达所说的"写作是撤退"：通过写作者与作品的分离，让语言独自言说,以宣告解读意义的无限与缥缈。这是先锋小说中的一个极端表现。

写作一旦遁入语言表达的自娱之中,其内在的生存意识与情感体验便随之消失。那时,它所敞开的后现代景象,只是一种艺术自我的隐在表现。阿兰·洛威德就在他对后现代主义的宣战书《后现代主义景象》一文中说:"后现代主义是一种更深意义的颓废,因为一个人除了自己以外还有别人和世界存在,把自己游离于共同关心的事物,游离于社会的集体之外,对社会进步而言,是十分危险的。"技术主义的流行,是先锋小说走在危险的写作途中的根本原因。技术(形式)的冷漠性,割断了人与世界的联系,同时也拒绝了作品与灵魂对话的可能性,世界的意义被放逐。它意味着人类生存的根基——神圣秩序的沦丧,从一个侧面表征了我们时代的精神危机。

面对生存中心的倾倒,有人想在碎片化的平面模式中重建一个精神的新深度空间,以此来反抗我们业已深重的生存危机。就连"探索形式主义策略最极端的实验者"(陈晓明语)的北村,也在沉默一段时间之后,返回到对生存的敏感与关怀上。北村的转型,是以他的长篇小说《施洗的河》为标志的。

　　《施洗的河》中，北村完全敛去了极端的艺术探索色彩，而转向作品自身肌体的建构。北村启用了最朴素的方式——讲故事与心理活动——来写作，目的就是为了拆除一切直面生存的形式障碍，直接进到人物的生存领域里面，通过展现人物心灵底部那片阴晦的风景，说出我们这个时代的匮乏本质，以唤起世人的警醒。北村说："我要为自己选择了作家这一职业负起道德责任。"这是他转型之后的写作独白，他表示无法再对我们当下日渐沙漠化的精神境遇表示沉默。

　　北村在小说中尽管写的是历史，但他没有囿于历史而回避对当下生存的关注。他不像其他先锋小说家那样刻意与历史保持某种间离效果，而是尽力从历史中跳脱出来，实现与我们当下生存的同构。像小说中的刘浪、董云、唐松、马大等人，他们从寻求心灵的暂时满足而在罪恶中沉沦，最后走向绝望与死亡的生命历程，有着普遍的象喻特征。北村借刘浪这一个体生命从颓败到重生的种种变化，来表达他对当下生存的隐喻性理解：终极的缺席，使人一步步地走向绝望的境地。而刘浪在最后因寻得信仰，得到精神的拯救，也说出北村对我们时代精神出路的思虑，从过去那种乌托邦的幻影中走了出来。

　　在北村的这个长篇中，形式可能给我们带来的不适已清理干净，只有内在逼人的精神力量才是最重要的，事实上，不仅北村，其他的先锋作家，其作品的形式先锋性也正在衰弱，包括格非、孙甘露也不例外。形式不会是文学的终极，它只是作家表达世界的一种方式而已，这种方式由作家对世界的基本理解所决定。倘若形式失去了精神性，那它的意义便已不在。

先锋小说在形式上的先锋性的萎缩，作为一个重要的文学事实，必然带来我们对"先锋"二字的重新理解。过去我们一直持守这样一种观念：先锋就是指形式探索上的前卫性。现在看来，这样的观念应当矫正。在一个更大的范围里说，先锋应是指在精神探索上走在最前列的人，而形式上的先锋则很可能徒具一副空洞的外壳。

三、生存的匮乏

对人类精神境遇的关注与揭示，一直是北村在写作中渴望企及的目标。然而，只有到《施洗的河》这个长篇，北村才真正从外在形式的构筑上退回到内在心灵风景的描摹上，把笔触伸越到了人物灵魂之中。这时，北村对精神事实的逼视，转化成了作品的内在力量，紧紧地抓住读者的心灵。

　　只有从心灵里面出来的东西，才能真正感动读者，可是多年来，先锋小说的零度叙述所造成的冷漠，使小说内在的情感力量丧失殆尽。先锋作家关闭了与人物心灵交流的可能途径，而只注重事件或行动本身的残酷性，他们想通过这些客观呈示、言说人类的生存本相。这显然不是理想的方式。余华较早意识到了这一点。他的《在细雨中呼喊》《活着》等作品，在叙述上就变得温和、舒缓而充满情感色彩，故事本身也朴实而富有耐心。但是，这些作品却因其取得的心灵深度，而深刻地影响了当代小说界。从现实到心灵，从外在到内在，这无疑是小说的一种新变。

　　北村也走在这种新的道路上。《施洗的河》作为我们时代精神衰败的心灵象喻，就是凭借人物的心灵发展史这条线索，来达到对生存的真实意义的拷问。北村无意为当代小说的人物画廊塑造几个新的典型，他力图复现的是在刘浪等人身上所包蕴的精神上的普泛意义。所以，从叙事上看，北村笔下的故事逻辑也是服从于人物的心灵逻辑的。

　　北村始终以刘浪的心灵史作为小说的中心内容，在刘浪身上，能看到的生存事实只有一个：匮乏。作为蛇帮的首领，刘浪可以通过罪恶的手段获得一切——无论是金钱、女人还是名利。但他有一个致命的问题始终无法解决：心灵的满足。

　　尽管刘浪可以利用罪恶所具有的刺激性自娱，但欢乐总是稍纵即逝，刘浪无法将它留住，而且，肉体的欢悦终究无法满足刘浪那颗空洞的心灵。一度失去精神安慰的刘浪迷上了各种各样的精神代用品：女人、气功、大麻以及无休止的帮会争斗。但是，每更换一件，刘浪就感到自己的心里又被腾空一块地方。当刘浪对生活流露出彻底的乏味时，他蓦然发现，自己已站在一片无主、无根的精神荒原上，那时，结束生命是刘浪唯一的梦想。

　　在刘浪的心灵流变过程中，我们几乎看到了一个时代的精神影像。造成刘浪绝望的原因，就是生存意义的匮乏，而这也正是贫乏时代的人精神危机的共有病症。正如刘浪在小说所说：我不难受，只是我里面很空。这种生存空洞的感觉，正是许多现代人滑向绝望的重要原因。刘浪找不到生存的意义，他不知道自己活在这个世界上到底为了什么，这种绝望的想法，导致刘浪成了一个孤僻、变态、冷漠的孤独者，在那个溃败的时代里孑然而行。最后，刘浪甚至过上了一种穴居人的生活，梦想通过与世隔绝来保持自己心中最后一丝的恬适，只是，这个梦想也在刘浪心中破灭了，因为生存根基被抽空这一事实，使刘浪失去了唯一的依靠。

　　匮乏的实底，就是生存中心意义的缺失。刘浪无疑是一个生活在匮乏最底部的人，他举目见到的都是生存的黑暗。在黑暗里面，刘浪的生存得不到确认，他的灵魂也就得不到安息。刘浪在后面终于明白：金钱无法满足，学问无法满足，享乐无法满足，成就无法满足。他渴望的是灵魂能抵达一个神圣福祉。

北村借着刘浪，向我们说出一个严重的事实：意义的危机。这也是北村超越刘浪这一个体生命，向我们传达的生存消息——匮乏的实在景象。必须正视我们当下所面临的后现代的生存境遇：主体消弭，深度消失，精神的超越性转换成内在的沉沦性。作为精神产品的文学，必须出示一种反抗生存黑暗的力量，帮助人思索如何实现生存的真实意义。在当下这个时代，人的生存几乎被推到了雅斯贝尔斯所说的"边缘处境"里：死亡、苦难、斗争和罪过。这个事实严重到一个地步，让任何一个有责任感的作家都无法回避。正如后现代学者查尔斯·纽曼描述的那样："所有的人都腰缠万贯，然而所有的人都一无所有，从来没有谁能忘记自己整个精神的突然贬值，因为它的匮乏太令人触目惊心了。"这是一个生存悖论：物质不断富足，精神却日渐匮乏。如果不能对此境遇作出应有的反应，那么，我们永远也无法再找到精神价值的新维度，那时我们不禁要问：生存被悬浮之后，人的精神出路在哪里？

　　虽然，在当代社会能明确地感受到后现代主义文化情境对现代人精神的一步步蚕食，但也大可不必在生活中推行后现代主义。当代社会不是文化不够零散，世界不够无序，精神不够匮乏，而是需要从这些艺术与生存的废墟中走出来，重新找回精神的重量，找回内心那种温暖的感觉。

四、深度空间的争取

　　对生存的关注，是一部文学作品最引人注目的深度链条。其中，生存的悲剧性以及神圣之光重新朗照大地时的终极幸福，即克尔凯戈尔所说的"永恒沉沦"与"永恒拯救"的两个心灵世界，更是许多伟大作家所关注的深度内容。于是，终极价值的背景出现了，因为真正的深度只会出现在人与世界、人与终极的关系之中。

　　北村的《施洗的河》之所以显得重要，就在于它写出了匮乏与黑暗的实质：神性的缺席。神性的不在，导致了人性的沦丧，这就是海德格尔所说的"世界之夜"——天、地、人、神的世界四重结构，由于神性的不到场，终极意义的不在，导致世界呈现为一片黑暗。只有与神性相关的信仰、希

望、公义、圣洁和爱等神圣素质，才能克服生存的黑暗、苦
难和虚无。刘浪在苦难中要寻求的正是一种能带给他盼望的
事物，以填补他心灵中的空缺，这也是解决他灵魂问题的唯
一途径。但由于神性未曾惠临，世界是一片精神沙漠，在里
面唯一活跃的是人的盲目意志与本能冲动。人一旦失去了神
圣作为存在的尺度，他的栖居便是不完整的。这时，人容易
遁入自己的本然生命里面，任由生命的动物性把自己带到虚
无主义的怀抱里，从而越来越远离存在的神性呼声。在刘浪、
马大、唐松等人心中，只有一些过眼云烟般的生活幻象，而
没有一个更高的东西存在，也就是说，他们从来就不曾仰望
过什么，也就无法超越当下的生存情境，向生存的更高处攀
登。当他们丧失了生存的勇气之后，便通过消耗生命来维持
对生活的热情，直到自己走到毫无退路的绝境里。刘浪就在
行走到绝望边缘的时候，向那个神圣的终极实在发出了凄厉
的呼喊：

　　　　天哪！他喊道：如果真有一个神灵，我要问你，为
　　　什么你要把我带到这样一个地步，我不是有万贯家财么？
　　　我不是活得好好的么？街上一个卖鱼丸的都无忧无虑，
　　　为什么你的惩罚要临到我身上？让我无能！你为什么要

拆毁我？你为什么要让我黑暗？你把我送到这个地步，你到底要我做什么？

这是一个绝望者的无助悲告。北村在刘浪最绝望的时刻，让神性的光临到了他，使他在光中被暴露，进而悔改，重获一个超越绝望的神圣生命。这时，北村的写作在最后完成了由现实形态到神意形态的自然转换。更为重要的是，神性维度的出现，使《施洗的河》具有了罕见的深度性。在这里，再也找不到北村过去小说中那种能指的过于明确与所指的恍惚迷离之间的矛盾，其精神指向有了相当明确的对象。北村、余华与其他先锋小说家所不同的是：前者致力于深度精神价值的重建，而后者则力图将精神与历史都夷为平地。意义的平面不是人类的永恒居所，因此，后现代主义以消解为主要特征的文化现象，也不过是人类精神遁入历史盲目的一种必要过渡，"后现代"之后，必定是更高层面的深度重建。

从西方的后现代主义的发展过程中，我们也不难看到这一点。像哈桑、奥尔克斯等后现代学者，都曾尖锐地指出："后现代主义正在走向终结。"这就意味着，那个由不确定性、零乱性、非原则化、无我性、种类混杂、构成主义等组成的躁动不安的境况，正让位于精神重建与文化更新的新格局。

为此，美国的丹尼尔·贝尔在二十世纪六七十年代的时候，就对后现代主义那无限度的解构冲动表示出忧虑。他认为，若要摆脱后现代主义情境下信仰危机的梦魇，就必须向后工业社会的新宗教回归，重聚人与世界的碎片，通过传统信仰的复兴来拯救人类。

后现代主义给当代社会带来的两大恐惧是：话语膨胀与表征危机。信仰的复兴，无疑是对这两种恐惧的坚决还击。它作为支撑人类生存的终极情怀，其基本特征是：幸福和爱。这种神圣性质的出场，可以消除人的狂妄，使得人不再将自己提升到一个绝对的位置上，而是在神性的声音里展开对生存的体验。人的生命一旦顺服在同一个终极原则面前，世界就将重新彰显出它那和谐的秩序，这个时候，人的生存便有了深邃的内容，而不再飘泊游荡。

文学不仅要在生存的空洞里，展现出对神性惠临的期待，而且，还要进到信仰的光芒里面，对一切神圣美好的事物发出歌唱。遗憾的是，我国的先锋作家，大都没有上升到这一高度上写作。但是，当下形式先锋性的萎缩，表明先锋作家已经开始脱下时髦的外衣，在一个更朴素的领域里，出示他们的写作热情与生存勇气。余华和北村等人，是先锋作家中超越旧写作模式的先行者，他们在精神上的觉醒，使得他们的作品恢复了深度力量。逃避生存苦难而遁入技术领域，这并不能给我们带来真正意义上的文学革命，只有能够站在精神的终极层面上直面生存、审视生存的作家，才可能创造出大质量的作品。可以肯定，对生存深度空间的争取，将成为小说发展一个重要走向。

1993 年 6 月 15 日于福州

写作是生命的流淌

——北村访谈录

郭素平

郭素平（下简称"郭"）：你觉得先锋写作消亡的主要原因是什么？

北村（下简称"北"）：作为所谓的文学派别存在的时间非常短，是因为他们整个的写作立场不是非常真实，因为任何写作都是一个精神过程，首先是精神有这个要求。整个现代主义文学是在西方世界宗教式微，人拒绝指认上帝是他的引导者之后所产生的一个精神背景上，所谓的浪子的地位。两个很典型的例子，反映在哲学上是尼采，反映在文学上是卡夫卡。实际上之前有两条线，一条是马丁·路德改教以来的，宗教信仰还是沿着它自己的发展方向，并没有失落。但是人文主义这条线也在发展，文学、哲学基本上是在这条线上发展，人类整个从自我作为一个基点来出发，比如说人可以基于人自己的一个把握，认为自己有信心来认识人的本质，认识人的精神上出现的各种疑难问题，实际上把宗教传统抛弃掉了。

郭：我觉得它的存在时间和西方比起来短暂的原因，是否是因为我们没有现实土壤，就是说我们还没有生成生长现代主义的土壤，还没有那样的背景，我们的作家有点超前了？

北：我觉得在精神深处人类体验的普遍境遇感是一样的，它可以达到一致性，它未必一定要跟时代的某种实际的境遇相关联，但时代具体的发展进程可能也有它的影响。比如异化，我们在十几、二十年前就谈到异化问题，但实际上我们生活在今天的北京才真正感觉到异化是什么，这一方面是人性本身的，但是人跟真理之间的关系，人跟罪，跟善，跟公义这些最基本的母题之间的关系，历时历代都有一个基本的东西存在，作为一个中国作家也可以接受西方的传统，因为它是人类文化的一部分，我们也能感同身受，我觉得在这方面的区别不是很重要的。

郭：你觉得它的气候在最深处跟西方是一致的，从这个意义上说，是否可以认为先锋写作并没有消亡，只是本质内化了，形式改变了？

北：要看你怎么界定。人家说我是先锋作家的一员，我也认可。但就我个人而言，我觉得我一直在持续我认为的先锋写作，就是在他们称作先锋写作的那个阶段里，我的创作和别人的也有区别。比如那时候我的作品对故事的消解是非常彻底的，不仅是对语言的消解。我觉得语言本身在描述一个真相的时候，我没有必要改变语言本身的特质。比方说，我在指认我们今天坐在这里的谈话，就是这么纯粹和单纯，描述起来就是一句话，但是我使语言延展的逻辑到底在哪里？语言要让它奔跑起来，并不是说我要诗化语言，我觉得应该是说人跟他所存在的真实之间的关系发生变化了，这种变化体现为结构的变化。语言本身是很质朴的，但在它描述真相的过程中有可能把真相完全消解，这在《聒噪者说》里体现得比较明显。

郭：这可不可以理解为语言的局限性？

北：语言的局限性实际上不是语言本身的问题，是人的问题。人没有信心描述它了，人没有信心指认何为真实。这样的话你就没有任何理由去叙述一个完整的故事，你凭什么来定义一个故事的完整性？它的意义呈现在什么地方？

郭：你的意思是说语言本身还是承载人的精神的，人的精神没有了，语言也就流失了？

北：对。语言是表达意义的，我总是这样认为的。

郭：没有意义的语言只是个工具而已。

北：你说它是工具也可以，我说语言就是意义也可以，从本质上语言就是意义。如果语言只是工具，那么即使人没有信心，它仍然可以作为工具来使用。我不得不套用《圣经》里边的一句话，"耶稣说：'我对你所说的话，就是灵，就是生命。'"这话是什么意思？上帝是看不见的真理，他呈现出来是通过"话"的方式，他的"话"构成他的意义的。他的生长，他的彰显，他的丰富的延伸，他的表达，都是通过"话"的方式，从来没有人见过他长得什么样，但是他通过这个方式来支撑整个精神的、物质世界的稳定性。所以我觉得这个过程就是语言发表的过程。

郭：语言也是活的。

北：语言本身就是意义。为什么说在西方拒绝上帝以后他会获得浪子的地位？假如把这种真实的基础给挖空了，我们今天对我们所描述的真实性就没有信心了。信心失落了以后我们还要继续表达，那么这表达就成了空洞，就成了聒噪，就成了泡沫，就成了虚无，语言本身就没有意义了。在这个背景下我的所谓的"者说"系列，应该是比较彻底的，叫"者说"我也有这个意思在里边。其中有一篇小说，我是从头把故事叙述完整，其实内在那条线是从结果往回叙述，这个东西我想倒还不是在玩结构。在我所写的中篇小说里边，我都试图揭示我的这个基本看法。这原因、前提就是我们刚才所说的语言本身就是意义。中心的意义消解了，那么意义也就消解了。

郭：你还是想用形式承载一些意义。

北：形式跟内容，它就像生命跟身体一样密不可分。今天你看见我北村这个人，你就没法抽象了，你没办法把生命和身体分开，一旦分开，那就没有意义了。

剃刀边缘的写作：崩溃与迷乱

郭：读你的作品给我的感觉就是作品内在的情绪特别紧张，内里的矛盾冲突特别激烈，即使是在爱情题材的作品中也不是很舒缓。在你的精神层面，好像总存在着一些问题，终极性的问题，它们没有解决，因而有很强的内在的张力，而且是一以贯之，到底是什么问题呢？

北：在我信主之前，"者说"以前的作品，包括"者说"，都不存在这个问题。它们的紧张不是你所说的那种意义上的，因为那个时候没有问题，它的问题本身没有那种关乎人的心灵的东西。人本身有最基本的要素——良知、情感这些东西，全部压缩到一个层面上，那是价值观所决定的。终极性一直在寻找，但是没有把握。我相信人应该是有个来由的，有个终极性的问题。实际上"者说"系列也是在寻找它的奥秘，认识对象的真实性。在我信主之前的一两年，我已经写了一本 20 万字左右的一个私人笔记一样的东西，都是哲学性的东西。

郭：是哲学意义上的终极性。

北：对，基本上都是寻找中心价值的。实际上我现在回过头去看，那是一个迷宫，一个迷路者在叙述一个迷宫，他相信有个东西，但却没有多大把握，因为对他来说不是实际。所以说追求终极价值实际上是一以贯之的，但是我相信并接受，和我不相信，我只是在寻找是两种状况，完全是两种体验。在没有信基督教之前，就是"者说"系列，你一看就清楚了，那是在非常矛盾的临界点上的写作，像《孔成的生活》。

郭：是一个描写理想主义坠落的故事。

北：对，那完全就是象征的一个东西。我是不惜走在剃刀边缘上，破坏它的形式。那段时间我基本上是没法创作了，到全国各地跑，《孔成的生活》是在湖北写出来的。我的个人生活和我写作之间的关联历来比较紧密，这一点我觉得自己还是比较真诚和真实的。我这个人并不优秀，但是这一点倒是优点。所以那个时候，我对生活整个的失去了兴趣，我的婚姻破裂，然后就是无法写作，除了写像《孔成的生活》这样一个特殊的作品。

郭：思想、精神层面都处在崩溃的边缘。

北：崩溃、迷乱，是走在悬崖上快掉下去了的感觉。所以我就写下很古怪的《孔成的生活》，无法建筑的国。它是一个没有终极价值的艺术家在非常奇怪的状态下写的东西。

郭：就是说那时候你还没有一个终极性的依靠，即使其中写了杜村，那也只是你想象的一个理想。

北：想象的。所以孔成设计的房子没有屋顶。

郭：但是你认定肯定有终极性的东西，当时就把它叫作杜村了。

北：的确是。但问题在于，当一个人没有获得真实信仰的时候，人类所谓的理想主义是非常脆弱的，他的理想具有虚幻性和虚无性。人自己的猜想跟实际的启示，生命的启示是完全不同的。人的猜想最后会使人不堪重负。

郭：就是说人是从下边来的，上帝是从上边来的？

北：对，这就是人一直从下边开始建巴别塔，结果神就命定把它击溃，让你语言不通，实际上我们就处于语言不通的状况。按人的方式我们完全无法找到精神上安身立命的东西——宗教信仰，因为宗教信仰一定是我们的来源者所给予我们的启示，是他引导我们，是他爱我们，是他怜悯我们。我们是有限的，他是无限的，这实际上是很清楚的关系。我们是有限的，但我们仍然认为我们能够把握，这个上帝是我想象出来的，这个真理是我制造出来的，这就很荒谬，它会遁入一种存在的荒谬性。因此我们所做的就像西西弗斯推石头上山一样，就只剩一个姿态了，当然你最后没辙的时候只能说这个姿态本身是真实的，那就是人类的勇气，卡缪不是这么说的嘛。从海明威的《老人与海》到福克纳说的"他们在苦熬"，所有这一切都是在人离开上帝，离开真正的信仰以后所做的一个判断，一个绝望的呼喊。

郭：《玛卓的爱情》也是那个时候写的？

北：不是，那时已经信主了。

郭：我以为《玛卓的爱情》，还有像《孔成的生活》、《超尘》是你以前写的一个系列，描述爱情、理想、生存这三种人类赖以存在的基本方式的溃败。就是说那两部都比《孔成的生活》写得晚。

北：对，那时候写完就没有东西了，就什么也不能写了，然后很奇妙地就信主了。

郭：你当时的意思是要用《孔成的生活》终结写作了。

北：我不想终结写作，但是没有办法。接着我就去一个地方流浪。当时我还写了《迷缘》，完完全全迷宫似的东西。那个时候有个好朋友叫朱大可，他说了个词叫"迷津"，我认为非常准确。因为迷宫可能只是个游戏，有个规则，你知道怎么回事；迷津呢，似乎它有真相，似乎它有中心，那么我们就处于这个状况中，所以说后来我就没办法写下去了。接下来的事情就很奇妙，当然对于我们信主的人来说，我们认为这个事情是必然的，因为上帝既然是我们的来源者，就像我们对我们的小孩一样，他可能不清楚，但我们给他安排得好好的。这种接受信仰，跟文化人接受一个关于信仰的知识是完全不同的，它是真实的信仰。

"浪子"归家时的写作：纯粹而有力

郭：信仰给你最大的收获是什么？是使你的思想体系比较清晰了吗？

北：这只是派生物，最大的收获是我的个人生命，这是根本的，生命本身变成有意义的了。找到意义的本身，其次才有别的事情发生，思想体系能够整合，创作有目的性，生活本身有喜乐感。

郭：其实我们很多人都有过终极性追求的经历，但不是被琐碎的生活冲击掉了，就是有意回避了那种"人在高处不胜寒"

的孤独状态，而你一直能保持追问的状态，可见其勇气与真诚。某种意义上我认为这也正是你的作品保持张力的原因。

北：信主之前，我完全是一个迷失状态，那种平静是张力很强的，像"者说"系列，在水面底下的冲突，因为我无法指证一个东西是真实的，没有办法分辨冲突来自哪一方。信了主以后，我重新确认了一种价值，那么和这个价值相对立的东西，很明显就突出出来了。比如罪恶在人性里面的位置，它的强度，它对精神的遮蔽，冲突基于在恢复价值以后对完全的对立面产生的，所以我的作品中这方面的冲突是很强烈的。信主的最初阶段写的是人的有限性，精神的有限性，道德的黑暗，像《玛卓的爱情》就是写爱与信心的关系的；《施洗的河》是专门写罪恶的，罪恶昭彰，从罪性到罪行。

郭：从这个意义上说你是个完美主义者，你相信世界上有完美。

北：而且我后来找到了完美的东西。耶稣在还未上十字架前人性就是完美的。举例说，人有三种哭，为小小的事哭，是非常卑贱的哭；再提升一格，彼得的哭，是失败者的哭，但和神圣性相关联，是忧伤的灵在哭；再来一种，耶稣看见拉撒路，耶稣哭了，他爱他何等深切呢！这几种人性的表达，是有区别的，我确定有一种完美的人性是存在的，让我们看出没有堕落过的人是什么样的。那个阶段的作品为什么写得那么激烈，就是深挖它的根，想写出真正的罪恶是什么样的景象。我在信主之前会不会写罪恶呢？也会写，但是被遮蔽住了，也写罪，可能写的是罪行，不会写到罪性。写罪可能没有办法写得那么清晰，光来到黑暗中才会把黑暗照亮，如果光不够强大，污秽的东西，我们可能感觉到他的污秽，但不会看得那么昭彰，那么清楚。信主最初几年，我的作品对罪恶的揭示是因为我看见光，是光带着我来看。接下来到《周渔的喊叫》，这个阶段比较内在一点，主观一点。作为一个基督徒，我在走的道路上碰到了困难，碰到了试炼，在信心上受到了影响，我把这个复杂性写出来了。《周渔的喊叫》拍成电影就走样了，人们读到小说后会觉得比电影强些，但仍然没读到实质性的东西。实际上火车跑的两头，一个是完全属天的，靠信心走天上的路；一个是走在地上的，这是两种接近真理的方式。纪德有一部小说我现在去看感觉就不一样，纪德本身的信仰状况不是很好，但他写得非常真实，写天上的粮，地上的粮，还有一个叫窄门，就是写基督徒怎样进窄门，是一个非常痛苦的过程。所有的这些都是有价值的，因为和信仰相关联，他才会写得深刻。很多西方作家可能不信主，但仍然能写出非常深刻的人性，是因为他的背景。如果我是个陶工，造了两个杯子，是没有办法让一个杯子去了解另一个杯子的，除非我告诉它是怎么回事。所以站在人的角度想写出人性内在的问题是很困难的，必须要有启示告诉他，把问题告诉他，这个问题才有价值。可能因为我是比较早公开宣称自己是基督徒身份的作家，所以在我们目前的语境下我的作品被理解是比较困难的。但是另一方面我个人对自己的创作很有信心，我早就放弃了我是否功成名就，从信主的一刹那我就放弃了。很多人不理解我为什么会低调，在家里不和人来往，不在乎评价等等。不是因为我高尚，我是属于肉体的，人里面仍然充满着欲望，但是上帝会启示告诉我真理，我相信这个真理，所以我不靠上帝就没路可走，不可能写出好的小说。

郭：因为我们从某种程度上说是一个没有宗教传统的国家，西方的一些作家，他可能不是基督徒，但他有一种环境和氛围，所以他看人性的站位就比我们高。新生代里有一个以梦境作为写作资源的作家，她也写一些电视剧，她说这对写小说有伤害，中间状态的转换需要一些时间，你有这方面的困扰吗？

北：电视剧这个形式不是个坏东西，日本很多电视剧从质量上根本不输电影，像《爱情方程式》就很好地揭示了爱和信任的问题。所以没有坏的形式，只有坏的作品。我接这种东西的时候，我觉得它没有什么道德上的问题，那我就接，我按照好的方式写。当然写完了要改，但你得往好处改，你越改越差，我就不改了，几次的实践证明我是对的。所以基本上后面的都是别人写的，有时改得面目全非了。

郭：再说到像《施洗的河》和《孙权的故事》，一般评论认为你写到了人的尽头，接着就是神的起头，这里面有一个叙事的黑洞，也就是说这个地方留白了，它应该有一个逻辑关系；还有就是结尾处，尽管你有神性写作，但是关于这个话题写得太少。就是说这类作品里面缺少两块逻辑性的写作，因此更多的就剩下姿态上的意义和审美上的价值了。你为什么在这两块那么惜墨？

北：这个问题很多人问过我，我也作过一些回应，今天我就做一个比较完整的回应。我觉得基督徒作家写作经常被人家指责，有几个问题要说清楚。基督徒作家写的作品有好几种：通过启示的光照亮人性内部的真相，把这种现象描述出来，到此为止，这是一种；第二种，我出示一个结果，这个结果就是对我自己真实的得救的描述，我非常有意地把这样一些东西加在我小说的后面。为什么？很多人认为信主一定要有一个逻辑过程，其实灵的得救是一刹那间的，不是说你的理性不起作用了，而是说你靠你的理性是没法得救的。理性要求你去审核，但是上帝是你的创造者，一个有限者去审核一个无限者是荒谬的，这是一个信主的不可能的方式。有的人说，好，那我就傻傻地信。其实我写作的尾巴，就是一个傻傻的信，但这并不是说不存在逻辑关系，而是超越了逻辑关系，是更高的逻辑。这更高的逻辑就是我们摆正了自己是一个被造者的位置，我是这样认为的。

郭：你认为这一部分不可言说，没有逻辑关系，它本来就不是理性的？

北：对，不是理性的。它是超越理性的，但很少有人把它写进去，我是有意这样做的。对于我们这样一个没有宗教传统的国家，我就是要强调，要让人们看见，至少从外在的事实上它就是这样一个过程。你今天靠着看我的作品，你是没法相信的，但是哪一天你要是遭遇了神，你必定要经历这样一个过程，这是我讲的第一个问题。第二个，是不是说理性就不起作用了呢？关于人如何进入信仰，是不是完全不可言说？我觉得那短暂的过程是不可言说的，但是它的原理是可以言说的。像信而受浸就必得救，心里相信、口里承认就必得救，罪是如何捆绑人，真正的自由是罪得赦免，这都是可以言说的，但这会存在于我的后期小说中。比方《愤怒》，虽然我现在琢磨得还不是很多，但我写清楚了这个问题，就是公义和个人的义要分开，他才能自由，个人的义应该是整个神圣的公义里面的一部分。所以说，主人公李百义不能因为他个人的义而平安，就是因为他跟人的关系好像理清了，但是他跟一个原则的关系没有理清。我目前正在写的一本书可能比《愤怒》更加清晰地表达了内部的过程。一个人有灵魂体和得救之间会产生什么问题？很多的问题越来越复杂，这会在我的创作计划中慢慢表现。我在刚得救的时候是不可能写出像《愤怒》这样的作品的，因为我根本没到达这个体验，我现在信主十来年了，我才能开始写这样的作品。

郭：是不是可以这样说，你以前的写作还是以仰望的姿态去写，现在你已经上了一个高度，是用回望的姿态来写，就是摆正了这个关系以后，再回过头来看一些过往的事情？

北：从姿态上可以这样说。但如果从内在来说，我刚信主的时候，我刚被真理接纳的时候我看见一些真相，心里充满了喜乐。后来，真理开始在我的身上工作，我又有了内在的冲突，内在的体验。就像彼得，他前面怎么信誓旦旦，后面怎么转化为痛哭，这里面发生了很多的事，我是用小说的形式把这些记载下来。

郭：是一种心灵的历程。那你为什么信了基督而没有去信佛教或其他的宗教？

　　北：说白了，我是神的管道，有人说管道多么没有价值，多么低贱。但请注意，我不是别的管道，我是神的管道，我是流淌生命的，不是流淌知识的，我一直为此自豪，因为神给我的是看人和世界的眼睛，他给我光，我知道我离开他是不行的，就像瞎子领着瞎子，最终一起掉到坑里去，这是《圣经》里的话。别的宗教另当别论，很多东西它只是神的观念的另外的补充。宗教，它也可以是好的宗教，但它是人类的愿望或猜想，是个学说。它也是从人的美好愿望出发的，但是它不正确，很多宗教不能完整地解释一个人的意义和宇宙的来源。从人出发有文化，从人出发有宗教，我甚至在某种程度上不太愿意使用宗教这个词，我愿意使用信仰这个词。

不息的精神追问是写作丰富延展的支撑

　　北：我现在的写作是我的第三个阶段，我把目光投向社会，写人与社会之间的关系，这就比较复杂了，这里面就有一些最基本的东西，比如自义和公义的问题。呼唤社会公正，在常人看来好像是一个号召，但在基督徒马上就会想到社会公正的来源，谁指认它是绝对公义的，问题就出现了。还有人说你这小说是关怀弱势群体的，我说没错，在基督徒的眼里关怀弱势群体，是为什么有的人会压迫另外一个人，就是因为他不尊重另外一个人的尊严，就是因为他没有从上帝那边领受人是神创造物当中他认为最美的，他有他的性情和样式在里面，他是按照他的样式和形象来造的人，多有尊严啊！人高贵不是因为你穿得好。我们有基督的心在里面再来看人，我们就会有这样的爱，这爱不是从我们这里发出的，因为从我们这里发出的爱是残缺的。正像《圣经》里说的，爱是恒久忍耐，我们忍耐了吗？爱是不喜欢不义，我们有不喜欢不义吗？今天我的小孩被别的小孩打了，就想保护自己的小孩？爱是永不止息，我们有永不止息吗？我爱他三年就好了。这里面有很多很多的问题。因此我们今天只有以上帝这个绝对真理为参照才能有彻底和完全，否则都是非常有限的。现在我就把这些重要的思考贯穿在我的作品里面，使其更加深厚一些，有关神学的部分，我是通过故事的层面来展开的。

郭：不是直接写神学的东西，而是通过故事来表现，这应该是一个作家应有的方式。

北：倒不是为了表达神学，真理里面本身就有神学的部分。因为神是有知识的，虽然有知识不一定就是神，但在上帝里面就是充满着正确的知识。所以我感觉到中国的作家，包括中国的导演和艺术家，最缺乏的就是他只有感受的能力，没有思想的能力，或者思想的能力非常弱。

郭：是聪明人但不是有智慧的人。

北：或者用文化人的说法，就是对一些问题尤其是深刻的问题可能有感受，有感受的能力跟有思想的能力是很不一样的。按心思、意志、情感来说，良好的悟性得力于灵的约束，或者说是灵给予他的一种交流，若是没有灵的引导，理性是很幼稚的。这就是为什么东方民族的理性不成熟的原因，其实就是缺乏真正成熟的思想的能力。所以说很多的中国作家只写故事，或写到人只写命运，只写情感、遭遇，他很难写到精神层面的东西，因为在他的字典里面很少有这样的东西出现，他也不知道缺失在什么地方，所以说他组织故事就不会出现那多么重要的问题——精神领域的问题，他只是按照故事本身需要的逻辑来写作。

郭：停留在事物表象的层面，感动了就完了。至于为什么会这样，怎么办，就不再探讨了，大家都在这种层面上。黑暗的人在黑暗中至多只能有感受的能力，没有照亮自己和别人的能力，因为没有光。现在你有了一个最完美的参照系，才能看到别人的残缺。

北：没错。我就觉得中国作家在这方面的能力是非常薄弱的。非常薄弱就使得他们没有办法，他们再聪明也不可能写出伟大的作品。因为伟大的作品一定要写到人精神的深处。他们至多只能写些所谓的优秀的作品。即使不是带了基督教背景,是带了佛教背景,也会触及一些深刻的问题,只不过佛教的解决办法不一样,我们不一定会认可这种解决方法,我们有我们的理由。但是《红楼梦》的确是中国作品中最伟大的,我觉得它最成功的地方就是它非常的真实,在中国文学中第一次写出了虚无,它对精神里面的虚无性展示得那么特别。至于说《三国演义》,那是谋略学的东西;《水浒传》是对义的认知,义是什么呢?哥哥,我替你把那厮杀了,这就是他的义,他对英雄的概念,他的英雄是没有崇高性的。他也写出了有情有义,但没有道德感,没有确定的价值标准。

郭:就是没有那种深层的精神层面的东西。为什么中国作家在精神上深入思考的能力显得薄弱,是因为这个时代太浮躁了吗?

北:因为没有上帝,他也不去追求上帝或者与上帝有关的东西。今天西方世界也是一团糟,道理是一样的。他们虽然曾经拥有过上帝,但是他们不要他了,他们拒绝掉了。欧洲整个现代思想的核心就是拒绝上帝,宗教式微,造成了社会的极大沉沦。从六十年代起,性解放等等都跟这种思潮有关系。在这种情况下,我的创作在本质上很清楚,尤其是在这几年，我是把我的创作拿到神的面前去祷告的。有人说那你不是没有自己的思想了？这就完全错了，今天神创造我们这个人，就是要把他的形象和样式造到我们身上，他的所有的性情在我们身上，有人说你这样不是完全没有人性了？他又错了，有神性保护的，或作为来源的人性才是最完美的，最丰富的，有无限的独特的延展性。这就牵涉到一个哲学上所说的殊相和共相问题，就是一元和多元，抽象和具象。如果我们拒绝上层，让自我无限延展，自由就没有约束，就走向单调，走向真正的抽象。哲学的困境在哪里？要么就强调殊相，要么就强调共相；要么强调中心，要么就强调丰富的延展，老是割裂，因为人从人的立场上是没有办法整合的，这就是所谓的碎片化。只有一种东西最重要，就是生命。在我的信仰当中，这个信仰不是宗教，它就是生命的信仰。如果宗教作为一种知识存在，仍然是人的猜想，它仍然会割裂，要弥补这个割裂，要避免碎片化，要重新整合，只有从生命的角度。如果让一个人用布剪出一万片树叶，绝对其中有好些相同的，反而是一棵树上长出来的叶子是不会相同的，从人来的两件东西相同的概率绝对比生命体要高。所以我们不要怕今天我们敬拜真理，我们受约束于它，我们就不自由了，我们就丧失了自己的个性，完全错误。我小时候看到一幅基

督教的画，当时就感觉到很独特，有一群小孩站在那边，有
各种各样的头发，上帝从上面用手一指说你是最独特的那一
个。哦，我当时觉得这个话很好啊，所以他有能力让我们的
丰富性、独特性完全彰显。

　　郭：别的层面上的多元是混乱的，这个多元是最完美的，
只要有一个真理把它规范起来，所有的自由就显得美丽、
独特。

　　北：所以我把我的创作称为"福音预工"。今天在中国，
我作为一个基督教作家，的确很孤单，可以公开说，我宁愿
把我的工作当作神的福音的预备工作，若是能够被神当作预
工使用，那是我莫大的荣幸，因为你用作品来见证真理。只
是我深深地了解我的能力有限，这不是在于我有没有才能，
而是在于我自己在追求神的过程中的懒惰、软弱、失败所带
来的遮蔽，就是漏掉神的恩典，使我的创作能力没有那么大，
效果没有那么好。但我知道神圣的基督教文化在未来一定会
在中国出现，我只能做马前卒的工作，走在前面刨几个洞，
把种子放进去的工作。

　　郭：关于爱情题材，你也有不少作品，像《玛卓的爱情》
《张生的婚姻》《周渔的喊叫》《水土不服》《苏雅的忧愁》《伤
逝》《强暴》《长征》等等，你为什么对这个题材情有独钟？

北：我写的所谓的爱情小说，实际上不完全是写爱情，而是写爱，写爱的本质，或爱和信的关系等。知识分子题材我也常写，这两个题材都比较容易接近我想表达的东西。但是也不能太懒惰，比如我最近开始写到一些社会层面的东西，像公义，当然我不可能去写一些所谓的社会小说、政治小说，我觉得那样还不够。

郭：关于公义和自义，你为什么要用"愤怒"这个词作书名，我觉得基督徒的基调应该是比较宁静的。

北：问题在于对愤怒的认识，愤怒不是不可以的，目前对中国现状麻木的人大大多于愤怒的人，这是第一。第二，在《圣经》中有讲，上帝不轻易发怒，但碰到了跟他的公义有抵触的时候，他一定要定罪，定罪他就会发怒。《圣经》里有一段讲到耶稣看到殿堂里有卖鸽子的，有兑换零钱的，像自由市场，他拿起钱就摔掉了，所以我觉得愤怒是很重要的。在《愤怒》中我写了很多社会上的非常罪恶的事情，但读完了就知道它是超越愤怒的。有一部分基督徒可能会陷入一个误区，就是对社会上发生的事情不关心，只是去顺服。

郭：许多基督徒认为不接触社会，不接触世俗的生活，就少犯罪。

北：你不应该放在无菌室里，《圣经》说在世界有苦难，在主里有平安，这句话明显告诉我们不能离开这个世界，你也无法离开这个世界，主就是要我们在这个污浊的世界里做见证。我们在世界上，也在基督里，比如作为医生就应该救死扶伤，不应该收红包。你要做光和盐。做光就是指证黑暗，照亮这个世界。做盐就是用你的形象来影响别人，我们恨恶罪，但我们不恨恶罪人，我们还要爱他，盐就是消毒的。这个不能回避。

郭：你信了基督以后，对死亡怎么看？

北：有人说，我不怕死亡，只是不想和它发生关系，这是人类的一种奇怪的说法。你不怕它，为什么你不想和它发生关系。一定是它对你产生了很重要的影响，它阻断了一个关系，让你产生恐惧。死亡是由罪带来的，罪的工价乃是死。死亡本身对基督徒是不存在的，肉身消失、朽坏了，但身体是得赎的，它就像另外一道门的开启。

郭：很豁达的一种死亡观。

北：基督徒没有死亡。但我们人为什么还会悲伤，这就是因为我们和肉身的亲人、朋友分离的时候，我们的魂会悲伤，会想念。但基督徒看到死亡流下来的是欢乐的眼泪，他的灵魂是清楚地得救，灵界的事情是非常真实的。打个比方，一颗种子根本看不出它将来会长成什么样，就像蛹化为蝶，完全是另外一种形式，所有的奥秘就藏在那生命里。死亡不再接近我们，人是拥有永远生命的，得救就是我们得了永远的生命，是堕落把我们阻断了，所以说是罪带来死，今天我们罪的问题解决了，我们就突破了死亡的极限。

郭：你在作品中写过死亡吗？

北：不信主之前我也写死亡，因为人要追求终极。海子的死是一种希腊的方式，人格的放大，放大到神的地位上就更加速了死亡，因为人是不可能拯救自己的。就像人文主义时期，人是多么相信自己啊，这是人第一次真正地甩开上帝，开始独立描述人的伟大性，就是人不需要神以后的一个伟大性。可是到了今天，我们看到整个哲学的状况，整个体系的崩败，人被解构碎片化到什么程度，今天你没有任何的办法把碎片整合起来，因为解铃还须系铃人，哈贝马斯的方法仍然是个猜想。有些人的思想能力的有限性让我吃惊，他说，北村为什么现在的很多作品写得那么单纯：我哭了，我笑了，他感到难过，感到悲伤，心里想我多么爱他，他却不爱我。怎么可能写出这样的语言来？！先锋派时期写得多么细腻，多么机智。我就要说一句了，我们是从哪里走出来的？是从博尔赫斯走出来，从卡夫卡走出来，从海明威走出来，从里尔克走出来，我们从所有的现代派走出来。我们来看整个现代主义文学，它为什么发生，它的背景是什么？至少我个人一定是走出了现代主义的，这不是因为我的写作才能、写作成就让我走出现代主义，是我从找到信仰的意义上走出来的，我绝对不归属它那套价值系统。今天我描述事物不是依靠语言表述的那种模糊感或奇怪的魅力，我的着重点是在人的心灵，影响他精神、情感的部分，所以我今天不会描述一个杯子的纹路，因为它并不重要，我会描述我们今天谈论的问题的重要性，我直接描述事实本身，因为我有信心描述真实。

郭：那么古今中外大师级的作家对你的影响何在呢？

北：前人都是我的老师，是我写作上的引导者。像现代主义作家卡夫卡、里尔克都是我喜欢的，因为他们向我真实地描述了他们的心境，很典型的，也让我和他们感同身受，若是没有那种体验的强烈性，我也就不会去寻求我要找的答案，甚至连他们的沮丧对我都是有效果的，有作用的，因为我看到了深刻的失败。所以今天我们的热情不是廉价的，而是来自真实生活的信仰，今天的创作和我的生命是连在一起的，甚至我可以表达非常单纯的快乐。比如说，今天我会写这样一个人，他把衣服披到人家身上，写出他的快乐，也许很简单很粗浅，像托尔斯泰的一个短篇，写一家海边的渔民，孩子的父亲不能回来了，家人去关怀他，非常简单。所以让一颗心灵免于忧伤，免于恐惧，重新呼唤喜乐是非常重要的，这里面所描述的风景是最深刻的。如果说我们今天描述人性里面的复杂性，是因为我们无可奈何，但一旦我们找到真理的时候，我们就会非常清晰地来指证，来描述，甚至是歌唱。我这个人没有很大的才能，但有个优点就是真实，我不是所有都真实，但我在大方向上努力这样做。总的来说，我们首先做一个有信仰的人，而后才有别的。我们如果要把学问做好，把小说写好，靠自己几乎是没办法的，福音是从体系的根本上完全影响你，我们完全受启示。

郭：豁然开朗。

北：我们今天从做学问、交朋友、为人处世、选择家庭、教育孩子等角度来讲都需要真正意义上的真理，它是有的，是真实的，它真的是跟我们的生活、生命全部结合在一起的。但是在这个过程中肯定有很多摇摆，有悲伤，有困顿，但终于不会绝望。就在我们快失去信仰的时候，好像失去信仰的时候，其实它是存在的，只是我们蒙蔽住了，走过死阴幽谷，他的杖他的竿会安慰我们，只是过来后才知道，原来是这么一回事。

郭：作为神性写作的代表，你怎么看张承志的写作？

北：我觉得张承志的写作至少能够让我们很快地体会到

精神的重要性。精神是他的一个主要的写作对象，我觉得这是我非常赞同的，这是比较有价值的，因为如果不触动精神领域，这种写作我比较怀疑。因为有的行为比较有意义，有的没有意义。例如，有人因为一个饺子死了，事件本身就没有什么重要的意义。当然如果你写出了他精神上的东西，投射到他的精神层面上，那也是有意义的。

郭：上帝在每一个角落都隐藏了真理，只是我们目力不够，看不到。很多作品写同样的题材，有人写成了名著，有人却在地摊文学的层次上。

北：举个例子，所有的爱情小说，80％都是三角恋爱，为什么有的是地头刊物，有的却像《安娜·卡列宁娜》那么好？这里面肯定是有很大区别的，不是因为他写作来源的区别，而是观照层面的区别。

郭：你读不读新生代作家的作品？

北：读，但越到后面读得越少。

郭：对他们的评论，像欲望化，平面化，语言粗鄙化，缺乏历史深度等等，你怎么看？

北：这个现象或多或少是存在的，但是我们要看它为什么会存在，其中有某种必然性。他们所表达的，我觉得是有价值的，因为他表达了他的真实体验和时代境遇，就好比卡夫卡写出地洞、甲虫、被流放者，我觉得一定是有他的道理的。每一个时代，或者是每一个时期的作家，他的体验都有所不同。新生代作家的写作至少是那个时代的某种精神的见证。但是我盼望一点，我觉得无论站在什么立场上，他一定要和他的真实体验相关联，他不能是一个虚谎的写作者。比如说我这个人像行尸走肉般的活着，很愉悦，我却试图写出深刻的东西。快乐的猪，痛苦的哲学家，清醒的圣徒，我这么说有人可能会生气，先就这么说吧。快乐的猪，他就是快乐的猪，快乐的猪不可能写出痛苦的哲学家的东西，模拟这种东西，无法是真实的。无论你站在哪个立场上和价值背景下来写作，一定要非常的真实。

郭：真实才能接近真理。

北：没错。人们还能交流，不是因为你信了什么，他信了什么，而是你对你所描述的对象，对你想要探讨的问题是非常真实的，就是怀疑本身也是真实的。

郭：也就是说你，还是希望他们的写作能有精神方面的观照，虽然你觉得时代和历史的这种局限性也是一种必然，但还是应该超越。

北：写作这种职业，有的人不小心会下降，使它成为一种情绪的体验，我觉得写作一定要和精神相关联，这种写作才是比较有意义的。

郭：那你认为你自己的哪部作品比较好？

北：每个阶段会有一些比较有代表性的。实在来说，无所谓好或是不好，但是在某个阶段，的确有几个比较差的，差在艺术把握上不是太精到，写得比较匆忙。

郭：每个阶段都会有比较有代表性的作品，从艺术上，精神层面上，至少自己觉得已经很完美地表达了自己想要表达的东西。

北：对。我觉得你不妨从宗教的角度切入文学研究，有一些这样的作家，像现代文学时期的许地山、冰心等，有的是以很明显的形式出现，有的是内里有这样的表现。关键是不能局限在研究某一个作家，研究的应该是整个文化，这个落点是非常有意义的。德先生、赛先生从哪里来？很多知识分子摸到外面，摸不出一点门道来，如果有真理的启示，从里面一拎，整个就起来了。研究中国的宗教文学，实际上是研究人文精神，研究整个中西方文化的根本的比较。这个切入点很独特，很少有人做，而且这个成果很有意义。

郭：很有意义，这是关键问题。